जानकीदास तेजपाल मैनशन

[उपन्यास]

जानकीदास तेजपाल मैनशन

अलका सरावगी

राजकमल प्रकाशन
नयी दिल्ली पटना इलाहाबाद कोलकाता

ISBN : 978-81-267-2766-7

मूल्य : ₹ 400

पहला संस्करण : फरवरी, 2015

दूसरा संस्करण : सितम्बर, 2015

प्रकाशक : राजकमल प्रकाशन प्रा. लि.
1–बी, नेताजी सुभाष मार्ग, दरियागंज
नई दिल्ली–110 002

शाखाएँ : अशोक राजपथ, साइंस कॉलेज के सामने, पटना–800 006
पहली मंजिल, दरबारी बिल्डिंग, महात्मा गांधी मार्ग, इलाहाबाद–211 001
36 ए, शेक्सपियर सरणी, कोलकाता–700 017

वेबसाइट : www.rajkamalprakashan.com
ई-मेल : info@rajkamalprakashan.com

मुद्रक : बी.के. ऑफसेट
नवीन शाहदरा, दिल्ली–110 032

JAANKIDAS TEJPAL MANSION
Novel by Alka Saraogi

पीछे छूट जाती हैं सारी बारीकियाँ
और उनका आग्रह
मन चाहता है सच जीवन्त देह–सा
और उसके मर्म तक चाहता है पहुँचना।

मर्म ही धर्म है
और यह तुक नहीं है
मर्म से जो अवान्तर है
वह सब छूट जाता है
और उसका छूटना ही भला है।

(अशोक सेकसरिया की डायरी में प्राप्त कविता)

अशोक जी की याद में...

अनुक्रम

जयदीप गुप्ता उर्फ जैग यानी फॉरेन रिटर्न्ड इंजीनियर

'चलते रहो। चलते रहो। पीछे मुड़कर मत देखो। तेज मत चलो। ऐसे चलो जैसे कुछ हुआ ही न हो। तुम हाँफ क्यों रहे हो? चलते जाओ'—अपने से बात करता जयदीप उसी तरह चलता रहा। न उसने रुककर पीछे मुड़कर देखा और न अपनी चाल तेज की। यों भी जगह-जगह खुदे हुए फुटपाथ पर कुछ-कुछ को फाँदते हुए इधर-उधर पैर रखते हुए जगह बनाते हुए बहुत तेज चलना मुमकिन नहीं था। और वह आखिर क्यों भागता? भागकर जाता भी कहाँ? क्या इन्हीं लोगों के साथ जीने और मरने के लिए वह कलकत्ता नहीं लौट आया था?

"अरे देखो, देखो! अमेरिकन चूतिया को देखो!"—किसी एक ने कहा था और फिर हँसी का कोरस फूट पड़ा था। जयदीप के अन्दर भयंकर गुस्सा फूटते-फूटते फुस्स हो गया। अन्दर से रुलाई जैसा कुछ उमड़ा। बचपन से आज तक उसने किसी से मार-पीट नहीं की थी। पर आज उसके हाथ कहीं से पिस्तौल आ जाती, तो वह किसी अमेरिकन यूनिवर्सिटी के कोरियन लड़के की तरह पिछले दिनों के हादसे को दोहराता सबको भून डालता।

क्या वह पलटकर कम से कम इन लोगों को एक गाली ही दे डाले? देसी भद्दी गाली की जगह अमेरिकन भद्दी गाली? बास्टर्ड? मन में बेवजह गाली खा लेने का अफसोस तो न रहे। या बाँहें फैलाकर फिल्मी अन्दाज में उनसे कहे कि मेरा यकीन करो। मैं तुममें से ही एक हूँ। अमेरिका से लौटकर भी तुम्हारी तरह दो चौक वाले बड़ाबाजार के इस सड़े हुए मकान में रहता हूँ जहाँ बीचोबीच सामूहिक पाखाना है। वहीं हगता हूँ जहाँ तुम हगते हो। बिलकुल वैसे ही।

जयदीप रुआँसा-सा चलता गया। किसी को कुछ कहने का कोई फायदा नहीं है। कहने का मतलब है कि आप कुछ सफाई देने की कोशिश कर रहे हैं। कुछ सिद्ध करना चाहते हैं। बहुत हो लिया यह सब। जयदीप गुप्ता को किसी को कोई प्रमाण नहीं देना है। पैदा होने से मरने तक यही तो करना होता है इस

महान देश में—सिद्ध करो कि तुम अच्छे बेटे हो। अच्छे भाई। अच्छे विद्यार्थी। अच्छे पति। अच्छे पिता। अच्छे बिजनेसमैन—वगैरह, वगैरह। क्या मजाल कि कोई एक मिनट भी अच्छा या बुरा न बनकर साँस ले ले।

जयदीप गुप्ता आखिर क्या प्रमाणित करने के लिए अमेरिका में सिस्टम्स इंजीनियरिंग की अधूरी रिसर्च छोड़कर इंडिया लौट आया था? यही न कि वह श्रवणकुमार जैसा आज्ञाकारी बेटा है। कोई यह तो बताए कि श्रवणकुमार ने अपने कन्धों पर अन्धे माँ-बाप को तीर्थ कराने के अलावा भी कोई काम किया था कि नहीं?

'चूतिया!' हाँ जयदीप गुप्ता उर्फ जैग! तुम हो बेशक वही जो ये लोग तुमसे कह रहे हैं। एक नम्बर के बेवकूफ। तुम न जयदीप बन सके न जैग। न इधर के रहे न उधर के। तुमसे बहुत समझदार तुम्हारा बेटा निकला। कहकर तो देखो उससे कि रोहित, अब बहुत हुआ, अब तू घर लौट आ। मुझे बहुत अकेलापन लगता है। अव्वल तो अमेरिका के इतने बड़े बैंक में इतने ऊँचे ओहदे पर काम करनेवाले बेटे को जयदीप गुप्ता क्या कभी कह सकता है कि तू लौट आ? और अगर कह भी दे तो क्या रोहित लौट आएगा?

जयदीप के चेहरे पर हँसी की हल्की छाया दौड़ गई—यह सोचकर—कि अगर वह रोहित को वाकई ऐसा कहे तो रोहित क्या कहेगा? "पापा, क्या सचमुच कैरियर की नई शुरुआत करूँ? मदर टेरेसा के 'होम' में कब्र में पाँव लटकाए भिखारियों की सेवा करना ठीक रहेगा?" मदर टेरेसा के 'होम फॉर द डाइंग एंड द डेस्टिट्यूट' वाला चुटकुला उनके बीच काफी पुराना था। पर इसीलिए वह जानदार बना हुआ था। यों हर बार कलकत्ता के लिए रोहित के पास नए जुमले होते थे। फोन करता तो शुरुआत ऐसे ही करता—"क्या आप मदर टेरेसा के शहर से बोल रहे हैं?" या "क्या आप खुशी-खुशी हाथरिक्शा चलानेवालों की 'सिटी ऑफ जॉय' से बोल रहे हैं?" या फिर "क्या आप हड़प्पा, ओह सॉरी कलकत्ता शहर से बोल रहे हैं जहाँ हर समय खुदाई का काम चलता रहता है?"

यह तो सच था कि कलकत्ता में हर समय कुछ-न-कुछ खुदाई चलती रहती थी। शुरुआत सत्तर के दशक में हुई होगी, जब भूमिगत मेट्रो रेल के लिए खुदाई का काम शुरू हुआ। तबसे यह खोदना रुका नहीं था। जयदीप को याद है कि वे लोग 'सी.एम.डी.ए.' यानी कैलकेटा मेट्रोपोलिटन डेवलपमेंट अथोरिटी को कैलकेटा मेट्रोपोलिटन 'डिगिंग' अथोरिटी बोला करते थे। फिलहाल फ्लाईओवर ब्रिज बनाने के लिए शहर खोदा जा रहा था या फिर पुरानी नालियाँ-

ड्रेनपाइप बदलने के लिए। कलकत्ता ऊपर से गाड़ियों से जाम था और जमीन के नीचे तीन सौ से ज्यादा सालों के कूड़े-कीचड़-मल से। जब-तब जहाँ-तहाँ खोदनेवालों में बिजली सप्लाई और टी.वी. या मोबाइल कनेक्शनवाले भी थे, जो फुटपाथ खोदते और उनके बीच में आनेवाली सड़कें भी। अक्सर ये लोग सड़क के इस पार से उस पार तक तार फेंक देते और उन्हें बिजली के खम्भों पर गोल-गोल गुच्छों में लटका देते। इन तारों पर गौरैया और बुलबुलें झूलती रहतीं। धरती क्या, इस शहर का आकाश भी खोदा हुआ था।

रोहित के बारे में सोचने से जयदीप के दिल से गाली की चुभन कम हो गई थी। आज के जमाने में ऊपर उठने के लिए सिर्फ पढ़ाई या डिग्री ही काफी नहीं है, कुछ और भी चाहिए। रोहित में वह कुछ और बात है। उसका बिंदास तरीके से मजाक में कुछ भी कह डालना लोगों को अखरता नहीं है। ऐसा लगता है कि वह खुद का ही मजाक बना रहा हो। जयदीप गुप्ता, तुम यही तो नहीं कर पाते।

जाने क्यों तुम कुछ भी कहते हो, तो लोग तुरन्त बुरा मान जाते हैं। रोहित को सब कुछ साधना आता है। जयदीप का मन रोहित के प्रति गर्व से भर उठा। अपने को गाली देनेवालों के प्रति उसके दिल में तरस आया। आखिर ये बेचारे अपनी भड़ास कहाँ निकालें? ये भी उसी की तरह इस शहर से हथकड़ी से बँधे हैं। इनका वश चले तो ये आज यू.पी., बिहार लौट जाएँ। एक तरफ तो बंगालियों की हिकारत सहते हैं, तो दूसरी तरफ अपनी तरह हिन्दी बोलनेवाले मारवाड़ियों के यहाँ नौकर-ड्राइवर-दरबान की नौकरी करते मर-खप जाना ही इनकी नियति है।

जाने कैसा सुकून होता होगा उन लोगों के जीवन में, जो ताउम्र वहीं रहते हैं जहाँ उनके पुरखे रहते थे। वे लोग ऐसे रहते होंगे जैसे कि धरती का वह टुकड़ा उनकी मिल्कियत है। कलकत्ता के बंगालियों को तो देखकर ऐसा ही लगता है। पर मजे की बात कि बंगाली भले ही दिल्ली में रहे या पेरिस या न्यूयॉर्क में, ऐसे रहता है जैसे वह प्रवासी होकर भी दूसरों पर अहसान कर रहा हो। एकाध रवीन्द्रनाथ या सत्यजित राय क्या हो गए, हर बंगाली को लगता है कि उसकी संस्कृति का साम्राज्य दुनिया-भर में फैला है। वह कहीं रहे, धरती से दो कदम ऊपर चलता है। दीपंकर सेन अमेरिका में जयदीप के साथ पढ़ता था। हर बात के लिए वह अमेरिकनों का मजाक बनाता रहता। कहता कि अमेरिकन संस्कृति जैसी कोई चीज है ही नहीं। जबकि जयदीप अमेरिका में रहते हुए दिन-रात सोचता कि किस तरह से वह उनमें से एक हो सकता है। इसी चक्कर में तो उसने कई करतब कर डाले। पर अपने निछोह गोरे रंग के बावजूद वह एक 'ब्राउन मैन' ही बना रहता था। अलबत्ता कई लोग उसके काले बालों के कारण

उसे इटालियन या स्पेनिश समझ लेते थे। ऊपरी तौर पर सभी उससे बराबरी का व्यवहार करते। पर सबसे हँसते-बोलते हुए भी उसके अन्दर एक हीन भाव बना रहता था। वह तभी मिटता, जब वह अपने भारतीय हिन्दुस्तानी दोस्तों के साथ अकेला होता और उनमें से कोई उसकी टक्कर का न होता।

रोहित से उसने कभी नहीं पूछा कि क्या उसका दिल उससे कभी यह नहीं कहता कि तुम पराए लोगों के बीच रहते हो। शायद नई पीढ़ी को ऐसा कुछ नहीं लगता हो। इंडिया की छवि भी आखिर पिछले चालीस सालों में बहुत बदल गई है। रोहित का तो रंग भी उसकी तरह साफ नहीं है, पर आज के ब्राऊन मैन का दर्जा उन्नीस सौ अड़सठ के ब्राऊन मैन की तुलना में काफी ऊपर उठ गया है। आखिर पूरी सिलिकॉन वैली एशियाई लोगों से भरी है।

वैसे रोहित से चमड़ी के रंग के बारे में कोई बात नहीं की जा सकती। बचपन से रोहित ने सैकड़ों बार सुना होगा कि इतने गोरे माँ-बाप की सन्तान होकर भी उसका और उसके छोटे भाई सुमित का रंग इतना साँवला कैसे हुआ? रोहित ने पिछली बार 'इंडिया-बैशिंग' यानी अपने देश की किरकिरी करने की अपनी पुरानी आदत में एक नई कड़ी जोड़ते हुए कह डाला था—''तुम्हारे 'इंडिया शाइनिंग' में काफी बड़ा हिस्सा गोरा बनने की क्रीम और लोशन का मालूम पड़ता है। तुम्हें पता है डैड, किसी काले आदमी से एक हिन्दुस्तानी जितना बुरा व्यवहार कर सकता है, उतना एक गोरा कभी नहीं करेगा।'' जयदीप के 'हेयर-डाई' पैकेट से एक मुफ्त की ट्यूब निकल आई थी, जिसका दावा था कि उससे सात दिनों में रंग दो 'शेड' तक गोरा हो सकता है। शायद रोहित ने सोच लिया हो कि जयदीप यह ट्यूब उसके लिए खरीदकर लाया है।

जयदीप रोहित की बात का प्रतिवाद न कर चुप रह गया था। वह बहुत बार सोच चुका था कि रोहित के रंग के कारण अच्छी लड़की मिलना आसान नहीं होगा। यह सोचकर वह तसल्ली कर लेता था कि रोहित अगर लड़की होता, तो मुसीबत दुगुनी हो जाती।

जो भी हो, पर रोहित का इस तरह मौके-बेमौके अपने देश की बुराई करना क्या ठीक है? रोहित क्या एक बेगाने की तरह से भारत को देखने लगा है? क्या उसके अन्दर अपनापन खत्म हो चुका है? मजे की बात यह थी क़ि रोहित जब भी कलकत्ता आता, तो हर परिचित-रिश्तेदार उससे मिलना चाहता। रोहित सबकी बकवास या घिसी-पिटी बातें इतने ध्यान से सुनता जैसे वह विदेश में इस बतरस के आनन्द के लिए तरसता रहा हो। ये वे ही लोग थे, जो जयदीप से बहुत ऊपरी मन से मिलते थे। वह जानता था कि पीठ पीछे वे उसकी हरदम

बुराई करते हैं। और कुछ नहीं तो यही कहते हैं कि अमेरिका में दो-चार साल क्या पढ़ आया, जाने अपने को क्या समझता है। कुछ काबिलियत होती, तो कुछ कर दिखाता। अमेरिका-रिटर्न्ड का बिल्ला लगाए घूमने से खाली क्या होगा। रहता तो वहीं है, बड़ाबाजार के सड़े हुए चौक के मकान में। सारे लोग वहाँ से निकल गए, यह देखो वहीं पड़ा है।

जयदीप ने 'जानकीदास तेजपाल मैनशन' के बड़े फाटक में घुसते हुए राहत की साँस ली। पीछे से फब्तियाँ कसनेवाले अब उसे देख नहीं सकते। कौन थे ये लोग? जयदीप को लगा कि पान की दुकान और पेड़ा-दूध की दुकान से लेकर महाजाति लांड्री और संगीता साड़ी इम्पोरियम तक का हर शख्स उन हँसनेवालों में शामिल था। अचानक उसे अहसास हुआ कि होश सँभालने से आज तक वह हमेशा जानकीदास तेजपाल मैनशन में घुसकर ऐसी ही राहत महसूस करता है जैसे वह एक निरी अपनी दुनिया में आ गया है। तभी पिछले दरवाजे की तरफ से दिसम्बर की उत्तरी हवा का थपेड़ा उसे सिहरा गया। उसने अपनी नीली-लाल पैडिंग की हुई जैकेट को दोनों बाँहों से अपने शरीर पर कसते हुए अपने ठंडे हाथ जैकेट की पॉकेट में डाल लिए और बाईं तरफ मुड़कर अपनी तरफ के चौक की सीढ़ियों के घुप्प अँधेरे में घुस गया।

सीढ़ियों के अँधेरे से बूढ़े दरबान तिवारी की आवाज आई—"राम-राम इंजीनियर बाबू। ऐसे कड़ाके के जाड़े से बचने के लिए आपकी जाकेट बिलकुल सही है। पिछले पन्द्रह सालों में तो ऐसी ठंड नहीं देखी।" जयदीप किसी भी तरह तिवारी का सिर-पैर-आँख-कान कुछ नहीं देख पा रहा था। शायद तिवारी सिर से पैर तक अपना काला कंबल ओढ़े बैठा था। आसमान तक खुले चौक से आती हुई शाम पाँच बजे की हल्की-सी रोशनी में तिवारी उसे देख पा रहा होगा।

"राम-राम तिवारी जी! क्या सीढ़ियों का बल्ब फिर फ़्यूज़ हो गया?" कहते हुए जयदीप को लगा कि वह गलत बात पूछ गया। अब बेमतलब उसे वही सब सुनना पड़ेगा जो वह सुनना नहीं चाहता। इसलिए वह वापस मौसम की बात पर लौट आया—"हाँ, यह जैकेट तो मेरे अमेरिका से वापस आने से आज तक कभी काम नहीं आई। अमेरिका में तो इस समय बर्फ गिरने लगती थी। यहाँ आज तो पारा नौ डिग्री तक उतर गया होगा। नहीं क्या?"—कहते-कहते जयदीप को अचानक महसूस हुआ कि उसे यह अमेरिकन जैकेट यहाँ

नहीं पहननी चाहिए, चाहे कितनी भी ठंड क्यों न पड़े। हो सकता है कि पीछे से फब्तियाँ कसने का कारण यह जैकेट ही हो।

तिवारी ने मौसम का हाल नहीं बताया। पहले प्रश्न का जवाब देते हुए थरथराती हुई आवाज में बोला—"बल्ब की क्या बात करते हैं जय बाबू! अब तो यहाँ ईंट-पत्थर भी बचना मुश्किल है। उन लोगों ने पीछे की तरफ का लकड़ी का बड़ा फाटक ही उखाड़ लिया है। सच कहता हूँ, यह पछुआ हवा मेरी जान लेकर छोड़ेगी। ठंड के मारे अखबार पढ़ने बाहर दरवाजे पर भी नहीं बैठ सकता।" कम्बल के अन्दर से अखबार फड़फड़ाने की आवाज आई। जयदीप को बचपन से मालूम था कि तिवारी जी हिन्दी अखबार का अक्षर-अक्षर चाट जाते थे और पूरे जानकीदास तेजपाल मैनशन में उनसे अधिक खबरें किसी के पास नहीं होती थीं।

अब तक जयदीप की आँखें अँधेरे की आदी हो गई थीं और वह तिवारी जी का आकार और सीढ़ियाँ देख पा रहा था। उसने अपने पतलून के पायँचे दोनों हाथों से ऊपर उठाए ताकि कहीं गन्दगी पड़ी हो तो न चिपक जाए और सीढ़ियाँ चढ़ने लगा। "उन लोगों ने खाली कमरों की खिड़कियाँ भी निकाल ली हैं। अब वे आपके आस-पास के कमरों की छतें तोड़ने लगेंगे। मैंने उन लोगों को ऐसा कहते सुना है जय बाबू! सारे दिन वे लोग मकान के बाहर पानवाले के पास झुंड बनाकर बैठे रहते हैं और मुझे सुना-सुनाकर यह सब बोलते रहते हैं। जय बाबू, आप भी जाओ अब यहाँ से, जैसे और लोग चले गए। नया मकान मालिक जो देता है, वह लो और निकल जाओ। आपको क्या लगता है कि जिस बदजात ने यह मकान खरीदा है, वह आपको यहाँ टिकने देगा?"

जयदीप सीढ़ी चढ़ते-चढ़ते सुन रहा था। तिवारी का सवाल उसकी पतलून में तिलचट्टे की तरह घुस गया। वह उसे पाँव झड़काकर निकालने की कोशिश करता दो-तल्ला पहुँच गया। इस सवाल को धकियाते हुए सीढ़ी चढ़ते उसकी साँस जीवन में पहली बार फूल रही थी। यही वह सवाल था जो सब लोग उससे पूछना चाहते थे। क्या वह यह सोच रहा है कि वह यहाँ टिका रह पाएगा? प्रायः सारे लोग जानकीदास तेजपाल मैनशन से एक-एक करके जो कुछ मुआवजा मिला, लेकर निकल गए थे। जो बचे थे और जाने की तैयारी कर रहे थे, उसकी तरफ सवालिया निगाह फेंकते रहते थे। कब तक? कब तक? और कितना पैसा लेकर वह निकलेगा?

जयदीप गुप्ता के दर्जन-भर भतीजे-भतीजियों को उससे यह सवाल पूछने में संकोच नहीं हुआ था। उन्हें मालूम था कि चाचा खुद मुँहफट हैं और बच्चों

की बातों का कभी बुरा नहीं मानते। एक ने उसके सामने ही दीपा से पूछा था—"चाची, आप लोग चौक की तरफ आगे झुके इस कमरे में कैसे रहते हैं? क्या आपको डर नहीं लगता कि कभी आप पूरे मकान सहित चौक में गिर जाएँगे?" दीपा ने जयदीप की तरफ देखा था और हँसती हुई आँखों के साथ कहा था—"इंजीनियर साहब कहते हैं कि ऐसा कभी नहीं होगा।"—और वे दोनों एक साथ इस तरह हँस पड़े थे जैसे कि यह एक बेहतरीन चुटकुला हो।

सेंट्रल एवेन्यू के दोनों तरफ के झुके हुए मकानों में रहनेवाला हर बाशिन्दा यही सोचता था कि ऐसा कभी नहीं होगा कि चार तल्लों की ये मजबूत कोठियाँ गिर जाएँगी। उन्हें लगता था कि सामने सड़क की तरफ मोटी लकड़ी या लोहे की मजबूत बीम लगाकर टिकाए हुए मकानों में वे बिलकुल सुरक्षित हैं। ऐसे सोच के पीछे कितनी मजबूरी थी या मकानों की मजबूती में कितना गहरा भरोसा, यह कहना मुश्किल था।

देश की पहली भूगर्भ मेट्रो रेल के जब कलकत्ता में बनने की शुरुआत हुई, तो सबसे खुश हुए थे बड़ाबाजार के लोग। कहावत थी कि बिना पाँव वाला आदमी रेंगकर भी जल्दी पहुँच जाता है, पर बड़ाबाजार के ट्रैफिक में गाड़ी में आदमी बैठा का बैठा रह जाता है। तब लगा था कि अब कलकत्ता के और खासकर सेंट्रल एवेन्यू के पुराने दिन लौट आएँगे। 'नई सड़क', जैसा कि सेंट्रल एवेन्यू को अब भी कुछ लोग कहते थे, साठ साल पहले की तरह सजी-धजी खाली रहेगी जैसी कि वह टमटम-घोड़ागाड़ी और जमींदारों या रईसों की एकाध गाड़ियों के दिनों में रहती थी।

सेंट्रल एवेन्यू की सौ फुट चौड़ी सड़क, जिस पर बीस फुट चौड़े भव्य 'फुट बरामदे' फुटपाथ पर पहले तल्ले से छतरी किए एक-से-एक सुन्दर खम्भों पर टिके थे, कभी चौरंगी क्या, दिल्ली के कनॉट प्लेस को मात देती शहर की सबसे शानदार सड़क हुआ करती थी। जयदीप बचपन में माँ के कमरे में लगी उस तस्वीर को हर बार घुसते हुए देखता था, जिसमें रूस के ख्रुश्चेव और बुल्गानिन खुली गाड़ी में सेंट्रल एवेन्यू से जानकीदास तेजपाल मैनशन के सामने से गुजर रहे थे। सड़क के दोनों तरफ फुट-बरामदों में और उनके नीचे हजारों लोगों के सिर और हिलते हुए हाथ दिख रहे थे। जयदीप को जाने क्यों ऐसा लगता था कि उसके पिता ने सड़क पार से खींची यह तस्वीर इसलिए लगा रखी होगी कि जानकीदास तेजपाल मैनशन के फुट बरामदे से माँ झाँक रही होगी। पर

जिन्दगी की बाकी बातों की तरह उसने अपने पिता से इस बारे में कभी पूछा नहीं था। माँ से पूछा तो माँ ने वैसा ही जवाब दिया था जैसा वह देती थी—"हाँ, लालबहादुर शास्त्री यहाँ से गुजरे...नहीं, नहीं नेहरू जी गुजरे, तो हम भी देखने गए थे।"

मेट्रो रेल की खुदाई का काम क्या शुरू हुआ, सेंट्रल एवेन्यू का हुलिया ही बदल गया। फुट बरामदों को तोड़ने की नोटिस आई, तो लोग सन्न रह गए। फुट बरामदे और उनके खम्भे टूटे, पीले फूलों वाले राधाचूड़ा के पेड़ रातोरात गायब हो गए। सेंट्रल एवेन्यू ऐसी बेरौनक लगने लगी जैसे कि कोई सिर मुँडाई हुई जवान बंगाली विधवा हो। पर यह किसे मालूम था कि अभी और बहुत कुछ होना बाकी था। खुदाई का काम गहराई की ओर जाने लगा, तो रात के गहरे सन्नाटे में अजीब-अजीब सी आवाजें आने लगीं। कभी लगता कि कहीं दूर किसी ने चीत्कार किया हो, तो कभी लगता कि आस-पास में कोई जूते चरमराकर चल रहा हो। जाहिर है कि ये आवाजें इतनी धीमी थीं कि इन्हें हर कोई नहीं सुन पाया था। सिर्फ वे ही लोग सुन सकते थे जिनके कान सिर्फ बाहर ही नहीं, अपने अन्दर के सन्नाटे की ध्वनि को सुनने के भी आदी थे।

सबसे पहले इसकी चर्चा 'एडवोकेट बाबू' ने की। पूरा सेंट्रल एवेन्यू जयदीप गुप्ता के पिता को इसी नाम से जानता था। यहाँ तक कि वे अपनी पत्नी, भाईबन्द और बच्चों के लिए भी 'एडवोकेट बाबू' ही थे। उनका असली नाम सिर्फ उनकी खुद की जन्मपत्री में बन्द था, जिससे निकालकर अमेरिका जाते वक्त जयदीप के पासपोर्ट में लिखा गया था।

नब्बे साल के एडवोकेट बाबू पिछले पचास सालों से हर रविवार के शाम चार बजे चार मकान दूर नाथानी-पैलेस में अपना 'अड्डा' जमाते आए थे। बंगालियों के मुहल्लों में जमनेवाली मजलिसों की तरह नाथानी पैलेस के अड्डे पर भी राजनीति, समाज से लेकर दुनिया के हर तरह की बहस के मुद्दों पर बातचीत हुआ करती थी। अपने बचे-खुचे मित्रों के साथ एडवोकेट बाबू का रविवारी अड्डा आज तक हमेशा चर्चा में रहता आया था। वहाँ की बातें किसी-न-किसी तरह से पूरे सेंट्रल एवेन्यू में फैल जाती थीं। लोगों को उन बातों को जाने बिना जैसे खाना-पीना नहीं पचता था।

उस दिन एडवोकेट बाबू अड्डे पर पहुँचने के पहले सड़क पार के राम मन्दिर की तरफ से बहुत देर तक नाथानी-पैलेस के भव्य कोरिंथियन खम्भों, स्टेंड-ग्लास के पैनल, संगमरमर की कारीगरी और पैलेस के ऊपरी सिरे पर त्रिकोण मुकुट में लगी ऋद्धि-सिद्धि-गणेश की प्रतिमाओं को देखते रहे थे।

बहुत से लोगों ने उन्हें इस तरह खड़े देखा। चूँकि एडवोकेट बाबू एकदम चुप रहते थे, लोग उनसे बात करने में कतराते थे। रविवारी अड्डे पर ऐसा अनेक बार हुआ था कि एडवोकेट बाबू एक शब्द भी न बोले हों। बस आए हों और सबकी सुनकर चले गए हों, जैसे उनके पास बोलने को कुछ भी न हो। जबकि लोग अच्छी तरह जानते थे कि एडवोकेट बाबू की दुनिया की हर शै के बारे में बिलकुल निजी राय होती है।

उस दिन एडवोकेट बाबू बोले थे और देर तक बोलते रहे थे। उन्होंने कहा था कि उन्होंने सेंट्रल एवेन्यू के मकानों को सिसकते हुए साफ-साफ सुना है। शायद एडवोकेट बाबू ने 'सरकते हुए' कहा था जिसे लोगों ने अपने दिलों के रोने की आवाज से जोड़कर 'सिसकते हुए' बना डाला। एडवोकेट बाबू ने कहा कि ऐसा लगता है कि मेट्रो की सुरंग की खुदाई पूरी होते-होते दोनों तरफ के मकान, जो सड़क से गुजरती हुई हर बस के साथ हिल रहे हैं, उसकी खाई में गिर पड़ेंगे। उन्होंने यह भी कहा था कि वहाँ की जमीन के नीचे गंगा नदी की तरफ बहनेवाली बहुत-सी पानी की छोटी नदियाँ-उपनदियाँ हैं। कहीं-कहीं दूसरे महायुद्ध के दिनों में बनाए हुए सतह के नीचे छिपे हुए पानी के तालाब हैं। उन्होंने कहा था कि मेट्रो की सुरंग में बार-बार पानी भर जाएगा और काम पूरा होने में बीसियों साल लगेंगे। उस दिन लोगों को ऐसा लगा था कि एडवोकेट बाबू को सेंट्रल एवेन्यू के गर्भ की भी पूरी जानकारी हो।

एडवोकेट बाबू को इतना बोलते देखकर कई लोगों ने दाँतों तले अँगुली दबा ली थी। अड्डे पर एडवोकेट बाबू के कई स्वर्ग सिधार गए मित्रों के बेटे भी थे, जिन्हें मालूम था कि एडवोकेट बाबू आज तक इतना न घर में, न किसी कोर्ट में और न दफ्तर में बोले हैं। जब उस रात एडवोकेट बाबू ने नींद में ही प्राण त्याग दिए थे, तो लोगों को कोई आश्चर्य नहीं हुआ था। कहते हैं कि दीपक बुझने के पहले एक बार बड़ी जोर से जल उठता है।

ऐसा लगता है कि एडवोकेट बाबू की नियति सेंट्रल एवेन्यू की नियति के साथ शुरू से अन्त तक बँधी थी। पहले विश्वयुद्ध के बाद जब कलकत्ता इम्प्रूवमेंट ट्रस्ट ने चौरंगी से उत्तर कलकत्ता को जोड़ने के लिए बड़ा रास्ता निकालकर दोनों तरफ प्लॉट काटे थे तो कुल जमा बीस साल के एडवोकेट बाबू ने बड़ाबाजार और सूतापट्टी की तंग गलियों में बसे हुए राजस्थान के धनी व्यापारियों को इन प्लॉट की बोली लगाने में मदद की थी। तभी से दरअसल उनका नाम 'एडवोकेट बाबू' पड़ गया था। वकालत की पढ़ाई तो अपने इस नए नाम को शायद न झुठलाने के लिए उन्होंने बहुत बाद में की। पर कभी कोर्ट में

खड़े होकर किसी के पक्ष में या विपक्ष में वे नहीं बोले। जिन्दगी-भर में कुल मिलाकर जितना अपनी चुप्पी से वे बोले, उतना शब्दों में बोलने की उन्हें कभी जरूरत नहीं पड़ी।

'जानकीदास तेजपाल मैनशन' के मालिक सेठ जानकीदास को जाने कैसे एडवोकेट बाबू की इस प्रतिभा का पता चला होगा कि वे बिना बोले अपनी हर बात हर किसी से मनवा सकते हैं। कौन से प्लॉट की बोली किससे लगवानी है और यदि किसी प्लॉट के दो उम्मीदवार हैं, तो किसके हक में फैसला हो, इसकी बागडोर सेठजी ने एडवोकेट बाबू को सौंपकर उन्हें ठीक-ठीक परख लिया। उसके बाद सेठजी ने उन्हें उस जमाने के जाने-माने वास्तुशिल्पी नन्दलाल गुइन एंड कम्पनी के यहाँ काम पर लगवा दिया, जिसकी ऑफिस 117 नम्बर सेंट्रल एवेन्यू में आज भी बन्द पड़ी है। कहते हैं कि नन्दलाल गुइन को बीस साल का वह चुप्पा राजस्थानी युवक इतना भा गया कि उसने रोमन अैर ग्रीक ढाँचों में राजस्थान के झरोखों और जालियों को मिलाकर दुनिया में एकदम नई तरह के भवन बना डाले। इस तरह सेंट्रल एवेन्यू के अनोखे वास्तुशिल्प के गुप्त विश्वकर्मा बने एडवोकेट बाबू। अलबत्ता इसकी चर्चा उन्होंने कभी अपनी पत्नी तक से भी नहीं की। यह तो सिर्फ उनके 'अड्डे' के लोग जानते थे और जानते रहे।

सेठ जानकीदास से एडवोकेट बाबू का रिश्ता ताउम्र बना रहा। सेठ जी के मरने के बाद उनके लड़कों ने भी एडवोकेट बाबू को इतना मान दिया कि एडवोकेट बाबू बतौर उन्हीं लोगों के सलाहकार बने रहकर ही रिटायर हुए। हर कोई जानता था कि सेठ जानकीदास एडवोकेट बाबू की हर बात मानते हैं। कई बार सेठ जी के बेटों ने अपने पिता से अपनी बात मनवाने के लिए एडवोकेट बाबू को मनाने की कोशिशें की थीं, पर हर बार विफल रहे थे। पर जाने कैसे एडवोकेट बाबू की साख उन लोगों की निगाह में कम होने के बजाय बढ़ती गई थी। कहते हैं कि कि चौक में इटालियन मारबल पर खर्च करना न सेठ जी को मंजूर था न उनके बेटों को। बहरहाल जानकीदास तेजपाल मैनशन के दोनों चौक में काले-सफेद इटालियन मारबल के चौकोर ही सबसे पहले लगे। बाद में उनकी देखा-देखी उस तरह के चौकोर बहुत सी कोठियों में लगे। यह अलग बात है कि आगे चलकर सेठ जानकीदास के बेटे ने लोगों के चौक में फेंक दिए गए कूड़े के नीचे छिपे इटालियन मारबल के इन चौकोरों को दोनों चौक से उखाड़कर अपने घर में लगवा लिया। "जानकीदास तेजपाल मैनशन की ईंट-ईंट से लेकर उसके नामकरण तक सारा फैसला एडवोकेट बाबू का था,"—माँ

ने ऐसे कहा था, जैसे वह पहली बार कोई नई बात कह रही हो।

"लेकिन जब सेठ जी एडवोकेट बाबू को इतना ही मानते थे, तो उन्होंने इस चौक का पूरा दो तल्ला एडवोकेट बाबू को क्यों नहीं दिलाया?"—जयदीप ने माँ की पचासों बार दोहराई गाथाएँ सुनते-सुनते एक दिन माँ से झल्लाकर पूछा था। यह उन दिनों की बात है जब जयदीप की मूँछों की रेखा उगने लगी थी और उसकी आवाज फटकर बेसुरी हो गई थी। जितनी देर वह घर में रहता, चौक के उस तरफ के कमरों से सुमेरमल परिवार की कई जोड़ी आँखें उसे घूरती हुई महसूस होती थीं। चौक के इधर के तीन कमरों में एडवोकेट बाबू का परिवार था और दूसरी तरफ किराने की तीन-चार दुकानों के मालिक सुमेरमल बाबू का, जिनके दो बेटों की लगभग हमउम्र कुल पाँच पौत्रियाँ जवानी की दहलीज पर इकट्ठे कदम रख चुकी थीं।

जयदीप के झल्लाहट-भरे सवाल का जवाब माँ ने बड़ी तफसील से दिया था। माँ एडवोकेट बाबू की कोई भी बात ऐसे सम्मान के साथ बतातीं जैसे कि पति परमेश्वर से भी ऊँची कोई पदवी उनकी हो। जबकि जयदीप को अच्छी तरह मालूम था कि जितनी बातें सेठ जानकीदास ने एडवोकेट बाबू की मानी होंगी, उससे कहीं ज्यादा एडवोकेट बाबू से माँ ने मनवाई होंगी। "सेठ जी ने कहा था एडवोकेट बाबू से, कि आगे चलकर तुम्हारा परिवार बढ़ेगा। तुम्हें पूरा तल्ला लेना चाहिए। पर एडवोकेट बाबू तो एडवोकेट बाबू ठहरे। कहा कि सेठ जी, अगर आदमी को ईमान से पेट भरना हो, तो उतने ही पाँव फैलाने चाहिए, जितनी उसकी चादर हो।" माँ की आवाज और मरने तक दूधिया-गुलाबी रहनेवाला चेहरा गर्व से दिपदिपा उठे थे। बेशक माँ के पास आम हिन्दुस्तानी औरतों की तुलना में पति पर फख्र करने की ज्यादा वजहें थीं, लेकिन जयदीप को पति के गलत निर्णय, जिसका माँ को कोई कम अफसोस नहीं था, पर माँ का बनावटी उछाह बहुत बुरा लगा। औरतें कहानियाँ भी सुनाती हैं, तो उसमें भी अपने अफसोसों को छिपा लेती हैं। जयदीप ने हँसकर कहा—"और यह तो सेठ जी जानते ही होंगे कि अगर एडवोकेट बाबू ने ज्यादा पाँव फैला लिये, तो किसकी चादर छोटी पड़ जाएगी।" माँ भी चुप नहीं रही थीं—"और तुम जैसे जानते ही नहीं कि एडवोकेट बाबू ऐसा मरते कभी न करते।"

एडवोकेट बाबू को हमेशा कान में जनेऊ लपेटकर मुँह-अँधेरे छोटा-सा लाल गमछा बाँधे पाखाने से लौटते जयदीप ने बचपन से ही देखा था।

सीढ़ियों से इधर के चौक में घुसते ही वहाँ नाले पर गंगा की मिट्टी और टंकी में पानी और टिन का मग पड़ा रहता, जिससे तीन बार हाथ धोकर पाखाने की छुआछूत से मुक्त हुआ जाता। परीक्षा के दिनों में एडवोकेट बाबू का उसने कई बार टिन के मग से हाथ धुलाया था क्योंकि वह पढ़ाई करने सुबह तीन बजे अलार्म लगाकर उठ जाता था। एडवोकेट बाबू के पेट में शायद कोई अलार्म घड़ी लगी थी क्योंकि वे ठीक साढ़े चार बजे निपटकर सिर्फ 'हाँ' की आवाज लगाते थे। उनकी एक 'हाँ' से ही माँ उनका हाथ धुलाने के लिए निकल आती। मासिक के दिनों में माँ किसी न किसी बच्चे को अपने पास सुलाती और उसे हाँ सुनते ही भेज देती।

माँ पाँच बजे पाखाने जाती और वहीं गुसलखाने में नहा-धोकर ऊँची-ऊँची एड़ी तक साड़ी लपेटे वापस आती। बाद में जब गंगा की मिट्टी के पास पानी की टंकी की जगह लंबे हैंडलवाला नल लग गया, तो माँ नल को भी गंगा-मिट्टी लगाकर पवित्र करती, तब उससे अन्तिम बार हाथ धोती। कभी दिन में यदि माँ को हाजत हो जाती तो वह लौटकर अपने सारे कपड़े धोने में डाल देती और धुले हुए कपड़े पहन लेती।

सुमेरमल परिवार की लगभग एक-से कद की पाँचों लड़कियाँ अपनी माँ-चाची और दादी समेत ठीक पाँच से साढ़े पाँच के बीच पाखाने और गुसलखाने से फारिग हो लेतीं। हालाँकि दो तल्ले के पाखाने पर उधर के चौक के लोग भी आते थे, पर जयदीप को सबसे ज्यादा परेशानी सुमेरमल की लड़कियों के वहाँ होने से थी।

बचपन में वह बड़े मजे से उनके घर जाकर मिठाई-विठाई खा आता था। लड़कियों ही लड़कियों के झुरमुट के बीच उसका स्वागत ऐसा होता, जैसे उसके पैर पड़ने से उनके यहाँ लड़का पैदा ही हो जाएगा। ऊपर से उसके निछोह गोरे रंग के कारण पूरा घर 'अँगरेज बबुआ' पर लट्टू रहता। पर आठ-नौ साल की उम्र तक आते-आते जाने कैसे हवा बदल गई थी। न वे लोग उसे बुलाते और न ही वह वहाँ जाता। कुछ एक सालों में तो सीढ़ियों पर आते-जाते अगर किसी सुमेरमल लड़की से सामना हो जाता तो वह उसके बगल से बिना देखे ऐसे गुजर जाती, जैसे कि वह अदृश्य ही हो।

जानकीदास तेजपाल मैनशन के हर तल्ले पर सारे कमरे चौक के चारों तरफ घूमते गलियारों में खुलते। सबके दरवाजों पर परदे टँगे रहते, पर माँ को परदे गिरे रहने से घुटन महसूस होती थी। इसलिए माँ का परदा हमेशा ऊपर मोड़कर अटकाया हुआ रहता। जयदीप माँ के कमरे में घुसते वक्त बहुत बार

परदा गिरा देता, पर माँ को एक मिनट भी चैन न पड़ता। वह तुरन्त परदा वैसे ही उठा देती। इस तरह सुमेरमल कुटुम्ब की दर्जन-भर आँखों को मौज मिली रहती। कम-से-कम जयदीप को हर घड़ी ऐसा लगता रहता। माँ को यह समझ में ही नहीं आता था कि जयदीप क्यों बार-बार परदा गिरा देता है। सुमेरमल के कमरों के दरवाजों पर परदे इस तरह कोने से कोने तक सटे रहते कि क्या मजाल हवा का एक कतरा भी अन्दर घुस जाए। आखिर 'लड़कियों की जावा' है यानी कि जमघट—माँ मौके-बेमौके उन लोगों की बात चलने पर कहती। जैसे कि सिर्फ लड़कियों को ही यह अधिकार हो कि कोई उनके जीवन में ताक-झाँक न करे।

दरअसल बिना किसी के जाने जयदीप के जीवन में एक घटना ऐसी घट गई थी जिसने जयदीप के सारी दुनिया और जानकीदास तेजपाल मैनशन और सुमेरमल परिवार से हमेशा के लिए रिश्ते बदल दिए थे। वह इस बात को किसी के सामने जुबान पर कभी नहीं ला पाया।

हुआ यह था कि उस दिन भोर सुबह चार बजे जयदीप को स्टेशन जाना था। जगन्नाथ पुरी से सुबह-सुबह आनेवाली ट्रेन से भाई-भाभी आ रहे थे। माँ ने आदतन बात-बात में सुमेरमल परिवार तक यह बात पहुँचा दी होगी कि जयदीप अपने भैया-भाभी को लेने हावड़ा स्टेशन जाएगा। जयदीप उनींदा-सा नहाने के लिए गुसलखाने में जैसे ही घुसने को हुआ था कि दरवाजा अपने-आप खुल गया था और उसका हाथ पकड़कर उसे अन्दर खींच लिया गया था। बल्ब की हलकी रोशनी में जयदीप ने सुमेरमल लड़कियों में से एक के उघाड़े बदन की झलक देखी थी, जिसका चेहरा उसके खुले बालों से लगभग पूरा ढँका था। वह पाँचों में से कौन सी थी, यह वह कभी नहीं जान पाया। हकबकाकर उसने एक धक्का-सा देकर उसे अपने से परे कर दिया था और हाँफता हुआ भागकर अपने कमरों की तरफ चला आया था।

शादी के बाद उसने दीपा को एक बार यह किस्सा बताने की बेवकूफी कर डाली थी। तबसे जब भी सुमेरमल लड़कियों में से कोई भी अपने ससुराल से जानकीदास तेजपाल मैनशन आई रहती, दीपा उसे छेड़े बिना नहीं मानती थी। "अच्छा यह तो बता दो, वह उमा थी या राधा या जया? उमा ही रही होगी। वही पाँचों में सबसे सुन्दर है।" जयदीप ने उस घटना के बाद सुबह सात बजे के पहले पाखाना नहीं जाने की आदत लगा ली थी। चाहे कुछ भी हो जाए, वह सात बजे के पहले बिस्तर से उठता नहीं था। बाद में एक बार जब बहुत शोर हुआ था कि किसी औरत ने एक नवजात बच्चे को पाखाने से पीछे की टिन पर

फेंक दिया और यह पता ही नहीं चला कि किसने ऐसा किया, तो जयदीप ने अपने देर से उठने के निर्णय पर अपनी पीठ ठोंकी थी।

अमेरिका जाने पर जयदीप को सबसे अच्छी बात यह लगी थी कि आदमी निपटने जाए, तो दर्जन-भर लोगों को इस बात की जानकारी न मिल जाए, पर अटैच्ड बाथरूम का अपना सुख था तो दुख भी अनेक थे। पहले-पहल तो वह अंग्रेजी कमोड पर भी उकड़ूँ ही बैठता। सारा शरीर कमोड से सटाना उसे किसी हालत में मंजूर नहीं था। बल्कि वह सारे दिन लोगों को चलते-फिरते देखकर सोचता कि उन सबने कमोड से सटे कपड़े पहन रखे होंगे। पानी की जगह टॉयलेट पेपर इस्तेमाल करना तो उसने आज तक नहीं सीखा। बड़ी मुश्किल से—और वह भी अपने साथ अमेरिका गए स्कूल के दोस्त समरेन्द्र किल्ला उर्फ सैमकी के समझाने पर—वह गोरों की तरह उनके कमोड पर बैठने लगा। सैमकी ने उसे कमोड पर उकड़ूँ बैठे देख लिया था। उसने कहा—"यदि कोई और तुम्हें इस तरह देख लेगा तो यह सिद्ध हो जाएगा कि इंडियन आदमी कभी सभ्य नहीं हो सकता।"

उन लोगों की नजरों में सभ्य होना जयदीप के लिए मजबूरी की हद तक एक जरूरत थी। किसी तरह कमोड को छूने पर अपवित्र हो जाने की भावना से जयदीप ने अपने को मुक्त किया था। पर हर बार भारत से लौटने के बाद उसे नए सिरे से इसे फिर सीखना पड़ता। यों वह कमोड की सीट को पोंछे बिना उस पर आज तक नहीं बैठा था। कमोड पोंछते वक्त उसे लाल गमछा बाँधे हुए पिता और एड़ी तक साड़ी पहनी हुई माँ की याद आ जाती। उसे याद आता कि माँ पाखाने से लौटकर कैसे हर बार सारे कपड़े धोने में डाल धुले हुए कपड़े पहन लेती थी।

रोहित से उसने इस बारे में कभी बात नहीं की थी कि उसे दिल्ली में कॉलेज में पढ़ने के वक्त छुट्टियों में जानकीदास तेजपाल मैनशन लौटने पर या अमेरिका में पढ़ते और रहते हुए कलकत्ता आने पर सामूहिक पाखाने में जाने में दिक्कत होती थी क्या? न ही कभी उसने दीपा से यह पूछा था कि शादी के बाद उसे पहली बार अटैच्ड बाथरूम वाले घर से आकर इस तरह के पाखाने का इस्तेमाल बुरा लगा था क्या? शादी के बाद उसने बरामदे में नहाने के लिए एक हिस्सा घेरकर दरवाजा जरूर लगवा लिया था। दीपा ने कभी कोई शिकायत नहीं की थी। जयदीप को अपने प्रति उसके प्रेम का इससे बड़ा प्रमाण और कुछ नहीं लगा था।

कई बातें अनकही रह जाना ही अच्छा होता है—न कोई कुछ पूछे और न

कोई कुछ कहे। जयदीप को रोहित से पाखाने की बात कहने का अफसोस आज तक रह-रहकर कोंचता है। जीवन में पहली बार ऐसा उनके बीच हुआ था कि रोहित ने अपनी या किसी और की बात को मजाक में न उड़ा दिया हो और उसका चेहरा अपने दादा यानी एडवोकेट बाबू की तरह बात पसन्द न आने पर एकदम पथरीला हो गया हो। बात हुई भी तब थी जब रोहित अपने चचेरे भाई-बहनों से घिरा था। रोहित कह रहा था—"नहीं, मैं कभी इस 'चिड़ियाघर' में वापस नहीं आ सकता।" जयदीप देश को चिड़ियाघर कहे जाने पर तिलमिलाकर बोल उठा था—"और मैं कभी वहाँ नहीं रह सकता जहाँ अपना कमोड आदमी को खुद साफ करना होता है।" रोहित एकदम चुप रह गया था। जयदीप उसका चेहरा देखकर समझ गया था कि उसने ऐसी बात कह दी है जिसे रोहित कभी भूलेगा नहीं। अन्त में सन्नाटे को तोड़ने के लिए रोहित ने ही छोटे बच्चे की तरह पूछा था—"द कास्ट सिस्टम?" जयदीप ने रोहित की मजाकिया नब्ज की तर्ज पर बात को सँभालने की कोशिश की थी—"हाँ। 'कास्ट सिस्टम' का चिड़ियाघर, जहाँ बाथरूम साफ करनेवाले को किसी 'कास्ट' का बताया जाता है। अमेरिका में पब्लिक बाथरूम साफ करनेवाले भी होते तो हैं ही।" पर बात बनने के बजाय और बिगड़ गई थी।

"लेकिन चाचा, आप जब अमेरिका में पढ़ते थे, तो आप भी अपना बाथरूम साफ करते होंगे न?"—जयदीप के एक भतीजे ने पूछा था। जयदीप जवाब नहीं देना चाहता था, पर वह फँस गया था। उसने कहा—"नहीं। मैं इसके बदले दूसरों के और सारे काम कर देता था। उनके पेपर लिखता। खाना बनाता।" ...बोलते-बोलते उसे लगा था कि चुप रह जाना ही बेहतर होता। वह एकदम से चुप हो गया। वह और कुछ बोलेगा तो बात हद से ज्यादा बिगड़ जाएगी। वरना कहा जा सकता था कि एडवोकेट बाबू राजस्थान की हवेलियों की तरह पाखाने बनवाते, तो वे घर के बाहर कुछ दूर पर होते। पर शहरों में पाखाने मकान के अन्दर ही बनाने पड़ते, इसलिए कमरों से दूर सामूहिक पाखाने बने। अब कमरों के एकदम अन्दर बनते हैं। लेकिन उनकी सफाई करना कोई बहुत मनपसन्द या आनन्द का काम तो है नहीं। अगर उसने इस सचाई को कह दिया, तो क्या बुरी बात कह दी? उसका सोच बहुत पिछड़ा हो गया? रोहित की तरह वह मॉडर्न नहीं बन पाया? लेकिन बात-बात में 'ओह शिट' बोलनेवालों को शायद कुछ भी कहना बेकार है।

सेठ जानकीदास की कम से कम यह बात तो सही निकली थी कि एडवोकेट बाबू का परिवार जानकीदास तेजपाल मैनशन में आने के बाद आजाद भारत की जनसंख्या की तरह बढ़ता चला गया था। यों भी उन दिनों अपनी लड़कियों या बहुओं के बच्चे होने के साथ-साथ माँ या सास के भी बच्चे होते रहते थे। बहुओं का अपनी सास का जापा कराना कोई अनोखी बात नहीं थी। पन्द्रह-सोलह साल में अकसर एक लड़की या औरत माँ बन जाती थी और तीसेक साल की उम्र में नानी और कभी-कभी दादी। जमाने का अपना तकाजा था। कोई भला कैसे उससे बच पाता? गर्भ-निरोध की गोलियाँ तो तब थीं नहीं।

जानकीदास तेजपाल मैनशन में रहनेवालों की कुल संख्या पन्द्रह-बीस सालों में इतनी बढ़ गई थी कि अकसर कमरों में बेटे-बहू के लिए लकड़ी का पार्टीशन बनाकर या सिर्फ परदा खींचकर उनके दाम्पत्य जीवन की व्यवस्था की जाती। जिन परिवारों की हालत तंग थी या आमदनी खर्चों के मुताबिक नहीं बढ़ी थी, वे रसोईघर और बरामदों का इस्तेमाल भी रात में सोने के लिए करते। फुट बरामदों में किसी तरह का छप्पर डालकर कमरे बन गए थे, जो सड़क से दिखते हुए आँखों में चुभते थे। एडवोकेट बाबू के कुछेक शब्दों के जुमले के अनुसार जानकीदास तेजपाल मैनशन 'चूजों का दड़बा' बन चुका था। एडवोकेट बाबू ने यह बात तब कही थी जब जीवन में पहली बार सुबह साढ़े चार बजे उन्हें एक भी पाखाना खाली नहीं मिला था।

माँ दुनिया की तमाम माँओं की तरह अपना वश चलते अपनी किसी सन्तान को अपनी निगाहों के बाहर नहीं देखना चाहती थी। हर लड़की को ब्याहने के बाद वे ईश्वर को रात-दिन रो-रोकर कोसतीं कि उसने क्यों लड़की की जात बनाई। जब बड़ा बेटा तीन बच्चे होने के बाद जगह की कमी के कारण दूर कलकत्ता के बेलियाघाटा इलाके में चला गया था, तो माँ को एडवोकेट बाबू पर बेहद गुस्सा आया था। मान ली होती सेठ जानकीदास की बात, तो क्या यह दिन देखना पड़ता।

बड़े भैया के नए घर में जाने के बाद माँ के आँसू बेटी ब्याहने की तरह ही सात दिन नहीं सूखे थे। जब आठवें दिन वे रोने लगीं, तब उन्हें बड़ी बुआ ने कहा था—"भाभी, अब तेरी एक आँख मेरी तरह चली जाएगी। कहीं दोनों चली गईं, तो तेरा क्या होगा?"—तब कहीं जाकर माँ ने रोना बन्द किया था। बड़ी बुआ के देवर आसाम की तरफ जाते हुए गुम हो गए थे और फिर कभी उनका पता नहीं चला। तब बुआ इतना रोई थीं कि उनकी एक आँख ही

चली गई थी। जबकि बुआ के अनुसार उनकी पत्थरदिल देवरानी पूरी सही-सलामत थी।

जयदीप ने इंजीनियरिंग की पढ़ाई कलकत्ता के जादवपुर विश्वविद्यालय से की। वह जानता था कि माँ उसे घर से दूर कभी नहीं जाने देगी। कलकत्ते में बंगाल इंजीनियरिंग कॉलेज भी था, पर वहाँ पढ़नेवालों को वहीं हॉस्टल में रहना पड़ता था। जयदीप जानता था कि माँ इसके लिए कभी राजी नहीं होगी। अमेरिका में पढ़ने जाना तो एक ऐसा सपना था, जिसे देखने की हिम्मत जयदीप सपने में भी नहीं करता था। एडवोकेट बाबू को उसने बात-बात में बताया था कि समरेन्द्र किल्ला आगे पढ़ने अमेरिका जा रहा है। अगले दिन सुबह जीवन में पहली बार एडवोकेट बाबू ने 'ऑर्डर' देने की तरह माँ को कह दिया था—"जयदीप भी अमेरिका में पढ़ेगा। इस बात पर न कोई बात करे, न रोए-धोए।"

माँ सन्न रह गई थी। सिर्फ इसलिए नहीं कि जयदीप से दूर रहने की वह सोच भी नहीं सकती थी, इसलिए भी कि एडवोकेट बाबू दफ्तर-अड्डे-कचहरी के लोगों के एडवोकेट बाबू थे। घर में वे सिर्फ इस नाम से जाने जाते थे। यहाँ कोई उनका दफ्तर नहीं चलता था। माँ अपने समय की दूसरी औरतों की तरह भले पढ़ाई-लिखाई में पति की बराबरी नहीं कर सकती थी पर घर में वह थी 'क्वीन विक्टोरिया'। बड़े भाई अक्सर जयदीप से बात करते वक्त माँ के लिए 'क्वीन' या 'विक्टोरिया' या 'क्वीन विक्टोरिया' का इस्तेमाल करते। बाद में बेलियाघाटा चले जाने के बाद उन्होंने माँ को इस पदवी से मुक्त किया, क्योंकि तब वे और भाभी माँ के साम्राज्य से बाहर निकलकर आजाद हो गए थे। लड़कियों की शादी किस उम्र में किससे करनी है, कब तक किस बच्चे को कहाँ पढ़ना है, इन सब मामलों में माँ को किसी एडवोकेट की जरूरत नहीं थी। इस बारे में किसी को कोई भ्रम न रहे, इसलिए माँ एडवोकेट बाबू को सुनाकर कहती रहती—"किताबी ज्ञान से दुनिया नहीं चलती।"

जयदीप के भविष्य के बारे में निर्णय करने का अधिकार माँ के अलावा किसी और का नहीं हो सकता था। वैसे भी सिर्फ जयदीप ने सारे भाई-बहनों में माँ का रंग-रूप पाया था, इसलिए वह एक तरह से उनकी निजी सम्पत्ति था। माँ ने एडवोकेट बाबू से जंग लड़ने के लिए अपनी कहानियों का अनन्त पिटारा खोला। बच्चे किस तरह माँ-बाप से दूर रहकर विदेशों में शराबी-कबाबी बन जाते हैं; किस तरह फलाँ भाभी के फलाँ चाचा का फलाँ लड़का गोरी लड़की से शादी कर क्रिस्तान बन गया; कैसे बाप मरा, तो भी फलाँ चाचा का भतीजा अमरीका से बाप को मुखाग्नि देने नहीं पहुँचा—माँ के पास सैकड़ों किस्से थे।

फलाँ चाची या मामी या सहेली की आप-बीती को माँ अपनी आप-बीती की तरह बाकायदा उन लोगों के पूरे डायलॉग सहित रो-रोकर सुनाती रही। माँ की कहानियों का जब न एडवोकेट बाबू पर कोई असर दिखा, न जयदीप की अमेरिका जाने की तैयारियों पर, तब माँ ने हार मानकर अचानक एक दिन एकदम चुप्पी साध ली।

एडवोकेट बाबू के लिए चुप रहना जीने का तरीका था, माँ के लिए एक नया पाया गया हथियार। सबके चाहने के बावजूद माँ ने इस बारे में न कुछ कहा, न उसके अमेरिका जाने के समय वे रोईं। यह तो बहुत बाद में हुआ कि जब जयदीप अमेरिका से लौटकर न नौकरी में टिक पाया, न फैक्टरी चला पाया, तब माँ ने इस विषय में इतना कहा—"हमने तो इसीलिए चुप्पी मार ली थी। पता था कि इससे किसी की भलाई नहीं होनी है। पर जब आदमी जिद पर आ जाए, तो वह भले-बुरे की क्या सोचे।"

जब जयदीप को खबर मिली थी कि एडवोकेट बाबू बहुत बीमार हैं और उसे तुरन्त घर जाना है, उसे माँ की कहानियाँ याद आ गई थीं। हालाँकि मुखाग्नि उसे नहीं देनी थी, क्योंकि यह बड़े भैया की जिम्मेदारी थी, पर उसने एक मिनट के लिए भी नहीं सोचा था कि वह जाए कि न जाए। उसने अपना थोड़ा-बहुत जरूरी सामान साथ लिया था। अपनी गाड़ी, जो उसने घर में बिना किसी को बताए खरीदी थी, अपनी मित्र मिशेल के जिम्मे लगा दी थी। यों अपनी फोर्ड मुस्टांग स्पोर्ट्स कार की एक तस्वीर वह घर भेज चुका था, जिसमें वह राजेश खन्ना की तरह गरदन हलकी-सी टेढ़ी कर मुसकरा रहा था। उसने इतनी एहतियात भी बरती थी कि यह लिख दे कि यह पुरानी सैकेंड हैंड गाड़ी उसने अपनी स्कॉलरशिप के पैसों से एक दोस्त प्रीतम भंसाली के साथ मिलकर मजबूरी में खरीदी है। अमेरिका में सारी जगहें बहुत दूर-दूर हैं और न बसें आसानी से मिलती हैं, न टैक्सियाँ। उसने सोचा था कि घर जाकर माँ को बताएगा कि बिना गाड़ी के अमेरिका में आदमी लूला-लँगड़ा होने के बराबर है।

सच यही था कि फोर्ड मुस्टांग जयदीप के लिए एक आइडेंटिटी कार्ड बन गई थी। यूनिवर्सिटी के लोग चार मील पर एक गैलन गैस हजम कर जानेवाली उसकी स्पोर्ट्स कार से उसे पहचानने लगे थे। कई लोग इन दिनों उसका दूर से हाथ हिलाकर अभिवादन करने लगे थे। किसी का कोई भी काम हो, जयदीप गाड़ी लेकर हमेशा तैयार खड़ा मिलता। गैस सामनेवाला भरवा दे। बाकी सब फ्री। वह जानता था कि जानकीदास तेजपाल मैनशन में गाड़ीवाली फोटो से तरह-तरह की प्रतिक्रियाएँ हुई होंगी। माँ और एडवोकेट बाबू और छोटे भाई-

बहनों को उस पर फख्र हुआ होगा, भले ही एडवोकेट बाबू के चेहरे की नसें गुस्से से एक बार तनी होंगी। बड़े भाइयों और बहनों को इस फिजूलखर्ची पर गुस्सा या रश्क हुआ होगा। हो तो हो। जयदीप को कोई परवाह नहीं थी। जिन लोगों को पराए देश में अपने कम गोरे रंग, टूटी-फूटी भाषा और अजब से कपड़ों में जिन्दगी बितानी नहीं पड़ती हो, उन्हें क्या मालूम कि उसे गाड़ी की क्यों और कितनी जरूरत थी। वे लोग तो अपनी सफेद कपड़े की सीट लगी काली एम्बेसडर गाड़ी में अपने को बिड़ला से कम नहीं समझते क्योंकि बिड़ला हो या टाटा, इंडिया में सब एम्बेसेडर में ही बैठते हैं। यह तो अच्छा हुआ कि जयदीप सेठ जानकीदास के दिए हुए एडवोकेट बाबू के पांडे ड्राइवर से गाड़ी चलाना सीखकर ही अमेरिका आया था। आदमी दुनिया में खाए बिना रह सकता है, पहचान के बिना नहीं।

जयदीप ने घर लौटकर देखा कि एडवोकेट बाबू डायबिटीज और तेज बुखार की दोहरी मार को झेलते फेफड़ों से साँस तक तकलीफ से ले रहे हैं। जीवन में पहली बार उसने अपने लिए एडवोकेट बाबू की आँखों में आँसू देखे। वह इतना विचलित हुआ कि उसने पहला काम यह किया कि कमरे में आकर उसने अपनी वह किताब निकाली, जिसकी मोटी जिल्द के अन्दर लिफाफे के अन्दर लिफाफे में डालकर फोर्ड मुस्टांग में बैठे हुए उसकी और उसकी 'गर्लफ्रेंड' मिशेल की एकमात्र तस्वीर थी। इस फोटो में मिशेल के गोरे रंग के सामने वह एकदम ब्राऊन लग रहा था और उसके भूरे-काले बाल मिशेल के सुनहरे बालों के सामने एकदम 'जेट ब्लैक' लग रहे थे। इस फोटो में मिशेल वैसे ही हँस रही थी, जैसी हँसी के लिए वह कहा करता था कि उससे कहीं भी भूकम्प आ सकता है। फोर्ड मुस्टांग मिशेल के पिता की खरीदी हुई लगभग नई गाड़ी थी, जिसे मिशेल और उसने मिलकर उनसे खरीद लिया था। प्रीतम भंसाली का उससे कोई लेना-देना नहीं था। वह तो अहमदाबाद से आया एक बड़े बाप का बेटा था, जिसने अमेरिका आते ही एक नई गाड़ी खरीद ली थी।

जानकीदास तेजपाल मैनशन में लौट आने पर अब अमेरिका बहुत दूर लग रहा था। एडवोकेट बाबू के आँसू एकदम असली और हाथों से पोंछे जाने पर गरम-गरम थे। ऐसा लग रहा था कि उसके बिना जानकीदास तेजपाल मैनशन जी नहीं सकेगा। हालाँकि कलकत्ता एयरपोर्ट पर उतरने के बाद से घर पहुँचने तक जयदीप को लगता रहा था कि दुनिया में आदमी कहीं भी रह ले, पर कलकत्ता तो नरक से भी बदतर जगह है। नक्सलवादियों के आतंक के कारण कोई टैक्सीवाला उसे रात में घर पहुँचाने को तैयार नहीं था। वे लोग पुलिसवालों

तक को मक्खी-मच्छरों की तरह मार रहे थे, टैक्सीवालों को मारना तो उनके बाएँ हाथ का खेल था।

सारी रात जयदीप मिशेल को एयरपोर्ट के अधमरे फोन से लाइन माँगकर बताने की कोशिश करता रहा था कि वह कलकत्ता पहुँच गया है। एयरपोर्ट के बाथरूम में एक बूँद पानी नहीं था और वैसी सड़ाँध तो कभी जानकीदास तेजपाल मैनशन के सामूहिक पाखाने में नहीं हुई होगी।

किसी तरह अपना सामान लादे जयदीप एक टैक्सीवाले को दुगुना किराया देकर सुबह-सुबह घर पहुँचा था। नीचे तिवारी दरबान ने चौक से आवाज लगाकर पूरे मकान को जतला दिया था कि अमरीका से जय बाबू आ गए हैं। उस दिन जयदीप को हर खिड़की और हर दरवाजे के परदे के किनारे से उसे घूरती आँखें बुरी नहीं लगी थीं। वह सचमुच इस दुनिया की निजी सम्पत्ति था और यह दुनिया उसकी। एडवोकेट बाबू उसके आने के साथ-साथ ही जैसे चमत्कार की तरह ठीक होने लगे थे। यदि माँ की आँसू भरी कहानी पर यकीन किया जाए, तो जयदीप के आने से उनके दिल का काँटा निकल गया था और उनकी साँसें वापस चल पड़ी थीं।

यह तो जयदीप को करीब बीस साल बाद और वह भी अपनी पत्नी दीपा से पता चला था कि उसके लौट आने से सचमुच एडवोकेट बाबू की क्यों साँस में साँस आई थी। अपने भटके हुए बेटे को अपने आँगन में देखकर सिर्फ माँ-बाप ही नहीं, पूरा जानकीदास तेजपाल मैनशन उमग रहा था। जयदीप ने अपनी खामखयाली में यह कभी नहीं सोचा कि मिशेल के बारे में वहाँ बच्चे-बच्चे को मालूम था। भारत की प्राचीन महान सभ्यता अपने बच्चों पर जासूसी करने में दुनिया की केजीबी और एफबीआई को मात दे सकती है। जयदीप को नहीं मालूम था कि उन लोगों को यहाँ तक मालूम है कि फोर्ड मुस्टांग में आधे पैसे लगानेवाला उसका दोस्त प्रीतम भंसाली न होकर कौन है। जयदीप का सन्देह सीधा समरेन्द्र उर्फ सैमकी पर गया था, जो हॉलीवुड में नाम कमाकर अब बम्बई में फिल्में बना रहा था पर सैमकी ने ही तो उससे कहा था कि उसे मिशेल के साथ ऐसा धोखा नहीं करना चाहिए था। उसने बताया था कि चार महीने उसके फोन का इन्तजार करने के बाद मिशेल का नर्वस ब्रेकडाउन हो गया था। तो उसकी जिन्दगी की कहानी लिखनेवाला और कोई नहीं, सैमकी ही था। जयदीप ने बीस साल बाद बिना अफसोस के सोचा था।

एडवोकेट बाबू की तबीयत उसके लौटने के एक सप्ताह में ही इतनी ठीक हो गई थी कि वे दो-तीन घंटों के लिए दफ्तर जाने लगे थे। जयदीप बहुत राहत

का अनुभव कर रहा था। वह इन्तजार करता रहा कि रिसर्च पूरी करने के लिए अमेरिका वापस लौटने की बात घर में कब उठेगी। पर दिन गुजरते गए और किसी ने भूलकर भी 'अमेरिका' शब्द का उच्चारण तक नहीं किया। जयदीप बात-बात में अमेरिका के बारे में कुछ-न-कुछ कहता। एडवोकेट बाबू से कुछ कहने की जुर्रत उसकी इसलिए भी नहीं हुई क्योंकि उसके मन में कहीं मिशेल को लेकर एक चोर बैठा था। आखिर उसने एडवोकेट बाबू से धोखा किया था, उनका विश्वास तोड़ा था, भले ही वे इस बारे में न जानते हों।

माँ की पीठ में अक्सर गर्मियों में छोटे-छोटे दाने हो जाते थे। जब वे सूख जाते, तो माँ ब्लाउज खोलकर बरामदे की दहलीज पर बैठ जाती। किसी-न-किसी बच्चे को लगाया जाता कि वह नाखून से चापकर दानों की कील निकाल दे। बचपन में जयदीप बहुत मन से माँ की यह सेवा करता आया था। पर बाद में उसे लगने लगा था कि चौक के उस पार परदे के अन्दर से कुछ आँखें उसे देख रही हैं। वह माँ को एक बार परेशान होकर कह बैठा था, 'मुझसे नहीं होगा कील निकालना।' तबसे माँ ने उससे यह कहना बन्द कर दिया था।

अब जयदीप का मन होता कि माँ उससे कहे कि 'मेरी कील निकाल दे बेटा। बहुत गड़ रही है।' वह माँ की कील निकालता रहे और माँ उससे बहुत सारी बातें कहती-सुनती रहे। माँ अपनी कहानियों का पिटारा खोलकर जाने कितने सौ साल पुरानी और एकदम ताजी गप्पें उसे सुनाए और वह अमेरिका की ऐसी-ऐसी बातें माँ को बता डाले जो उसने किसी को भी न बताई हों। उसने सोच लिया कि वह माँ को बताएगा कि कैसे एक दिन एक लड़की एकदम नंगी होकर कैम्पस में नारे लगाती हुई भरी दोपहर में दौड़ गई थी क्योंकि वह अमेरिका के वियतनाम पर बम फेंकने के खिलाफ थी।

जयदीप ने देखा कि माँ उससे अकेले में बात करने से बच रही थी। एक दिन उसने माँ की पीठ पर हाथ लगाकर दाने खोजने चाहे, तो माँ ने हँसकर कहा कि अब उसके कील नहीं होती। नए होमियोपैथिक डॉक्टर की पुड़िया से ठीक हो गई है। माँ कभी उससे बात करती तो बस चालू हो जाती कि कैसे वह और एडवोकेट बाबू बूढ़े हो रहे हैं जबकि अभी न उसकी शादी हुई है और न उससे छोटे तीन भाई-बहनों की। माँ कहती 'बुढ़ापे की सन्तान दुखदायी होती है'। पर ऐसा कहते हुए माँ की आवाज में कोई दुख न होता। वह ऐसे कहती जैसे किसी और की बुढ़ापे की सन्तानों की बात कह रही हो।

जयदीप मन की बात मन में रखने की उक्ति—'पेट में रखो तो लाख की, मुँह से निकले तो खाक की'—का हरगिज कायल नहीं था। वैसे भी माँ सिर्फ

यह कहती ही थी, उस पर अमल भूले-भटके साल में एकाध बार ही करती थी। माँ सिर्फ एडवोकेट बाबू की चुप्पी का समर्थन करने के लिए यह बोलती रहती थी। जयदीप ने होश सँभालने के साथ ही यह निर्णय कर लिया था कि वह एडवोकेट बाबू की तरह मुँह सिले जिन्दगी गुजारनेवाला नहीं है। यह क्या कि गूँगे की तरह कुछ न बोलो और टुकुर-टुकुर देखते रहो। स्कूल और बड़ाबाजार युवक संघ में वाद-विवाद प्रतियोगिता में वह हमेशा सबसे ज्यादा बोलनेवाला प्रतिभागी रहता था। जानकीदास तेजपाल मैनशन के दूसरे चौक में रहनेवाला उसका बचपन का साथी विलास हमेशा कहता था कि दूसरे लोग जितनी देर में सौ शब्द बोलते हैं, उतनी देर में जयदीप डेढ़ सौ शब्द बोलता है। उसने एक बार टेप में रिकॉर्ड कर इसका लिखित प्रमाण भी जयदीप को दिखाया था।

'बड़ाबाजार युवक संघ' में जयदीप के विचारों का वहाँ के मुसलमान-विरोधी तत्वों से कोई मेल नहीं था। सिर्फ बास्केटबाल और बैडमिंटन खेलने के लिए उसने वहाँ के सेक्रेटरी राजीव मिश्रा से दोस्ती गाँठ रखी थी। किन्तु मिश्रा के कारण उसे वहाँ डिबेट में मुस्लिम-विरोधी भाषण देने पड़ते क्योंकि मिश्रा उसे जान-बूझकर उस खेमे में नहीं डालता था, जिसमें वह अपनी बात बोले। पाकिस्तान से 1965 की लड़ाई के दिनों में राजीव मिश्रा उसे जब-तब पकड़कर सिर्फ उन्नीस साल पहले हुई कलकता की मारकाट के बारे में बताने लगता— "शुरुआत मुल्लों ने की थी। 'डायरेक्ट एक्शन डे' मनाकर। पर मरे मुल्ले ही ज्यादा।" जयदीप मिश्रा की बात यह सोचकर सुन लेता था कि विरोधी के तर्क को जब अपना तर्क बनाना पड़ता है, तो एक किस्म का मानसिक बास्केटबाल खेला जाता है। उसे बोलने का शौक था और बोलने का कोई मौका वह खोना नहीं चाहता था। आदमी के पास अगर दिमाग है और उसके पास अपने विचारों को सामनेवाले के दिमाग में पहुँचाने की काबिलियत है, तो भला वह चुप क्यों रहे।

जयदीप ने आश्चर्य के साथ देखा कि उसके अमेरिका से लौटने के बाद से जैसे उसे चुप रखने का कोई सामूहिक षड्यंत्र रचा जा रहा था। जो बातें उसके लिए जीने और मरने जैसी महत्त्वपूर्ण थीं, उन पर उसे बोलने से रोकने के लिए जैसे पूरे परिवार ने दम लगा रखा था। वह भाभियों के मार्फत दोनों बड़े भाइयों तक अपनी बात पहुँचाना चाहता, तो देखता कि वे दोनों किसी-न-किसी बहाने वहाँ से खिसक लेतीं। उसने दोनों बड़ी बहनों के जरिये अपनी बात दोनों जीजा तक पहुँचानी चाही, वे उससे यह कहकर कन्नी काट गईं कि उनके पति एडवोकेट बाबू से आमने-सामने बात करनेवाले नहीं हैं। वैसे भी अमेरिका में किसी

अधूरी रिसर्च की बात उनके पल्ले नहीं पड़ती थी। कौन–सा अमेरिका उसके कुछ लिखे बिना समन्दर में डूब रहा है, बड़ी बहन ने पूछा भी था।

जाने क्यों जयदीप के साथ रिश्तों में हमेशा ऐसा होता था कि उसे अपनी बात आगे पहुँचाने के लिए किसी–न–किसी औरत की जरूरत होती थी। पहले बहनें–भाभियाँ, यूनिवर्सिटी में मिशेल और बाद में बच्चों से बात करने के लिए दीपा। एडवोकेट बाबू तक तो खैर सबकी बात माँ ही पहुँचाती थी। शायद सभी सोचते थे कि एडवोकेट बाबू कितना भी कम बोलें, अपने पाँच बच्चों की माँ से तो रात में बातें करते ही होंगे। लेकिन माँ से कलकत्ते में बात करना अब उतना ही मुश्किल हो गया था, जितना सात समन्दर पार से था। माँ मौका लगते ही, इसके पहले कि वह बात का कोई छोर पकड़े, किसी न किसी समस्या का रोना लेकर बैठ जाती। बीमार पति, बच्चों की शादी, सेठ जानकीदास की असमय मृत्यु, और कुछ नहीं तो कब्जियत और बवासीर।

जयदीप जानता था कि माँ उतनी परेशान नहीं है, जितना वह बताना चाहती है। पर वह माँ को ऐसा कह नहीं पाता था। किसी और की बात होती, तो वह चुप नहीं रहता। पर माँ ने उसे हमेशा सारे बच्चों में सबसे खास बच्चे की तरह पाला था। आखिर उसी के पास माँ का रंग–रूप था और पिता का दिमाग। माँ वश चलते जयदीप को कभी अमेरिका नहीं जाने देती। अब तो उसकी वह पढ़ाई पूरी भी हो गई थी जिसके लिए वह गया था। ''ऐसे तो आदमी पढ़ता ही जाएगा जब तक उसकी आँखें न रह जाएँ।''—माँ के विचारों और माँ के शब्दों को जयदीप जानता था। माँ किसी न किसी किस्से या गप्प में इस तरह की बातों को बुनकर बोल लेती थी जिसे वह जानता था कि उसके लिए ही बोल रही है।

जयदीप महसूस कर रहा था जैसे वह रात को चूहेदानी में फँस जानेवाले चूहे की तरह कैद है। कोई नहीं था जो उसकी बात सुने। पूरे सेंट्रल एवेन्यू और जानकीदास तेजपाल मैनशन में एक भी ऐसा शख्स नहीं था जो उसकी बात समझ सके। कोई वाद–विवाद करता, तो वह एक–से–एक तर्क दे सकता था। पर इस बार वह अपनी टीम में अकेला था और सामने की तरफ कोई नहीं था।

धीरे–धीरे जानकीदास तेजपाल मैनशन में यह बात फैल गई कि दो–तल्ले के पाखाने में किसी भूत ने बसेरा कर लिया है। जयदीप को जब तिवारी जी ने बताया तो उसने बड़ी मुश्किल से अपने को मुँह बिचकाने से रोका। पाँच हजार साल पुरानी यह सभ्यता अपना मन लगाने के लिए जाने कितने पुराण, कथाएँ, किंवदन्तियाँ बना चुकी है और फिर भी बनाती जा रही है। इसीलिए इस देश में विज्ञान की कोई जगह नहीं। सारे वैज्ञानिक–डाक्टर–इंजीनियर मौका लगते ही

विदेश भाग लेते हैं।

एक दिन जयदीप ने पाया कि वह पाखाने में बैठा अपने–आप से बातें कर रहा है। उन दिनों उसका पेट अक्सर खराब हो जाता था और वह एक महीने से दिन और रात में कई–कई बार पाखाने जाता रहा था। जयदीप बुरी तरह घबड़ा गया। अभी उसकी उम्र न भूत बनने की थी और न सठियाने की। अनजाने ही जयदीप पाखाने में मन लगाने को अपने–आप से सवाल–जवाब करता रहा था। जयदीप ने तय किया कि वह न अपनी भाभियों या बहनों का मुँह देखेगा कि वे लोग एडवोकेट बाबू से पूछें कि वह अमेरिका कब जाएगा और न ही वह माँ से बात करने का मौका ढूँढ़ेगा। वह कल ही सुबह–सुबह जाकर एडवोकेट बाबू से खुद ही पूछ लेगा।

अगले दिन वह सुबह देर तक सोता रह गया। उसकी नींद तब खुली जब छोटे भाई ने आकर उठाया कि एडवोकेट बाबू उसे बुला रहे हैं। उसका दिल धक् से रह गया कि क्या एडवोकेट बाबू ने पाखाने के बाहर खड़े होकर सुबह साढ़े चार बजे उसकी बड़बड़ाहट सुन ली है। वह लपककर उठा और हाथ से बाल ठीक करता हुआ एडवोकेट बाबू के सामने जा खड़ा हुआ, जो दफ्तर जाने के लिए तैयार थे। एडवोकेट बाबू ने कहा—"कल तुम्हें एक बड़ी कम्पनी में इंटरव्यू देने के लिए जाना है।" जयदीप ने अमेरिका के लिए पूछने के लिए मुँह खोला, फिर मुँह बन्द कर लिया। यह बात अब पूछने का कोई मतलब नहीं था। उसे वापस अमेरिका न भेजने के लिए एडवोकेट बाबू के पास हजार कारण थे। रुपयों की व्यवस्था करना ही कोई छोटा–मोटा कारण नहीं था।

आखिर एडवोकेट बाबू ने उसके लिए एक ऐसा सपना देखा था, जो वह खुद तक नहीं देख पाया था। एक नौकरीपेशा आदमी और इतने बड़े परिवार का भार रखते हुए भी उन्होंने उसे मास्टर्स की डिग्री के लिए अमेरिका भेजा था। यह कोई मामूली बात नहीं थी। उनकी जान–पहचान में कोई आज तक अमेरिका पढ़ने के लिए नहीं गया था। जब आज तक एडवोकेट बाबू के सामने मुँह नहीं खोला, तो बेकार आज क्यों खोले। मारे कृतज्ञता के उसका मन भर आया। दिल हुआ कि एडवोकेट बाबू को कसकर गले लगा ले या उनके गले लग जाए। पर यह समझते हुए कि ऐसा करना अमेरिका की संस्कृति का असर मान लिया जाएगा, उसने लपककर एडवोकेट बाबू के पाँव छू लिये और बुदबुदाकर आशीर्वाद माँग लिया।

क्या पिछला देखा सही देखा था ?

[जयदीप = जयगोविन्द + दीपा]

जयगोविन्द ने सुबह आँखें खोलते हुए यह महसूस किया कि उसके दिल पर कोई वजनी पत्थर रखा हुआ है। आज का दिन उग ही आया था : सारी उथल-पुथल, संकल्प-विकल्प, ऊहा-पोह का अन्त करते हुए। सब कुछ तय था, बस आज उसे अंजाम देना था। वह कलकत्ता छोड़कर हमेशा के लिए छोटे बेटे सुमित के पास बम्बई या मुम्बई जा रहा था। सामान बाँधने का आज अन्तिम दिन था।

सच पूछा जाए, तो बाँधा-जोड़ी के लिए कुछ खास सामान नहीं था। बम्बई में फ्लैट छोटे-छोटे होते हैं। कुछ खास ले जाया नहीं जा सकता। जयगोविन्द ने अपना सारा सामान सलटा दिया था। कुछ बाँटकर, कुछ बेचकर और कुछ कबाड़ी से उठवाकर। बस बचा था तो उसके कागजों का अम्बार। वह आज तक हर कागज के टुकड़े को सहेजकर रखता आया था। जादवपुर यूनिवर्सिटी से जिस लिफाफे में उसका रिजल्ट आया था, वह लिफाफा तक फाइल में मार्कशीट की तरह सुरक्षित था। फाइलें लोहे के ट्रंक में अलमारी के ऊपर बने 'लोफ्ट' या दुछत्ती पर रखी हुई थीं।

जयगोविन्द ने लोहे के दो ट्रंक ज्यादातर कागज छाँटकर खाली कर दिए थे। उनका सामान गत्ते के एक कार्टन में आधा भर दिया था। बस आज अन्तिम तीसरा ट्रंक खाली करना था। यह सोचकर वह हल्के से हँसा कि लोहे के ट्रंक में रखे हुए तालेबन्द सामान को कोई 'बावर्ची' फिल्म के

बूढ़े के ट्रंक की तरह मालदार सामान से भरा हुआ सोच सकता था। कलकत्ते में मरता तो उसके मरने के बाद सबको निराश करते हुए कागजों के गट्ठर निकलते। ग़ालिब की याद चली आई—चंद हसीनों के ख़तूत...बाद मरने के मेरे घर से ये सामाँ निकला।

जयगोविन्द का मन कुछ हल्का हो आया था। एक बढ़िया चाय पीकर काम में जुटा जाए। रसोई में जाकर उसने चाय बनाई और दो 'मैरी' बिस्कुट साथ खाने के लिए निकाल लिये। कप बगल में रखकर ट्रंक खोला तो उसमें एक नया-सा पीले रंग का फोल्डर सबसे ऊपर पड़ा था। यह किसकी फाइल है? जयगोविन्द को अपने हर कागज तक का रंग याद था। दीपा के मरने के बाद उसने कुछ कागजात ट्रंक में रखे तो थे। पर यह फोल्डर? कुछ धुँधली-सी स्मृति कौंधी। उसे खोलकर पढ़ने लगा। बगल में पड़ी चाय ठंडी होती गई और उस पर मलाई की परत पड़ गई, जिससे उसे भयंकर चिढ़ थी।

जयगोविन्द ने हाथ के लिखे हुए चालीस में चार कम यानी छत्तीस पन्नों के पहले अध्याय को एक साँस में पढ़कर वापस उसी पीले फोल्डर में डाल दिया। दो साल पहले उसने 'जयदीप' नाम से एक आत्मकथात्मक उपन्यास लिखना शुरू किया था। यों भी उसे जयगोविन्द नाम पसन्द नहीं था। शुरू-शुरू में तो वह तेजी से लिखता गया था। पर बाद में जब उसने रुककर अपने लिखे को पढ़ा तो वह उसे बहुत बनावटी और बेजान लगने लगा। वह लिखता और फाड़ता। इसी तरह करते-करते उसने एक साल में पूरा उपन्यास लिख डाला। उसके बाद उसने दूसरा ड्राफ्ट बनाना शुरू किया। हर पन्ने को जब पाँच-सात बार उसने थोड़ा-बहुत फेरबदल के साथ तकरीबन वैसे ही लिखा तब उसे लगा कि किताबें उपन्यास पढ़ना आसान है। लिखना नहीं। उसने दूसरे ड्राफ्ट को फाड़ डाला और पीले फोल्डर में उपन्यास के

पहले ड्राफ्ट को सँभालकर रख दिया। जाने कैसे यह बात उसकी स्मृति से बिल्कुल मिट गई थी।

आज दो साल बाद घर खाली करते समय वापस वही पीला फोल्डर उसके हाथ में आया। एक बार यह कागजों के उसी कार्टन में जानेवाला था, जो शायद उसकी मौत के बाद ही रद्दी में बेचा जाता। अपने कागजों का मोह मरते दम तक छूटनेवाला नहीं था। दीपा के लिखे पत्रों की फाइलें तो क्या, दीपा की लिखी हुई धोबी के हिसाब की डायरी तक उससे फाड़ी या फेंकी नहीं गई थी। सब उसी कार्टन के पेट में जाता गया था, जिसके खोले जाने की सम्भावना उसके जीते जी कम ही थी।

जाने कब जीवन में आदमी के पास ऐसी फुरसत और उसके साथ ऐसा मन होता होगा कि वह अपनी बीती हुई जिन्दगी की चिन्दियों से फिर गुजरे। अब तो जयगोविन्द अपना घर समेटकर या कि इस फ्लैट में गुजारे चार बरसों को समेटकर हमेशा के लिए कलकत्ता छोड़कर जा रहा था। जानकीदास तेजपाल मैनशन से निकलने के बाद कोई फ्लैट अगर घर था भी तो सिर्फ इसलिए कि वहाँ दीपा थी। उसकी मौत के बाद पिछले दो साल से वह पूरी तरह बेघर हो गया था। न कोई खास काम, न पत्नी, न बच्चे। जीवन को बिना किसी वजह के बिताना खुद में ही सबसे भारी काम होता है। ऐसी फुरसत तो क्यों कर किसी को मिले! तभी उसने अपनी आत्मकथा या सच कहें तो आत्मकथात्मक उपन्यास लिखना शुरू किया था। अपने नाम में दीपा का नाम मिलाकर उसने अपना नाम रखा था जयदीप। दीपा का नाम बदल देता, तो शायद लिख ही नहीं पाता।

जयगोविन्द चारों तरफ बिखरे बम्बई ले जाने के सामान और फेंके जानेवाले सामान के बीच पीले फोल्डर को हाथ में लिये बैठा रहा। उन छत्तीस पन्नों में उसे कहीं कुछ अफसोस, कहीं थोड़ी-सी हताशा और कहीं दुख जैसा कुछ-कुछ महसूस हुआ था, पर सबसे ज्यादा तो वह हैरान था। क्या सचमुच उसके जीवन में यही सबकुछ ऐसे ही हुआ

था? अव्वल तो उसे याद ही नहीं था कि किसी ने उसे इस तरह पीछे से गाली दी थी। तो क्या वह खुद ही अपने को 'चूतिया' समझता रहा है, और दीपा की मौत के अवसाद में यह सच कहीं उसके अन्दर से निकल आया था?

इन दो सालों में जीवन पूरी तरह बदल गया। अकेलेपन की आदत भी उसे पड़ ही गई। भले ही काफी परेशानी के बाद। आदमी मजबूरन मजबूत हो जाता है। न हो तो क्या करे? क्या दीवालों से अपना सिर पीटे या जिस-तिस को फोन कर अपना रोना-गाना सुनाता जाए—यह जानते हुए कि सामनेवाले ने कान से फोन हटाकर बगल में रख दिया है? सच पूछा जाए तो वह इतना मजबूत कभी नहीं था। दीपा के रहते भी नहीं। उसे मालूम है कि अब जीवन में न बड़े दुख होंगे और न बड़े सुख। अब न कोई डर बचा है न कोई बड़ी उम्मीद। अगर आज कोई उससे पूछे कि उसके जीवन में किसी बात का अफसोस है क्या, तो उसके लिए बताना मुश्किल हो जाएगा। अमेरिका से एडवोकेट बाबू ने बुला लिया, तो क्या? उसे खुद मालूम है कि अमेरिका उसके लिए ठौर नहीं बन सकता था। वह तो मन ही मन तरस खाता है उन लोगों पर जो वहीं रह गए और अब चाहकर भी वापस नहीं आ सकते। उनके बीवी-बच्चे ही तैयार नहीं होंगे—'हीट एंड डस्ट' और 'इनफेक्शन' भरी इस धरती पर लौटने के लिए। मरा ना अभी वह हॉलीवुड का फिल्ममेकर समरेन्द्र किल्ला उर्फ सैमकी बम्बई में अकेला! परिवार ने कह दिया होगा, तुमको जहाँ जाना हो जाओ, जो करना हो करो, हम तो यूरोप की सीमा से उधर पूरब की तरफ नहीं जाएँगे। चूतिया तो वह सैमकी था, जिसने यह नौबत आने दी। सही वक्त पर अमेरिका से निकल जाओ, तो ठीक, वरना बड़े होते बच्चे और उनके पीछे उनकी माँ वहाँ से आदमी को कभी निकलने नहीं देंगे।

पिछले साल जब रोहित के पास वह अमेरिका गया था, तो जानकीदास तेजपाल मैनशन में ही बड़ा हुआ पहले चौक का एक बन्दा उसे एक रेस्टोरेंट चलाता मिल गया था। क्या

नाम था उसका? शक्ल तो याद आ गई क्योंकि ऐसी रोनी सूरत तो अमेरिका में मिलनी दुर्लभ है। उसके चेहरे पर बराबर ऐसा भाव था जैसे उसे जोर की हाजत हो रही हो और वह टायलेट न जा पा रहा हो। शायद विजय नाम था। हाँ, हाँ, विजय जैन। बचपन में सिर्फ निकर पहने घर में रहता था। माँ कभी-कभी उसे विजय जैन के बगल के कमरे में रहनेवाले बालानन्द पंडित को किसी चीज का मूहूर्त दिखाने के लिए बुलाने भेज देती, तो वह हमेशा इसी तरह विजय को और उसके भाइयों को उघड़े बदन देखता। वे लोग छह-सात भाई-बहन थे और साथ में उनके दादा-दादी भी रहते थे। एक छोटे कमरे में परदे का पार्टीशन बनाकर दो कमरिए बन जाते और सारे बच्चे कमरे की टाँड या दुछत्ती पर सोते। जाड़े के दिनों में ही वे पैंट के ऊपर के कपड़े पहनते—सारे बच्चे वही एक थान से बनवाई चेक की नीली शर्ट और उसके ऊपर स्कूल का नीला स्वेटर। उनमें से कोई एक भाई एक बार रात को टाँड से सोते हुए गिर गया था, उसका नाम टुंडला हो गया था।

वह विजय को अमेरिका में इसलिए भी पहचान गया था क्योंकि विजय के एक गाल पर गहरा काला जन्म का निशान था। रोहित उसे कुछ गमगीन देखकर एक इंडियन रेस्टोरेंट में ले गया था, जहाँ बढ़िया खाना मिलता था। दीपा के जाने के बाद वह पहली बार अमेरिका आया था। इंडियन आदमी और गाल पर वही काला निशान देखते ही जयगोविन्द ने विजय जैन को पहचान लिया था। विजय के चेहरे पर निशान देखकर ऐसी खुशी हुई, जिसकी उम्मीद जयगोविन्द ने सपने में भी नहीं की थी। वह बड़ी जिद कर उसे अपने घर ले गया था जहाँ उसने अपनी बीवी-बच्चों और अपनी बड़ी गाड़ी से उसे मिलाया था। बीएमडब्ल्यू थी और वह भी कोई ऊँचे दाम वाली।

बस एक पेग लेते ही विजय ढह गया था। ''मैं अगले साल सब कुछ सलटाकर इंडिया लौट जाऊँगा।''—उसने कहा था। ''पिछले पन्द्रह साल तो मुझे हो गए यह सुनते।''—

उसकी पत्नी ने कहा था—''ऐसे ही करते रहते हैं। जाने इंडिया में कोई प्राइम मिनिस्टर की पोस्ट इनका इन्तजार कर रही है।'' विजय के चेहरे की बेचारगी और भी गहरी हो गई थी—''मैं अपने देश में मरना चाहता हूँ। साली यह भी कोई जिन्दगी है।'' उसकी पत्नी का चेहरा तमतमा गया था। अमेरिका में इंडियन पति-पत्नी लड़ने के लिए उसका लिहाज नहीं करनेवाले हैं। जयगोविन्द बीच-बचाव करने के लिए कूदा—''क्या यार, तुमने तो अमेरिका में इतना कुछ हासिल किया है। इंजॉय करो। वहाँ हमें न लड्डू-पेड़े मिले, न तुम्हें मिलनेवाले हैं। दो-चार साल में बच्चों का कॉलेज खत्म हो जाए, तो आ जाना। मैं आजकल रियल इस्टेट का काम करता हूँ। मनचाहा फ्लैट या बँगला दिलवा दूँगा।'' बात बन गई थी। विजय पूरे समय उससे कलकत्ता की अलग-अलग एरिया के दाम पर बात करता रहा था, जैसे अगले साल फ्लैट खरीदना तय हो। मजे की बात, एक बार भी उसने जानकीदास तेजपाल मैनशन का जिक्र नहीं किया था। शायद उसे डर हो कि कहीं जयगोविन्द उन लोगों के सिर्फ निकर पहनकर घर में रहने की बात उसके बीवी-बच्चों के सामने न बोल पड़े।

दुनिया में ऐसे पति-पत्नी कितने होंगे जो एक दूसरे से कोई भी बात नहीं छुपाते हों? जयगोविन्द जानता है कि वह इस मामले में कितना भाग्यशाली रहा है। दीपा ने तो शादी के बाद कभी पीहर जाने का नाम नहीं लिया। साल में एक बार दिल्ली जाती, तो भी बेमन से। रोज वहाँ से एक चिट्ठी लिखती। कई बार तो उसके लौट आने के बाद एक-दो चिट्ठियाँ पहुँचतीं। यहाँ तक कि एक बार दिल्ली में पढ़ते हुए, रोहित का कॉलेज के दिनों में फ्रैक्चर हो गया, तो भी दीपा दिल्ली जाना नहीं चाह रही थी। एडवोकेट बाबू ने भी सोचा था कि दक्षिण दिल्ली में बंगले में रहनेवाली लड़की कैसे इस चौक के मकान में रहेगी। शादी के पहले उन लोगों ने एकाध मकान देखे भी थे, पर शादी के बाद तो लगा जैसे दीपा हमेशा से जानकीदास तेजपाल मैनशन में ही रहती आई

हो। कभी उसके चेहरे पर शिकन तक नहीं आई। यहाँ तक कि जब मकान आगे सड़क की तरफ झुक गया और चीजें लुढ़ककर या खिसककर आगे की तरफ चली जातीं, तब भी वह हँसकर कहती—"देखो, यह कुर्सी अपने आप इस तरफ चली आई है।"

जाने यह प्रेम क्या चीज है कि बाकी सारी बातें बेमानी हो जाती हैं। पर ऐसा प्रेम भी कितनों के नसीब में होता है! जयगोविन्द को मालूम था कि दीपा के लिए दुनिया वहीं है जहाँ जयगोविन्द है। शायद ऐसा प्रेम वह दीपा से नहीं कर पाया। अब उसे लगता है कि ऐसा प्रेम करने के लिए जैसा दिल चाहिए, वह उसके पास है ही नहीं। दरअसल जयगोविन्द जैसे बड़ा हुआ, जैसी जिन्दगी उसने आस-पास देखी, जिस तरह के रिश्तों को जाना, उसमें कोई प्रेम जैसी चीज कभी नजर नहीं आई। एडवोकेट बाबू और माँ ने क्या इस तरह का अनुभव किया होगा? या नर-मादा की तरह उन्होंने एक-दूसरे को जाना होगा और फिर बच्चे हो गए होंगे। पति परमेश्वर होता है—यह बात तो उन दिनों माँ के दूध से ही लड़कियों में चली आती होगी। जयगोविन्द ने बड़े होते हुए यही जाना था कि प्रेम बस कहानियों और फिल्मों में होता है। असल जीवन में तो सिर्फ रोजमर्रा की बातें होती हैं—"तुमने खा लिया?", "रविवार को पिक्चर देखने चलेंगे"—वगैरह-वगैरह। इसे ही प्रेम मान लिया जाता है। इतना जरूर है कि जयगोविन्द अपने नाम से जुड़े गोविन्द यानी कृष्ण की तरह न होकर राम की तरह रहा। कोई भी औरत कितनी भी सुन्दरी क्यों न हो, उसे एक क्षण के लिए भी लुभा नहीं पाई। बल्कि कभी किसी की तरफ से जरा-सा भी कहा—अनकहा आमंत्रण महसूस होता, तो जयगोविन्द के अन्दर जैसे कुछ जम-सा जाता।

शायद वह दीपा से बेवफाई करने की कल्पना भी नहीं कर सकता था। और करता भी कैसे? पिलानी में इंजीनियरिंग पढ़ी हुई लड़की उस जमाने में एक अनोखी, अकल्पनीय चीज थी। ऐसा जीवनसाथी जो हर बात समझ सकता हो,

उसके साथ जीवन की प्रोग्रामिंग अद्‌भुत होती है। दीपा जैसी कोई लड़की इंडिया में मिल सकती है और वह भी अपने ही समाज की, यह तो वह सोच भी नहीं सकता था। जानकीदास तेजपाल मैनशन के उस तरफ के चौक में रहनेवाला उसके बचपन का दोस्त विलास उसे बरसों से अपनी दिग्विजय की कहानियाँ सुनाता रहा है। पर जयगोविन्द ने उसकी सब बातों को सिर्फ दिलचस्पी से सुना है। वह भी सिर्फ इसलिए कि वह औरतों की मन की बातों को जान ले और दीपा को किसी तरह की शिकायत न होने दे। उसके अन्दर कभी अपना रास्ता बदलने की इच्छा नहीं जागी। यह अलग बात है कि जयगोविन्द को हमेशा औरतों से बातचीत करना आसान लगा है। दीपा उसे बहुत बार चिढ़ाती थी कि "हो तो तुम लेडी'ज मैन! जाने तुममें ऐसा क्या है कि सारी दुनिया-जहान की औरतें तुमको ही अपनी सारी समस्याएँ बताना चाहती हैं। और क्यों न बताएँ, तुम्हारा मन जो इतना रमता है उनकी बातों में।" जयगोविन्द को अच्छी तरह मालूम था कि दीपा यह सब कहते हुए बहुत गर्व का अनुभव करती है कि उसके पति के इतने चाहनेवाले हैं। उसके अन्दर कहीं दूर-दराज तक कोई ईर्ष्या या चिढ़ का भाव नहीं होता।

अचानक जयगोविन्द की आँखें भर आईं। क्या दीपा सोच सकती थी कि उसके 'लेडी'ज मैन' को अब दुनिया क्या कहकर पुकारती है? पत्नी की मौत क्या हुई, अब जयगोविन्द दुनिया की नजर में 'छुट्टा साँड़' हो गया। जयगोविन्द को लोगों के सोचने का ढर्रा और उसको इजहार करने की भाषा का पूरा ज्ञान है। उसे मालूम है कि बिनब्याहे या तलाकशुदा आदमियों की तरह उसे भी उसी बेचारगी के साथ देखा जाने लगा है जो बड़े शहरों में सड़कों पर घूमते गाय-बैलों के लिए लोगों के मन में होती है। क्या तो वह बेचारा है, क्या फिर आफत, जैसे कि जब-तब घर के सामने आकर बैठ जानेवाले गाय-बैल होते हैं। जयगोविन्द को पता है कि कई बार हाईवे या रनवे पर आ जानेवाले गाय-बैलों की तरह लोगों को उससे खतरा भी महसूस होने लगा है।

जयगोविन्द ने हँसकर पीले फोल्डर को कार्टन के बगल में रख दिया। क्या-क्या सोच रहा है वह! 'सेल्फ-पिटी' की हद हो गई। अपने को उपाधियाँ भी दी, तो गाय, बैल, साँड की। क्या रोहित इन बातों को कभी समझ सकता है? अमेरिका की साफ-सुथरी दुनिया में न सड़कों पर गायें गोबर करती हैं और न कभी साँड मदहोश होकर दौड़ लगाते हैं। रोहित शायद उसके अकेले होने की तकलीफ को उस तरह समझ भी नहीं पाता, क्योंकि अमेरिका में तो हर उम्र के लोग अकेले जीते और मरते हैं। नब्बे साल के लोग इलेक्ट्रिक व्हील-चेयर या स्कूटर पर शॉपिंग मॉल में जाकर अपनी सारी खरीदारी कर लाते हैं। वे अकेले सोने में कभी डर नहीं महसूस करते। दीपा के जाने के बाद वह रात-रात भर डर के मारे सो नहीं पाता था। शर्म के मारे इस बात को किसी से कभी कह नहीं पाया। रोहित को तो बिलकुल भी नहीं।

दीपा के रहते कितना आसान था भाभियों और दोस्तों की पत्नियों के साथ इस तरह गप मारना, कि वे सब कहती रहतीं—'भैया आप तो हम लोगों को भी मात देते हैं। आपको जाने कैसे सारी दुनिया की खबर रहती है।' दीपा उसके कुछ बोलकर बेलौस चुप हो जाने के अन्दाज पर रीझकर कहती—"तुम तो ऐसे कोई बात बोल जाते हो जैसे कि कोई खास बात ही नहीं हो। जबकि होती वह ऐसी बात है कि लोगों को बात करने के लिए महीने-भर का मसाला मिल जाता है।" वाकई जयगोविन्द को कहीं न कहीं से पता चल ही जाता। एक बार तो दीपा ही उसके पीछे पड़ गई थी—'तुम्हें बताना पड़ेगा कि तुम्हें यह बात कैसे मालूम पड़ी?' जयगोविन्द ने सबके सामने कह दिया था कि फलाने बेटे-बहू में सुहागरात से चार साल तक कोई सम्बन्ध ही नहीं बना था, और माँ-बाप परेशान थे कि बच्चा कब होगा।

अब तो आलम यह है कि आजकल किसी औरत से बात करते समय जयगोविन्द उसके चेहरे की तरफ नहीं देखता। ऐसे लगता है जैसे वह उस औरत के पीछे टँगी दीपा की तस्वीर को देख रहा हो। किसी को फोन करने में भी

ऐसा लगता है जैसे वह जबरदस्ती किसी के जीवन में घुसपैठ कर रहा हो। किसी का फोन आ जाए, तो ऐसे लगता है कि बगल में बैठा उसका पति कहीं आँख न दिखा रहा हो कि इतना घुलने-मिलने की कोई जरूरत नहीं है। जयगोविन्द को अब पता चला है कि इस देश में एक पत्नी जीवन की सबसे बड़ी कैरेक्टर सर्टिफिकेट होती है। पहले उसकी जिन बातों पर लोग हँसते थे और उनका मनोरंजन होता था, अब उन्हीं बातों पर लोगों के चेहरे बदल जाते हैं। जयगोविन्द को अच्छी तरह मालूम है कि वे लोग सोचते हैं कि दूसरों के जीवन में इतनी ताक-झाँक करनेवाला आदमी क्या जाने उनके जीवन में भी कहीं सेंध लगा रहा हो।

जयगोविन्द को आज भी जानकीदास तेजपाल मैनशन के पहले तल्ले पर रहनेवाला वह चौधरी बुड्ढा याद है, जिसके बारे में उसने बचपन में माँ को कहते सुना था कि राम का मारा किसी भी औरत को देखते ही धोती में हाथ घुसा लेता है। जयगोविन्द को यह भी याद है कि माँ की आवाज में यह कहते समय घृणा से अधिक सहानुभूति थी क्योंकि चौधराइन को मरे कुछेक महीने ही हुए थे। माँ के मुँह से एक शब्द जो उसे बहुत बार सुना हुआ याद है, वह है 'लुगाईघट्टा' यानी स्त्रियों से या अपनी पत्नी से ज्यादा बातें करनेवाला। शायद माँ इसलिए भी हर किसी को लुगाईघट्टा कह डालती थी क्योंकि एडवोकेट बाबू तो स्त्रियों से क्या, किसी पुरुष से भी ज्यादा बातें नहीं करते थे। उसे पूरा यकीन है कि माँ उसकी पीठ पीछे उसे लुगाईघट्टा जरूर कहती होगी। इस देश की हर माँ शायद बचपन से अपने बेटों को इस शब्द से डराकर रखना चाहती होगी कि कहीं उसके बेटे अपनी पत्नियों के पिछलग्गू न बन जाएँ। माँ के सामने उसने कभी अपने बड़े भाइयों को भाभियों से कुछ कहते या फरमाइश करते नहीं सुना। बड़े भैया खाते समय कहते—माँ, नयावाला हरी मिर्च का अचार देना। माँ कहती—अरे बड़ी बहू, थोड़ा नयावाला हरी मिर्च का अचार तो लाना।

जयगोविन्द को अमेरिका जाने के पहले भी इस तरह

माँ के जरिए पत्नी को सारी बातें कहना समझ में नहीं आता था। वह सोचता कि माँ को क्या मालूम नहीं कि पति-पत्नी रात को क्या-क्या करते हैं, जो वह उन्हें दिन में अजनबी बनाकर रखना चाहती है। अमेरिका जाकर लौट आने से यह फायदा हो गया कि कोई उससे इस तरह के व्यवहार की उम्मीद भी नहीं करता था। जादवपुर यूनिवर्सिटी में पढ़ते हुए वह अपने बंगाली मित्र दीपंकर सेन के घर जाता, तो उसके पिता को उसकी माँ का खुलेआम लाड़ करना देख विभोर हो जाता। दीपंकर के पिता उसकी माँ के बनाए खाने की तारीफ करते कि उनके हाथ का बना हर खाना ही मिठाई जैसा लगता है और उसकी माँ बड़ी-सी सिन्दूर की टक-टक लाल बिन्दी लगाए ऐसे मुस्कराती जैसे कल ही ब्याहकर आई हो।

एक तरह से फायदे की ही बात थी कि जयगोविन्द कुछ भी ऐसा करता, जो घरवालों को अखरता, तो वे अमेरिका पर तोहमत लगाने लगते थे। ''माँ, मुझे तो लगता है, कि अमेरिका जाकर इसका खून ही बदली हो गया है''—बड़े भैया ने माँ को जयगोविन्द के लिए पहली लड़की देखकर लौटने पर कहा था। ''अरे कायदा भी कोई चीज होती है। किसके सामने क्या बोलना है, क्या नहीं बोलना है, इस मरदूद को जैसे पता ही नहीं रहा। बस मियाँ, जहाँ-तहाँ हर कुछ बक-बक करने लगते हैं।'' माँ पूछती रह गई थी कि ऐसा जयगोविन्द ने क्या कह दिया, पर बड़े भैया ने यह कहकर उन्हें चुप करा दिया था—''तो अब तुम हमसे उन्हीं बातों को फिर बुलवाओगी जो बोलनी नहीं चाहिए थीं?''

जयगोविन्द जोर से हँस पड़ा। वक्त के साथ पुरानी बातें, जिन पर न जाने कितनी बार खून उबाल खा चुका हो, महज चुटकुला बनकर रह जाती हैं। आज अगर बड़े भैया होते, तो हो सकता है, वे दोनों इस किस्से पर इकट्ठे हँस लेते, जैसा कि वे जीवन-भर में एक बार भी नहीं कर पाए। बड़े भैया होते, तो क्या वे वैसे ही बड़े भैया रह पाते? वे भी बिना वजह, बिना कायदेवाली हँसी जिस-तिस के साथ हँस

लेना सीख लेते। जमाने की हवा क्या उन्हें नहीं बदल डालती? उसे बहुत बाद में पता चला था कि बड़े भैया ने भी उसे अमेरिका भेजने में एडवोकेट बाबू की मदद की थी। जयगोविन्द उनके लिए छोटा भाई न होकर बेटे के समान था।

सारा जीवन ऐसे ही कट जाता है। पर हम जिसके बारे में जो सोच बना लेते हैं, वही सोचते रहते हैं। कोई एक घटना सारे जीवन को छेंके रखती है। जयगोविन्द के गले में पत्थर जैसा कुछ अटक गया। बड़े भाई ने बहुत दिनों बाद—शायद अपने मरने के एकाध साल पहले—उसके लिए किसी को कहा था—"जयगोविन्द का मुँह खुला, तो बस खुला। वह आगा-पीछा नहीं देखता। अमेरिका का वायरस उसके अन्दर से कभी निकल नहीं पाया।" इस बात की चोट से जयगोविन्द कभी उबर नहीं पाया। अब तो दूसरा जन्म ही लेना पड़ेगा कि यह वायरस वाली बात याद न आए।

बड़े भैया ने माँ को लड़की देखने के बाद जो शिकायत की थी, उससे जयगोविन्द को कोई फर्क नहीं पड़ा था। माँ की उत्सुकता देख उसी ने माँ को बताया था—"अरे भलेमानस ने—यानी लड़की के बाप ने पूछा कि साहब, अमेरिका में तो लाइफ बहुत फास्ट होगी? अब लड़की का बाप सच जानने के लिए ही तो पूछ रहा होगा न? तुम बोलो माँ? मुझे क्या झूठ कहना चाहिए था? मैंने इतना-भर कहा—जी हाँ, वहाँ तो कैम्पस में सब कुछ होता है। सेक्स, मारिजुआना, नशे में पीकर लुढ़क जाना—वहाँ यह सब कोई खास बात नहीं है। वहाँ आदमी जिन्दगी को एक तमाशे की तरह जीता है और..." माँ का लाल मुँह देखकर जयगोविन्द एकदम से चुप हो गया था। उसे पहली बार लगा था कि इस देश में कोई कुछ कहे तो परम्परा, संस्कार और न जाने कितनी चलनियों से छान-छानकर। एडवोकेट बाबू ने शायद इतनी चलनियाँ लगा रखी हैं कि बात अन्त तक निकलती ही नहीं। उसी में गुम हो जाती है।

धत् तेरे की! उसने तब भी सोचा था और अब भी सोचता है। जाने कैसे इन लोगों ने यही मान लिया है कि यह

एकदम सही तरीका है जीने का कि बातों को छानते रहो! कितने शब्द भाषा में डाल रखे हैं ऐसे लोगों के लिए, जो लकीर को पीटते हुए नहीं चलते हैं। उच्छलघोड़ा—यानी उछलनेवाला घोड़ा। यानी कि वह गया-गुजरा आदमी, जो बेवजह उछलता है और अन्त में गिरकर हाथ-पैर तोड़ लेता है। माँ ने कहा था—"एक तो तुम अमेरिका का ठप्पा लगवा आए हो, ऐसे ही जल्दी से कोई अपनी लड़की तुम्हें देनेवाला नहीं है। ऊपर से उच्छलघोड़ा बने फिरोगे, तो कुँवारे ही डोलना।" अब तो चालीस साल से ऊपर हो गए अमेरिका से लौटे। पर जयगोविन्द जानता है कि बहुतों की निगाह में वह हमेशा उच्छलघोड़ा ही रहा। खासकर उन लोगों की निगाह में, जो उसे फूलमालाएँ लेकर एयरपोर्ट पर विदा देने आए थे—जिनकी छलकती आँखें कह रही थीं कि उन्हें मालूम है कि वह कभी नहीं लौटेगा। शायद वापस लौटकर उसने उन लोगों को गलत साबित कर दिया था। इसीलिए वे उससे कुछ नाराज थे।

वैसे क्या जयगोविन्द नहीं जानता कि यह दुनिया उन लोगों के तलवे चाटती है जिनका बैंक-बैलेंस उनसे दुगुने से लेकर सौ गुने तक होता है। यदि उसने भी कमाकर अलीपुर में एक आलीशान बँगला बनवा लिया होता, तो वह दुनिया का सबसे समझदार और सबसे ज्यादा कायदेवाला इनसान होता, जिसके बारे में लोग अभिभूत होकर कहते—'देखो इसे अमेरिका भी बदल नहीं पाया'। इस दुनिया में कदर उसी की है जो दूसरों को जूते की नोक पर रखे और उन्हें बार-बार याद दिलाता रहे कि तुम्हारी औकात हमारे आगे कुछ नहीं है। पर दीपा और उसे यह दुनिया चबाकर लुगदी नहीं बना पाई। एक बार दीपा ने उससे कहा—"तुमें पता है, बड़ी दीदी और छोटी दीदी जो पर्स लाती हैं, वह कितने का है?" "पाँच-छह हजार का?"—उसने पूछा था। "हम तो सोच भी नहीं पाएँगे। पचास हजार से लाख रुपए के पर्स लिये घूमती हैं दोनों बहनें तुम्हारी। लुई विटोन, फैरेगामो, फैन्डी—कितने सारे नाम दोनों को याद हैं।" जयगोविन्द

एक मिनट चुप हो गया था। क्या दीपा को कोई अफसोस है कि वह इस तरह की चीजें नहीं खरीद सकती? इतने में दीपा ने कहा—"इंजीनियरिंग की पढ़ाई में यह सब थोड़े ही पढ़ाते हैं!"—और वे दोनों इस बात पर इतना हँसे थे कि उनकी आँखों में आँसू आ गए थे। "माँ की इंजीनियर बहू"—जयगोविन्द ने लाड़ से कहा था। माँ किसी से बात करते समय दीपा का बहुत बार इस नाम से परिचय देती थी। उसके पीछे यह भाव रहता था कि मेरा बेटा ही इंजीनियर नहीं है, उसकी बहू भी इंजीनियर है।

शायद माँ की इस बात ने उन लोगों को हमेशा बचाए रखा। यह विश्वास बनाए रखा कि वे दोनों अनपढ़-अधपढ़े लोगों की दुनिया से अलग हैं। भले ही छठी क्लास फेल पड़ोसी सौ करोड़ में खेल रहे हों, पर उनके पास ऐसा कुछ है जो किसी के पास नहीं है। उन लोगों के पास और कुछ खरीदने की ताकत हो न हो, किताबें खरीदने की ताकत जरूर है जो और किसी के पास नहीं। उनकी तरह जमीन से सीलिंग तक किताबों की रैक भरे हुए बेडरूम में वे करोड़पति लोग नहीं रहते। न ही वे लोग घंटों एक-दूसरे की बगल में लेटे अपनी-अपनी किताबें पढ़कर छुट्टी के दिन बिताते हैं।

उफ्! जयगोविन्द ने एक लम्बी साँस छोड़ी और पीला फोल्डर कार्टन की बगल में पटककर बरामदे में जा खड़ा हुआ। बाहर कुछ भी देखने लायक नहीं था। एक जैसे तीन तल्ले के नए, बिना रंग किए मकान-दर-मकान पास-पास खड़े थे। यह बरामदा बनाया ही किसलिए गया था, कोई पूछे तो! शायद सिर्फ कपड़े सुखाने के लिए। बगल के मकान की पीठ जेल की दीवार--सी सामने खड़ी थी। जब बाहर कुछ देखने लायक न हो, तो आदमी बाहर होकर भी अपने मन की उठापटक में ही लग जाता है। क्या सोच हो गया है जयगोविन्द तुम्हारा? वे लोग तुम्हें नीची निगाह से देखते हैं और तुम उन्हें उसी तरह देखने में लगे हो। किसने जीवन में क्या पाया और क्या नहीं पाया, इसका लेखा-जोखा तो हर आदमी के अपने अन्दर है। किसी दूसरे का

रिपोर्ट कार्ड न तुम मानोगे, न वे तुम्हारा मानेंगे। तब फिर बेमतलब सिर खपाने से क्या फायदा?

शादी के बाद बड़ी भाभी ने हँस-हँसकर दीपा से कहा था—''यह तो जयगोविन्द भैया का गला सर्दी से इतना बैठा था कि उनकी आवाज नहीं निकल रही थी, वरना तो तुम्हारे पिताजी कभी शादी के लिए हाँ नहीं भरते।'' दीपा ने बड़ी भाभी को ऐसे देखा था जैसे कोई पागल को देखता है—''अच्छा, लेकिन क्यों भाभी? मेरी तो सारी सहेलियाँ मुझसे जल रही हैं कि इन्होंने मुझे कैसे पसन्द कर लिया। हमारे पापा तो अपने जवाँई पर पहली नजर में मर मिटे थे।'' भाभी का मुँह उतर गया था। उन्होंने बात सँभालने के लिए कहा था—''हाँ, तो क्यों नहीं। हमारे देवरजी हैं ही ऐसे। लाखों में एक। फिल्म लाइन में जाते, तो राजेश खन्ना को मात दे देते।''

जयगोविन्द के अन्दर से एक दिल जोड़नेवाली मुस्कान निकलकर चेहरे पर फैल गई। शायद उसने कहीं इस बात को भी अपने उपन्यास में लिखा है। बड़ी भाभी को कोई कज़िन भाभी बनाकर। आज उसे समझ में आ रहा है कि किसी ने यदि उस पर पूरी तरह और शुरू से अन्त तक एक जैसा विश्वास बनाए रखा, तो वह सिर्फ दीपा ही थी। उसने अपना रिपोर्ट कार्ड कभी नहीं बदला। उसके लिए जयगोविन्द जो पहले दिन था, वही अन्तिम दिन भी था। बाकी लोगों ने उसके लिए तरह-तरह के रिपोर्ट कार्ड जिन्दगी के हर उतार-चढ़ाव के साथ बनाए और फाड़े, चाहे वे एडवोकेट बाबू और माँ हों या उसके आधे दर्जन भाई-बहन या उसके दोस्त-यार। यहाँ तक कि दोनों बेटे भी।

जयगोविन्द ने जब अपना आत्मकथात्मक उपन्यास लिखना शुरू किया था, तो उसने इसका जिक्र सिर्फ दो लोगों से किया था। एक अपने भतीजे सुवास से, जो खुद भी चेतन भगत टाइप कोई किताब लिख मारने की फिराक में था और दूसरा अपने मित्र विलास से, जो दीपा के जाने के बाद ऐसा एकमात्र शख्स नजर आता था जिसे जयगोविन्द

की कोई परवाह हो। उन दोनों की प्रतिक्रियाएँ देखकर जयगोविन्द को समझ में आ गया था कि वह उपन्यास-कहानी का जिक्र करे तो करे, किसी चील-कौए से भी उसे 'आत्मकथा' शब्द का उच्चारण नहीं करना चाहिए।

सुवास ने उसे एक प्रैक्टिकल सलाह दी थी—"देखिए चाचा, कहने को सबके पास, और कोई नहीं, तो एक अपनी कहानी होती है। पर उसे कोई बताना नहीं चाहता। जाने बन्द पड़े दरवाजों से ऐसा कौन-सा रहस्य निकल छूटे, जिसकी कोई बड़ी कीमत चुकानी पड़ जाए। यों भी चाची के जाने के बाद आप अकेले हैं। आपका लिखा पढ़कर कहीं रोहित या सुमित बिदक गए, तो आप कहीं के नहीं रहेंगे। सोच लीजिए।"

विलास का चेहरा आत्मकथात्मक किताब सुनकर पहले पीला पड़ा था और फिर एकदम काला पड़ गया था। वह लगभग सकते में था। "क्या यार, तुम्हारे जीवन में तो कुछ ऐसा है नहीं कि तुम उस पर कहानियाँ लिखो। कहीं तुम मेरी बताई बातों को जोड़-तोड़कर तो किताब नहीं लिखोगे? मेरी तो गृहस्थी उजड़ जाएगी जयगोविन्द। तुम ऐसा नहीं कर सकते।" अन्तिम वाक्य उसने कुछ जोर से कहा था जैसे धमकी दे रहा हो।

जयगोविन्द हँस पड़ा था। "क्यों, तुम्हीं तो मेरी होमियोपैथी को रोमियोपैथी कहा करते थे? मेरे जीवन में क्या कोई किस्सा नहीं जिसे लिख सकूँ? तुमने कितनी बार मुझे कहा कि तुम्हें हाथ की रेखाएँ पढ़ना सिखा दूँ, ताकि तुम आसानी से आगे बढ़कर किसी का हसीन हाथ पकड़ सको। तो तुम्हें क्या लगता है कि हाथ देखते-देखते लोगों के जीवन में कुछ और भी नहीं देख लिया मैंने? तुम्हारे किस्से लिखकर मुझे कोई सस्ता सेक्सी उपन्यास थोड़े ही लिखना है।"

विलास का चेहरा वापस सामान्य हो गया था—"अरे मैं तो डर गया था यार! आजकल बीवी को, लगता है, कुछ शक होने लगा है। कहती है कि जब छोटे लड़के की एकाउंट्स

टीचर दो दिन के लिए बाहर जाती है, तभी मैं भी दो दिन के लिए तगादे पर निकल जाता हूँ। हालाँकि वह मजाक में इसे विचित्र संयोग कह रही थी। पर चोर की दाढ़ी में तिनका। मेरी तो जान निकल गई थी।''

विलास को लेकर जयगोविन्द की एक थ्योरी है। वह जानता है कि विलास मन-ही-मन बचपन से उसके गोरे रंग और हँसमुख चेहरे से घोर ईर्ष्या करता आया है। इसीलिए उसने कई औरतों से अपने सम्बन्ध बना रखे हैं ताकि वह जयगोविन्द के सामने अपनी हाँक सके। अब जब जयगोविन्द पत्नीविहीन एकदम अकेला है, तब भी उसने अपने किस्से सुनाना बन्द नहीं किया है। बल्कि अब तो कइयों की जैसी-तैसी तस्वीरें भी मोबाइल पर उसे दिखा डालता है। एक तरह से यह साफ आमंत्रण है शामिल होने के लिए। पर जयगोविन्द इन सब पचड़ों में पड़नेवाला नहीं है। एक तो उसे यह सब रुचिकर नहीं लगता। ऊपर से कौन जाने कब एड्स या किसी वी.डी. का चक्कर पड़ जाए। हिन्दी और अंग्रेजी के अखबारों में धड़ल्ले से दोस्ती करनेवाली, मालिश करनेवाली और 'एस्कॉर्ट' करनेवाली औरतों के विज्ञापन भरे हुए हैं। आज की दुनिया में अकेलेपन को भरने के लिए बहुत से साधन मौजूद हैं बशर्ते कि आपकी जेब में उनकी कीमत के लिए पैसे हों।

विलास का मामला कुछ निराला है। उसके पास कभी इतने रुपए नहीं होते कि किसी को दो दिन कलकत्ता के आस-पास कहीं ले जाकर मौज कर आए। जयगोविन्द का अनुमान है कि एकाउंट्स टीचर ही होटल और टैक्सी के पैसे भर रही होगी। पर तब भी विलास ने एकाध औरतें अखबार के मार्फत भी पा ली हैं। ''एक बार पैसा दिया। अगली बार से सब फ्री। यह मेरा 'आर्ट ऑफ लविंग' है बेटा। तुम नहीं समझोगे। हर औरत की एक दुखती रग है। चाहे गरीब हो या अमीर। बस उसे पकड़ना होता है।''

जयगोविन्द को फिलहाल अपनी ही दुखती रग को पकड़ना है। सुवास की सलाह है कि उसे दूसरी शादी कर

लेनी चाहिए। मन ही मन वह सहमत है। पर आखिर किससे शादी करे? कौन मन लायक साथी इस उम्र में मिलेगा जिसके बच्चे भी उसके घोंसले से निकलकर उड़ चुके हों? ऊपर से इस देश की औरतों के अपने बनाए हुए हजार बन्धन होंगे। जयगोविन्द ने सुवास को कहा कि वह नहीं चाहता कि वह अकेले मर जाए और दो दिन बाद उसकी गंधाती हुई लाश पुलिस दरवाजा तोड़कर निकाले। सुवास ने कहा था, "तो फिर आप सुमित के पास बम्बई क्यों नहीं चले जाते?" बम्बई जाने का मतलब है एक दूसरा जन्म लेना। क्या इतना आसान है एक शहर को छोड़ देना—सारे परिवार, दोस्तों, हवा, पानी को? उसका जैसा भी, जितना भी कुछ है, सब यहीं है। यहाँ उसकी अपनी बनाई दुनिया है। वहाँ वह दूसरों की बनाई दुनिया के हाशिए पर एक अनचाहा बाशिन्दा होगा। सबके पास दूसरों को सुझाने के लिए एक आसान उपाय होता है। पर जिसे करना पड़ता है, वह जानता है कि हकीकत में कुछ भी आसान नहीं।

कोई चाहे तो सोच सकता है कि वह बरसों से विलास की कहानियाँ क्यों सुनता आया है और आज भी उसे क्यों नहीं चुप करा पाता। क्या वह उन लोगों में से है जो ऊपरी तौर पर दिखाते हैं कि उन्हें निचले स्तर की साहित्यिक कथाओं और फिल्मों में कोई रुचि नहीं और एकान्त में ब्लू-फिल्म या पोर्नोग्राफी की मैगजीनें देखते रहते हैं? क्या उसे विलास की कथाओं में ऐसा रस मिलता रहा है कि वह विलास को कभी डाँट नहीं पाया कि तुम्हारा रास्ता सही नहीं है—कभी-न-कभी ये आदतें तुम्हें ले डूबेंगी। पर सच यह नहीं है। उसे विलास से हमदर्दी है कि वह हर नए रिश्ते में ऐसा भरपूर और चरम अनुभव खोज रहा है, जो जयगोविन्द को अनायास ही दीपा में मिल गया था। वह किसी को अपनी दीपा खोजने से कैसे रोक सकता है?

और अब? अब क्या वह विलास की नित नई फतह की कथाओं में वह अकेली औरत खोज रहा है जो अपने अकेलेपन से उसी की तरह, उतना ही घबड़ा रही है? पर

यह देश कोई अमेरिका तो नहीं है, जहाँ हर तीसरी-चौथी औरत अकेली है। पर वहाँ भी बात कहाँ बनी थी? रोहित ने ही अपने गुजराती दोस्त भावेश की माँ से पिछले साल अमेरिका में मिलाया था। तब घाव भी नया था और अकेलापन अभी से कहीं ज्यादा भयानक। "आंटी भी दिन-भर अकेली रहती हैं घर पर। आप दोनों संग वॉक पर या शॉपिंग पर जा सकते हैं।"—रोहित के स्वर में अनकहा सुझाव जयगोविन्द को बुरा नहीं लगा था।

आंटी यानी सुमेधा बेन अफ्रीका के युगांडा में पैदा हुई गुजराती औरत थी जिसने इंडिया को पाँच-छह बार की 'विजिट' से जितना जान सकी, उतना जाना था। 1971 में जब भारतीयों को युगांडा से निकाल फेंका गया था तब वह अपने पति-बच्चों के साथ अमेरिका आकर बस गई थी। सुमेधा बेन के साथ दूसरी बार वॉक करते हुए जयगोविन्द उसे भूल से 'आंटी' बोल गया था। बस वहीं उनका ब्रेक-अप हो गया था या सच कहें, तो उनका रिश्ता स्टार्ट-अप ही नहीं ले पाया था। दरअसल, बेसन खा-खाकर गोल हुए चेहरे और शरीर के साथ चींटी की चाल में वॉक करते हुए वह पूरे समय यह सोचता रहा था कि यह मॉडल तो अमेरिका के लिहाज से क्या, गुजरात के किसी दूर-दराज गाँव में पली औरत से भी तुलना में ज्यादा पुराना ठहरेगा। वह पूरे समय खाने-पीने और अमेरिका के ही सुदूर सिरों पर बसे अपने बच्चों और उनके बच्चों की बात करती रही थी।

आश्चर्य की बात थी कि विलास की कथाओं में एक भी औरत ऐसी नहीं थी जिसका एक अदद पति न हो—यानी कि वह कहीं उसे छोड़-छाड़कर चला गया हो या कहीं और रहता हो। विलास के पास एक से दूसरी से तीसरी मिल जानेवाली अमीर या मध्यम वर्ग की औरतों का ऐसा नेटवर्क था जिसमें पति था और उसके प्रति शिकायत या गुस्से का एक ही कारण था—"हिन्दुस्तानी मर्द सिर्फ अपने सुख के लिए जीता है। उसका जब जैसे जहाँ जितनी देर के लिए मन हुआ, बस उसका काम पूरा हुआ। उसका पति

एकदम बेकार है। बेचारी शोभना मुझसे मिलने से पहले जानती ही नहीं थी कि 'आर्गेज्म' किसे कहते हैं!''—विलास का हृदय ऐसी हर औरत के प्रति सहानुभूति से भरा रहता। जयगोविन्द ने विलास की बातों में कभी न दिलचस्पी दिखाई, न ऊब, न चिढ़। उसने कभी विलास को न कभी अपने और दीपा के सम्बन्धों के बारे में बताया और न कभी उससे इतना भर तक पूछा कि उसकी पत्नी के साथ उसके कैसे रिश्ते हैं। उसकी ही बक-बक से निष्कर्ष निकाले जाएँ तो कहा जा सकता है कि कई पत्नियों में भूख बहुत कम होती है और एकाध बच्चे पैदा कर तो वे बिलकुल ठंडी हो जाती हैं।

जाने यह देश या कि कहें यह दुनिया बेमेल आदमियों और औरतों से भरी पड़ी है। कुछ लोग नियति मानकर उस बेमेलपन को झेलते रहते हैं। कुछ लोग जिन्दगी को ऐसे ही चले नहीं जाने देना चाहते और किसी तरह की भरपाई खोजने में भटकते रहते हैं। जयगोविन्द सोचता रहा कि उसने जो खो दिया है, उसकी जगह क्या कोई भर सकता है? क्या उसके ऐसे सोचने में ही कोई गड़बड़ी है कि कोई और भी हो आस-पास? यदि सचमुच अमेरिका का वायरस उसके अन्दर हमेशा के लिए घुस बैठता, तो शायद वह ऐसा न सोचता। वहाँ लोग अकेले ही रहकर खुश रह पाते हैं। इस देश में न कोई अकेला रहना चाहता है, न किसी को अकेले रहने देना चाहता है। और खुदा न खास्ता, कोई अकेला हो जाए, तो वह बेचारा है या आफत।

पर दूसरे क्या सोच रहे हैं यह तो अलग बात है। अपने अन्दर जो चलता है, उसका क्या करे? पहले जयगोविन्द किसी भी औरत को किसी भी तरह के शारीरिक कष्ट के लिए होमियोपैथी में 'पल्सेटिला' या 'इग्नेशिया' देने की सोचता था। औरतों के तुरन्त रो पड़ने और भावुकता में बहने की सामान्य प्रवृत्ति के कारण ये दवाएँ अकसर काम कर जाती थीं। दीपा उसे मजाक में 'वन-मेडिसिन डॉक्टर' कहती। बड़ी भाभी के हर दराज और पर्स में 'पल्सेटिला'

की एक शीशी मिल जाती और वह उसकी डोज के लिए आए दिन जयगोविन्द को फोन करती रहती थीं। इधर उसका कई बार मन होता है कि एक डोज़ पल्सेटिला खाकर देखे कि मन कुछ सँभल जाए। कहते हैं न कि हर पुरुष–मन के अन्दर एक औरत का मन छिपा बैठा होता है। इधर एक अजूबा यह हुआ है कि जयगोविन्द के अनजाने उसकी आँखों के दोनों छोरों से आँसुओं की दो धाराएँ उसके कान से होती हुई तकिए पर गिरती रहती हैं। करवट बदलने पर तकिए के गीलेपन से जयगोविन्द को पता चलता है कि विरह की घटा बरस रही है। अगर वह अपनी कथा में इस बात को बिना शर्मिन्दा हुए लिखे तो शायद साहित्य में पहली बार किसी पुरुष के विरह की असलियत सामने आएगी।

जयगोविन्द ने वापस कमरे में घुसकर पीला फोल्डर हाथ में लिया। लिखने का एक मकसद उसके अन्दर फिर सिर उठा रहा था। एक–एक अध्याय अलग–अलग बँधा हुआ था। उसने दूसरा अध्याय न उठाकर जयदीप की कथा को बीच के अध्याय से फिर पढ़ना शुरू किया :

जहाँ चाहो, वहीं फिर शुरुआत है

रात के सन्नाटे में जयदीप की आँखें अचानक खुल गई थीं। उसने देखा कि दीपा उठकर बैठी हुई है। "क्या हुआ? सो क्यों नहीं रही हो?"—जयदीप ने कुछ घबड़ाकर पूछा। "देखो, पूरा मकान कैसे सायँ-सायँ कर रहा है। आज ऊपर का भी तल्ला पूरा खाली हो गया।"—दीपा ने कहा। "तुम्हें डर लग रहा है क्या? बोलो तो हम भी चल दें यहाँ से,"—जयदीप ने दुविधा-भरी आवाज में पूछा। "अरे नहीं, मैं तुम्हारे रहते क्यों डरूँगी? अचानक किसी आवाज से नींद खुल गई, तो खयाल आया कि ऊपरवाले भी चले गए। प्राय: वे लोग आधी रात को कुछ-न-कुछ आवाज करते थे। बीच में पड़ी कुर्सी घिसकाते थे या बाथरूम जाते समय रोज कुर्सी से भिड़ जाते होंगे।"—दीपा हँस रही थी।

जयदीप भी हँसने लगा। उसने दीपा का हाथ पकड़कर अपने पास खींच लिया। दीपा ने अपना सिर उसकी छाती से सटा लिया। वे दोनों उसी तरह आँखें मूँदे लेटे रहे। शायद दोनों को एक बराबर शान्ति और एकात्म होने की अनुभूति हो रही थी। पहले दिन से आज तक उन दोनों के बीच सब कुछ ऐसा ही रहा था। जयदीप ने पिछले तैंतीस सालों की तरह उतने ही आश्चर्य के साथ सोचा—क्या गजब औरत है। कभी नहीं कहती कि यहाँ अच्छा नहीं लगता। मैं अब और यहाँ नहीं रह सकती। कोई दूसरी औरत होती, तो जीना हराम कर देती। पन्द्रह साल हो गए इस मकान को झुके हुए। नई शताब्दी के भी पाँच साल निकल गए। सीढ़ियों पर नए मकान मालिक ने जान-बूझकर घुप्प अँधेरा कर रखा है। चौक की जमीन सड़ते हुए कूड़े से ढँकी नजर नहीं आती। पाखाने में एक नल दिखाई नहीं देता जिसमें पानी आ रहा हो। रोज नीचे से कई बाल्टी पानी भरकर मँगवाना पड़ता है।

अचानक ऊपर से कोई बहुत भारी चीज लुढ़ककर गिर गई। ऐसे लगा जैसे कोई भूकम्प आया हो और मकान का कोई हिस्सा टूटकर मकान पर ही

गिर पड़ा हो। जयदीप ने आवाज खत्म होने पर देखा कि वह और दीपा डर के मारे एक-दूसरे में घुसे हुए थे। दोनों ने एक-दूसरे को इतनी कस के पकड़ रखा था कि यह पता नहीं चल रहा था कि दिल की ऐसी जोर की धक-धक उसके अन्दर हो रही थी या दीपा के।

जयदीप ने पकड़ कुछ ढीली की तो देखा कि उसका ही दिल इस कदर धड़पड़-धड़पड़ कर रहा था। "आर यू ओके?"—उसने दीपा से पूछा। दीपा ने सिर हिलाया और 'हूँ' कहा। "बत्ती जलाकर देखें क्या?"—उसने पूछा। "नहीं," दीपा ने कहा, "वे लोग यही देखना चाहते होंगे कि हमें कितना डरा सकते हैं। सो जाओ।"

जयदीप अँधेरे में आँखें खोले पड़ा रहा। सुबह आठ बजे से सारे दिन ऊपर छत पर कुछ तोड़ने की आवाजें आती रहती थीं। बड़े-बड़े हथौड़ों की घम-घम जैसे दिल पर हर बार धमक पैदा करती थी। उस आवाज में कुछ ऐसा था जैसे दुनिया के खत्म होने के ठीक पहले होता होगा। ऊपर से धूल ऐसी कि हर चीज पर परत बनकर ढँकी हुई थी। बन्द दरवाजों और खिड़कियों से न जाने कैसे घर के अन्दर यह धूल घुसी आ रही थी। ऐसे लगता था जैसे उनके शरीर, मन, आत्मा सबको यह धूल दफन कर देगी।

जयदीप शाम को पुलिस थाने जाकर आया था। थाने का ओ. सी. अपने बड़े से काले फ्रेम के चश्मों के पीछे से उसे एकटक देखता हुआ उसकी शिकायत सुनता रहा था। फिर बोला था—"परसों आपका फोन आने के बाद मैंने आफताब हुसैन को फोन किया था। तब उसने कहा कि ऊपर छत की टंकी टूट गई है और उससे सारा पानी निकला जा रहा है। वह टंकी की रिपेयरिंग करवा रहा है।"

जयदीप बुरी तरह झल्ला उठा था। पर अपनी आवाज से भी यह जता देना बेवकूफी होती। इच्छा तो उसकी यही हो रही थी कि ओ. सी. का कॉलर पकड़कर उसका गला दबाकर पूछे कि तुम्हारी ड्यूटी नहीं थी क्या कि दो पुलिसमैन भेजकर दिखवाते—वे लोग टंकी तोड़ रहे हैं कि रिपेयरिंग कर रहे हैं। जयदीप हँसा जैसे वह कोई चुटकुला सुनानेवाला हो। उसने लगभग मजाकिया लहजे में सलाह दी—"आप दिखवा लेते कि वह सही तो कह रहा है ना।" जैसे कह रहा हो कि आप कब्जहर की एक के बजाय दो गोली खाकर देख लेते कि आपका पेट सुबह साफ होता है कि नहीं।

"जय बाबू, आपने तो अमेरिका से इंजीनियरिंग की थी ना?" ओ.सी. ने पूछा। जयदीप फिर हँसा। "आपका बेटा साइंस लेकर पढ़ रहा है ना? उसे

अमेरिका जरूर भेजिएगा। स्कॉलरशिप मिल जाएगी अगर अच्छे नम्बर आए तो।'' जयदीप ने अपनी आवाज को ऐसा बना लिया जैसे वह टेबुल के उधर बैठा कैरियर काउंसिलर हो। ओ.सी. का चेहरा वाकई आम बाप जैसा हो गया। आफताब हुसैन के भेजे मुर्गे और शराब की चर्बी जैसे कम हो गई। तुम अपने बेटे को आफताब हुसैन के जैसा नहीं, मेरे जैसा बनाना चाहते हो, जयदीप ने फख्र से सोचा।

''जय बाबू, आपका बेटा तो वहीं पढ़कर वहीं बस गया है ना?'' ओ. सी. अमेरिका को आसानी से छोड़नेवाला नहीं था। ''हाँ, यहाँ आकर करेगा क्या? मेरी तरह थाना-कोर्ट तो करने से रहा।'' जयदीप की आवाज में कुछ तल्खी झलक गई। ''हाँ, अमेरिका जैसी तनख्वाह भी तो यहाँ नहीं मिलेगी। आपका बेटा आपको कुछ भेजता है कि अपनी सारी कमाई खुद ही खर्च कर लेता है?'' ओ. सी. का खुर्राट चेहरा उसके काले फ्रेम के चश्मे के पीछे वैसा ही हो गया था जैसा जयदीप के रिश्तेदारों और दोस्तों का यही सवाल पूछते वक्त होता था। दूसरे के फटे हुए में झाँककर देखने का नेशनल शौकवाला चेहरा। हर जगह यही चेहरे थे। जयदीप को पहले-पहल भ्रम हो जाता था कि सामनेवाले का चेहरा कभी कहीं देखे हुए किस आदमी से इतना मिलता है। वह परेशान होकर अपने दिमाग में खो गए पुराने चेहरे और सामने के चेहरे को मिलाने लगता—कहाँ देखा था...कब देखा था।

इतना भारी पत्थर या तोड़ी हुई टंकी का टुकड़ा इन लोगों ने क्या आधी रात के बाद लुढ़काने के लिए रख छोड़ा था? जयदीप अँधेरे में आँखें खोले सोचता रहा। इसका मतलब छत पर कोई रात-भर हथौड़ा लेकर बैठा रहा होगा। दीपा शायद सो गई थी या उसी की तरह बिना हिले-डुले यह जताने की कोशिश कर रही थी कि वह सो गई है। या शायद वे दोनों जगे रहना चाहते थे ताकि छत पर फिर कुछ गिरने से नींद से चौंककर इस तरह हकबका न जाएँ। नींद के अलावा उस मकान में ऐसा कुछ नहीं बचा था, जिसे वे लोग उनसे छीन सकते थे।

आफताब हुसैन ने जयदीप को डराने या धमकाने की अलबत्ता पिछले पन्द्रह सालों में आज तक कोई कोशिश नहीं की थी। लोग कहते थे कि उस पर मर्डर के कई आरोप थे। जयदीप उसे जब भी फोन करता, वह जयदीप से पूरी भद्रता से पेश आता—''जयदीप बाबू, आप तो जानते हैं कि मकान खाली करवाना मेरी मजबूरी है। आप जब कहेंगे मैं आपको रुपए भिजवा दूँगा। आप किसी तरह

की तकलीफ न उठाएँ। आप विलायत में पढ़े-लिखे समझदार आदमी हैं। हमारे जैसे छठी क्लास फेल आदमी आपको क्या समझा सकते हैं।''

जयदीप ने आज तक जब भी आफताब हुसैन से बात की थी, कभी ऐसा नहीं हुआ कि उसने 'मजबूरी' शब्द न बोला हो। तब भी जबकि वह अपनी टेबुल पर पिस्तौल रखे हुए हो। शायद पहली या दूसरी मुलाकात में अपने ढीले-ढाले कुरते-पायजामे की पॉकेट से उसने पिस्तौल निकालकर बात करते-करते जयदीप के सामने डेढ़ फुट की दूरी पर ऐसे रख दी थी जैसे कि उसकी खैनी की डिब्बी हो। जयदीप एक क्षण के लिए सोच में पड़ गया था कि पिस्तौल को अनदेखा करे या कुछ कहे। फिर उसने कहा—''अमेरिका में तो अठारह साल का होते ही आप कपड़ों की दुकान से बन्दूक खरीद सकते हैं।'' आफताब हुसैन ने कुछ चिढ़कर कहा था—''लेकिन आप उसे वहाँ से यहाँ तो नहीं ला सकते ना?'' ''यहाँ क्यों लाना है। अभी बनारस गए थे हम लोग एक शादी में। वहाँ हमारे दोस्त का लड़का कहने लगा कि यहाँ एक कायदे का तमंचा पाँच सौ रुपए में मिल जाता है।''

आफताब हुसैन ने जयदीप की तरफ कुछ हैरानी से देखा था। शायद वह अमेरिका-रिटर्न्ड और पाँच सौ रुपए के तमंचे से मेल नहीं बैठा पा रहा था। फिर उसने कहा—''देखिए जयबाबू, हमारी तो मजबूरी है कि पिस्तौल पास में रखें। मैं ठहरा मछुआ बाजार का एक मामूली रेडीमेड कपड़ों का व्यापारी। आज एक बिजनेसमैन बन गया हूँ। हमारे लोगों में ही मुझे अपना नेता माननेवाले जितने हैं, उससे ज्यादा मुझसे जलनेवाले हैं। ऊपर से मेरे दो होटल बड़ाबाजार में चल रहे हैं। आपको पता नहीं कि कब कोई खतरनाक आदमी होटल में आकर ठहर जाए। पुलिस को बुलाना पड़े, तो उसके बाद उन लोगों को निपटाना मुसीबत से भी बड़ी मुसीबत है।'' जयदीप को समझ में नहीं आया कि आफताब हुसैन उसे किस बात की सफाई देने लगा था। इस देश में या कि बंगाल में एक छोटा-मोटा मुसलमान व्यापारी होटलों का मालिक बन जाए, यह कोई मामूली बात नहीं थी। जब तक सिर पर दो-चार मोतबर लोगों यानी काउंसिलर, एम.एल.ए. या किसी पार्टी के नेता या मिनिस्टर का हाथ न हो, ऐसा होना सम्भव नहीं था।

पिस्तौल की बात जयदीप ने उससे इसलिए कह दी थी कि वह समझ जाए कि जयदीप उसकी पिस्तौल को खैनी की डिब्बी ही समझता है। बड़ा बाजार में कुछ भी करना हो तो आफताब हुसैन या जग्गू भैया या चौधरी चाचा जैसे यू.पी.बिहार के लठैत-गुंडों से निपटना पड़ता है। इन्हें पाले बिना अच्छे-अच्छे लोग अपनी एक खिड़की भी बन्द नहीं करवा सकते। हर मकान-मालिक, जिसे अपनी कोई खोली खाली करवानी हो और हर किराएदार, जिसे अपना कमरा

खाली करवाकर किसी और को देना हो, इनसे निपटे बिना पत्ता नहीं हिला सकता। या कहिए तो, ये सबके या किसी के भी मददगार हैं बशर्ते कि सामनेवाला इनकी जेब भरता रहे। यह बहुत जरूरी था कि आफताब हुसैन समझ ले कि वह इस सफेदपोश इंजीनियर को पिस्तौल से डरा नहीं सकता।

"जब मैं जादवपुर में पढ़ता था, उन दिनों तो वहाँ जिस-किसी के पास पिस्तौल मिल जाती थी। आपको तो याद ही होगा विश्वविद्यालय के वाइस चांसलर गोपाल सेन का सत्तर के साल में यूनिवर्सिटी के अन्दर ही मर्डर हो गया था।" आफताब हुसैन ने उसे इस तरह देखा जैसे तौल रहा हो कि यह चिकना-सा शख्स क्या मर्डर कर पाया होगा? "असीम चटर्जी उर्फ काका का नाम सुना है आपने? बड़े नक्सल नेता। हम लोग तो प्राय: उनसे मिलने जाते थे। मेरा खास दोस्त था दिवाकर बैनर्जी। बड़े बाप का बेटा था। नक्सल बनकर जंगल-गाँव घूमता रहता था। मेरे पास उसने अपना काफी सामान छुपा रखा था।"—जयदीप पिस्तौल को हाथ में उठाकर देखते-देखते किस्से की तरह बात करता रहा।

आफताब हुसैन का चेहरा उतर गया था। बात ठीक निशाने पर लगी थी। शायद वह सोच रहा हो कि उसी इलाके के दूसरे कपड़ा व्यापारी ने कहीं इस इंजीनियर खूनी को उसके पीछे न लगा रखा हो। "छोड़िए साहब, यह पिस्तौल आपके खेलने के लिए नहीं लाया मैं।" आफताब हुसैन ने पिस्तौल वापस जेब में रख ली। उसका चेहरा सामान्य हो गया। उसकी आवाज में पुराना सौजन्य लौट आया—"देखिए जय बाबू, किस्से-कहानियाँ हम हजार कह सकते हैं, सुन सकते हैं। उससे न आपका काम बनेगा, न मेरा। आप बताइये कि मैं आपके लिए क्या कर सकता हूँ। मैं करवा दूँगा आपका काम। आपके मेट्रो-पीड़ित एसोसिएशन में कुछ दम होता, तो अब तक आप लोगों ने सेंट्रल एवेन्यू न खरीद लिया होता? छोड़िए, कोर्ट-कचहरी का चक्कर। हम-आप बैठकर सब तय कर देंगे। उसके बाद किसी की ताकत नहीं है कि चूँ-चपड़ करे। आपके पिता एडवोकेट बाबू को मैंने देखा है बचपन में। उनका बेटा तकलीफ पाए, यह मेरे जैसे आदमी के लिए भी सहना मुश्किल है।"

जयदीप आफताब हुसैन के चेहरे, उसकी बातों और उसके जाने हुए इतिहास में तालमेल बैठाने की कोशिश करता रहा। क्या वाकई आफताब हुसैन के मन में उसके लिए एडवोकेट बाबू का बेटा होने के कारण कुछ खास सम्मान है? या फिर सच यह है कि बड़ाबाजार मारवाड़ी का इलाका है। कोई शख्स किसी पार्टी का हो—चाहे जनसंघी या कि लालू यादव की आरजेडी या कि कांग्रेस को

वोट देनेवाला—मारवाड़ी पहले मारवाड़ी है। अगर आफताब हुसैन उसे किसी तरह का नुकसान पहुँचा दे तो बात बहुत बिगड़ जाएगी। इसके अलावा आफताब हुसैन के असली आका भी मारवाड़ी हैं। जाने किस-किस ने सेठ जानकीदास के बेटों-पोतों को कितना रुपया देकर इस मकान के भविष्य में अपना पैसा लगा रखा है। आफताब हुसैन कितना बड़ा व्यापारी क्यों न हो, उसके पास इतने पैसे नहीं हो सकते कि वह पूरा मकान खरीद ले। वह सिर्फ सामने आनेवाला चेहरा है जो डराने-धमकाने के लिए काम में लिया जा रहा है। शायद उसे यह सब भी उसके आकाओं ने बोलने के लिए कहा है, जो वह बोल रहा है। आखिर एडवोकेट बाबू से उसका क्या लगाव हो सकता है? ऊपर से उन्हें मरे भी पन्द्रह साल हो गए।

कोई आदमी जब मरता है, तो शायद साल-भर तक उसकी मौजूदगी हर किसी के दिमाग में बनी रहती है। बरसी होने के बाद हर दिन वह स्मृति धुँधली होती जाती है। धीरे-धीरे जो बचता है वह होती है एक 'एडिट' की हुई स्मृति। जैसे फिल्मों में काट-छाँटकर एक दृश्य बना लेते हैं वैसे ही हर आदमी के पास हर मरे हुए आदमी की टुकड़े-टुकड़े जोड़कर बनाई छवि होती है। जिसका जो मन होता है उसमें जोड़ लेता है और जिसे जो मन में नहीं भाता, उसे काट-छाँटकर मिटा डालता है।

एडवोकेट बाबू कम बोलने के कारण एक दबदबा बनाए रखते थे जैसे कि वे बोल पड़ेंगे, तो दुनिया इधर की उधर हो जाएगी। आदमी यह सोचता ही रह जाता था कि जाने एडवोकेट बाबू क्या सोच रहे होंगे। आफताब हुसैन ने क्या बचपन में एडवोकेट बाबू और हर समय उनके साथ रहनेवाले पांडे ड्राइवर से खौफ महसूस किया होगा? क्या उसके पिता ने, अपने बेटे को एडवोकेट बाबू जैसा बनाने की कल्पना की होगी? यानी कि एक पढ़ा-लिखा माकूल इनसान, जिसके प्रति हर आदमी अदब से पेश आता हो। क्या पूरे बड़ाबाजार में लोगों ने बातें की होंगी कि एडवोकेट बाबू का लड़का पढ़ने के लिए अमेरिका गया है? वही अमेरिका जिसके लोग अभी-अभी चाँद पर चहलकदमी कर चुके हैं।

एडवोकेट बाबू के नाम में आज भी इतनी ताकत बची थी कि जयदीप और आफताब हुसैन के बीच एक भाईचारा जैसा कुछ बन गया। जयदीप ने पहली बार ध्यान से आफताब हुसैन के गठे हुए साँवले चेहरे को देखा। उसकी नाक कुछ मोटी न होती, तो उसे आकर्षक कहा जा सकता था। यदि वह लम्बा होता, तो कद-काठी से वह ताकतवर गुंडा लगता पर लम्बाई की कमी और छोटी-छोटी आँखों ने उसकी शख्सियत काफी साधारण बना दी थी। वह एक छोटे

व्यापारी से अधिक कुछ न होता, अगर उसने जमाने के दिए मौकों का फायदा न उठाया होता। जयदीप ने सुन रखा है कि आफताब हुसैन दिल का बुरा आदमी नहीं है। किसी माँगनेवाले को खाली हाथ नहीं लौटाता, चाहे वह हिन्दू हो या मुसलमान। अपने को एक व्यापारी की हैसियत से ऊपर उठाने के लिए उसने कितनी मेहनत की होगी। उसने कैसे सीखा होगा कि कपड़े के व्यापार के पैसों का इस्तेमाल अगर थाना-पुलिस और काउंसिलर-एमएलए से रिश्ते जोड़ने में किया जाए तो न केवल व्यापार सौ गुना बढ़ जाएगा, बल्कि कमाई के न जाने कितने रास्ते खुल जाएँगे। देखा जाए तो जैसे वह खुद पढ़ने के लिए अमेरिका गया था, जिससे कि अपने आसपास की दुनिया से कुछ अलग बनकर दिखाए, वैसे ही आफताब हुसैन ने एक साधारण लुंगीधारी कपड़े बेचनेवाले से ज्यादा कुछ बनना चाहा होगा। हर आदमी अन्ततः एक ही जैसे सपने देखता है।

आफताब हुसैन जब तक सेठ जानकीदास के उत्तराधिकारियों का आदमी नहीं बना था, तब तक उनके परिवार से जयदीप के सम्बन्ध दूसरी तरह के थे। जिस साल मेट्रो का, सुरंग खोदने का काम शुरू हुआ और एडवोकेट बाबू चल बसे थे, उसी साल सेठ जानकीदास के बड़े बेटे शेखर रतन ने कमरा नम्बर सैंतालीस, अड़तालीस और बावन का नया अनुबन्ध दो सौ पचपन रुपए में जयदीप और उसके छोटे भाई रतनदीप के नाम से किया था। एडवोकेट बाबू की मृत्यु उन सबके लिए एक ऐसी घटना थी कि नाम पलटाई के रुपए माँगने या देने का सवाल ही नहीं उठा था। लेकिन एक साल बाद सारी बातें बदल गई थीं। 1991 में जयदीप मेट्रो-पीड़ित बन्धु एसोसिएशन का प्रेसिडेंट बनाया गया और उधर शेखर रतन के चेहरे की जगह आफताब हुसैन ने ले ली थी।

पहले ही साल में जयदीप का सिक्का पूरे सेंट्रल एवेन्यू में जम गया था। लोगों का उस पर विश्वास जम गया जब मेट्रो रेल के अधिकारियों ने सेंट्रल एवेन्यू की हिलती हुई आठ विशाल कोठियों को गिरने से रोकने के लिए खम्भे खड़े किए और फटी हुई, मुँह खोलकर खड़ी दीवारों को सीमेंट से भरवाया। ''हमें यहाँ अपने घर से कोई नहीं निकाल सकता,''—जयदीप की बातों पर लोगों को इतना भरोसा हो गया था कि लोगों ने मेट्रो के खिलाफ कोर्ट में मामला दायर करने के लिए फटाफट पैसे दे दिए थे। मेट्रो अधिकारियों ने घरों के अन्दर टूटे फर्श की मरम्मत के लिए मकान मालिक को मरम्मत करवाकर बिल देने के लिए आदेश दिया। पर तब तक शेखर रतन जाने किन लोगों को दो चौक का

हिलता हुआ मकान, जिसमें अस्सी परिवार सेंट्रल ऐवेन्यू पर दौड़ती हर बस के साथ हिल रहे थे, बेच-बाचकर निकल गया था।

क्या एडवोकेट बाबू जिन्दा होते तो शेखर रतन उनसे एक बार भी पूछता या बताता नहीं कि वह क्या करने जा रहा है? यह सवाल शायद उतना ही बेमानी था जितना उन लोगों का उस मकान में रहने की जिद करना—वह भी उतने कम किराए में जितने में शेखर रतन का एक बार फाइव स्टार रेस्टोरेंट में खाने का बिल भी नहीं चुकता। अस्सी परिवार मिलकर उसे इतना भी किराया नहीं देते थे कि वह अपनी गाड़ी में एक महीने का पेट्रोल भरवा सके। आजादी के बाद पहले पचास सालों में चीजों के दाम सौ गुना से दो सौ गुना बढ़ गए थे, पर किराया दुगुना भी नहीं हुआ था। मेट्रो की खुदाई ने मकानों की नींव हिलाकर मकान मालिकों को अपने पुरखों की भूल सुधार करने का मौका दे दिया था। जयदीप उन दिनों जब आफताब हुसैन से मिला था, तब आफताब हुसैन ने उससे पूछा था—"यदि आप शेखर रतन बाबू की जगह होते, तो क्या करते?"

"सबको बाहर निकाल फेंकते। कॉरपोरेशन में अर्जी देते कि मकान में रहना खतरनाक है इसीलिए मकान को तोड़ दिया जाना चाहिए।"—जयदीप ने बेसाख्ता कह डाला था। फिर उसे तुरन्त लगा था कि उसे यह सब कहना नहीं चाहिए था। बेशक ये लोग कर वही रहे हैं जो वह कह रहा है। पर दीवारों के भी कान होते हैं। जाने लोग कब यह निष्कर्ष निकाल लें कि वह उनके साथ नहीं है। बल्कि मकान मालिक और उसके नए कारिन्दे आफताब हुसैन के साथ है। यों भी उसने अपने कमरों में जो मोज़ेक की टाइल लगवाई थी उसके लिए लोग कहते घूम रहे थे कि उसने मेट्रो अधिकारियों से दोस्ती गाँठकर या उन पर अपनी संस्था का प्रेसिडेंट होने का रोब जमाकर मुफ्त में लगवा ली है। बाकी मकान में जहाँ-जहाँ फर्श फट गया था, वापस लाल सीमेंट का ही फर्श बनाया गया था। सिर्फ जयदीप के कमरों में टाइल लग गई थी।

"वाह साहब वाह! सच बोलना कोई आपसे सीखे। भले ही वह सच आपको बेघर करनेवाला हो।"—आफताब हुसैन की भाषा और बोलने का अन्दाज जयदीप को चकित कर गया था। शायद उर्दू बोलनेवालों की एक अपनी तहजीब है, जो सड़कछाप होने के बावजूद उनमें दिखाई पड़ती है। "मैंने आपके बारे में जो सुना था, आज पता चला कि वह कितना सही है।"—आफताब हुसैन ने मुसकराकर कहा—"क्या वाकई अमेरिका में सारे लोग ऐसे ही होते हैं। सच बात को सच कहनेवाले?"

जयदीप का रंग उड़ गया था। जिस बात के लिए उसे सारे नाते-रिश्तेदार

पीटते आए थे, वही बात आज यह सड़क का गुंडा भी कह रहा है। क्या किसी बात को वह जैसी है, वैसी कह डालना गलत है इस देश में ? शायद यही कारण है कि यहाँ कोई किसी की बात का विश्वास नहीं करता। सबको शक रहता है कि सामनेवाला कह कुछ रहा है और सोच कुछ और रहा है। सब एक–दूसरे से हरदम जैसे कुछ छिपाते रहते हैं।

एक उसका कमरा है इस जानकीदास तेजपाल मैनशन में, जहाँ वह वैसे ही रह, बोल और सोच सकता है, जैसा वह है या रहना चाहता है। जयदीप के सामने अपना कमरा घूम गया। सफेद स्प्रे पेंट का फर्नीचर। अलमारियों के बीच सीलिंग तक किताबों से भरा बुक–शेल्फ। स्टडी टेबुल। दीपा ने जब पहली बार मकान की अँधेरी गन्दी सीढ़ियाँ चढ़कर चौक के गलियारे से जाने कितनी जोड़ी आँखों की निगहबानी से होते हुए इस कमरे में कदम रखा था, तो वह निहाल हो गई थी। उसे न सिर्फ सपनों का राजकुमार मिल गया था, बल्कि उसके सपनों का कमरा भी मिल गया था। इंजीनियरिंग की पढ़ाई करते हुए उसने कभी 'मिल्स एंड बून' के रोमांटिक नॉवल पढ़ना नहीं छोड़ा था। उस कमरे में रहते हुए तीसों साल बाद भी नहीं छोड़ पाई। "तुमने तो अपना अमेरिका यहीं बना रखा है जय!"—दीपा ने कहा था। "हाँ, यहाँ हम वैसे ही रह सकते हैं जैसे हम रहना चाहते हैं। बाहर की दुनिया कैसी भी हो, वह बाहर है। उससे हमें क्या ?"—जयदीप ने उनके रिश्ते का सूत्र उसे थमा दिया था।

आफताब हुसैन से उस दिन की मुलाकात में जयदीप ने भले ही सच कहा हो, और आफताब भले ही उसकी सच बोलने की आदत की सच्चे मन से दाद दे रहा हो, पर आफताब हुसैन खुद सच नहीं बोल रहा था। सेठ जानकीदास के बेटे मकान को कोर्ट में चलते केस और अस्सी किराएदार परिवारों के झूलते भविष्य समेत बेचकर सबसे बचकर निकल चुके थे। पर आफताब हुसैन उन्हीं का नाम लेकर बातें कर रहा था, जैसे कि वह उनका ही आदमी हो। यह तो उन लोगों को छह महीने बाद कोर्ट से ही पता चला था कि वे जिससे लड़ रहे थे, उसकी जगह अब कोई एस.वी. बिल्डर नाम की कम्पनी है, जो अब मकान की नई मालिक है।

जानकीदास तेजपाल मैनशन के क्षतिग्रस्त हिस्से को तोड़ने का कोर्ट से पहला आदेश जब कम्पनी ने हासिल कर लिया था, तो जयदीप फिर एक बार आफताब हुसैन से मिलने गया था। पिछली मुलाकात को दो साल बीत चुके थे। इन दो सालों में जयदीप कोर्ट–कचहरी, पुलिस–थाना, कॉरपोरेशन के दफ्तर और मेट्रो रेल के दफ्तर के चक्कर लगा–लगाकर एक नया जयदीप बन चुका

था। लोग मुसीबत आने पर उसके पास मदद के लिए आने लगे थे। बगल के हिलते हुए मकान के दो-तल्ले में रहनेवाले राजू बंसल को एयरकंडीशनर लगाने के लिए दीवाल तोड़ने के लिए पुलिस गिरफ्तार करके ले गई, तो इलाके के लोग भागे-भागे जयदीप के पास आए थे। दीपा के लाख कहने के बावजूद जयदीप खाना खाते-खाते उठकर थाने गया था और बंसल को छुड़ा लाया था।

यदि कोई सोचे कि बड़ाबाजार या कि कहीं भी कोई काम आज की दुनिया में मुफ्त में हो सकता है, तो वह एकदम भोलाभंडारी है। "नथिंग कम्स फॉर फ्री,"—कुछ भी मुफ्त में नहीं मिलता—जयदीप के जाने-अनजाने यह वाक्य उसका तकियाकलाम बनता गया था। 'एक चीज पर एक चीज मुफ्त'—आजकल बाजार का दावा जरूर है, पर सभी जानते हैं कि कम्पनियाँ कहीं-न-कहीं से खरीदार से वसूली कर लेती हैं। राजू बंसल का एयरकंडीशनर लग गया था और उसे एक रात भी पुलिस हिरासत में नहीं बितानी पड़ी थी, पर कोई यह सोचे कि सिर्फ जयदीप की साख से यह सब हो जाए, तो यह असम्भव था। साख बनाने के दाम लगते थे और यह दाम वही दे सकता था, जिसके पास पैसे हों। जयदीप के पास साख बनाने के लिए खरचने लायक पैसे नहीं थे, पर उसकी साख बनाने के लिए लोग खरचने को तैयार थे। धीरे-धीरे उसके दिमाग में साफ होता गया था कि लोग आफताब हुसैन और पप्पू भैया बनाने के लिए अपने पैसे लगाते हैं, लोग जय बाबू बनाने के लिए इससे भी ज्यादा पैसे लगा सकते हैं।

जयदीप ने सारी जिन्दगी कभी ऊँची आवाज तक में किसी से बात नहीं की थी। उसने कभी एक आदमी या औरत या बच्चे को एक थप्पड़ तक नहीं लगाया था। सभ्यता और शालीनता उसे विरासत में मिले थे और उम्र बढ़ने के साथ लोग उसमें एडवोकेट बाबू की झलक जब-तब देखने लगे थे। जब भी कोई जयदीप से यह बात कहता, उसका सुदर्शन चेहरा मुस्कराहट से भर जाता और बड़ी देर तक उसका चेहरा वैसा ही बना रहता। यह बात अलग थी कि एडवोकेट बाबू को आज तक किसी ने भूल से भी मुस्कराते नहीं देखा था। जयदीप बिलकुल निखालिस हिन्दी में सबसे बात करता। उसके बारे में लोग दाँतों तले अँगुली दबाकर तरह-तरह की बातें कहते—"अमेरिका से ऊँची पढ़ाई पढ़कर लौटे हैं जय बाबू। पर बातचीत हमारी तरह ही करते हैं। क्या मजाल अंग्रेजी का एक शब्द भी मुँह से ऐसा निकल जाए, कि सामनेवाले को लगे कि वह बेवकूफ है। कभी निकल भी जाता है, तो तुरन्त उसको हिन्दी में बता देते हैं। और तुमने देखा, कितने शर्मिन्दा होते हैं कि उनसे ऐसी चूक हो गई। हाँ, अमेरिका से लड़के का फोन आता है, तो फ़काफक अंग्रेजी बोलते हैं। कहते

हैं कि वहाँ जाकर लड़का सिर्फ अंग्रेजी में ही बात समझ पाता है।''

आफताब हुसैन इस बार की मुलाकात में जयदीप के साथ इस तरह पेश आया था जैसे जयदीप उसका लंगोटिया यार हो। न उसने एक बार भी एडवोकेट बाबू का जिक्र किया था और न अपने छठी क्लास फेल होने और जयदीप के विलायत की पढ़ाई किए हुए होने का। ''कहो जय बाबू, कैसे हो? दो साल में तो आप बड़े बाबू बन गए। अब तो हमें आपको भी सलाम करना पड़ेगा!''— अपनी छोटी-छोटी आँखों को मिचमिचाते हुए वह इतनी जोर से हँसा था कि जयदीप के कान के पर्दे हिल गए थे। जिस तरह जोर से हॉर्न बजने पर अपने आप उसके दोनों हाथ कानों को बचाने के लिए उठ जाते थे, उसी तरह जयदीप ने दोनों कानों को ढँक लिया था। अमेरिका में दो-ढाई साल तक हॉर्न न सुनने का वह ऐसा आदी हुआ था कि चालीस सालों में भी जोर की आवाज उसके कान में छुरे-सी घुँप जाती थी। ''ओह सॉरी, जय बाबू! माफ कीजिए। मुझे पता नहीं था आपके कान में तकलीफ है। कहिए क्या करना है मुझे आपके लिए?''— आफताब हुसैन सीधे काम की बात पर आ गया था।

''कॉरपोरेशन के आदमी चौथे तल्ले से मकान का सामने का हिस्सा तोड़ रहे हैं। हमारी तरफ के चौक में रहना मुश्किल हो गया है। मेरी वाइफ को दमे की शिकायत है। काम पन्द्रह दिन के लिए रोक दीजिए। उसे दिल्ली भेज दूँगा।''—जयदीप ने लगभग हुक्म देते हुए कहा था। ''जो आप कहेंगे मालिक, वही होगा। आप भाभीजी की तबीयत पर ध्यान दीजिए।''—आफताब हुसैन ने कहा था। जयदीप को जाने कैसे मालूम था कि आफताब हुसैन उसकी बात मान लेगा। शहर के सरकारी चीफ वास्तुकार की सलाह पर हाईकोर्ट ने मकान के बुरी तरह क्षतिग्रस्त हिस्से को तोड़ने का आदेश दे दिया था। जयदीप की साख एकदम धराशायी हो गई थी। उसे खबर थी कि लोग कह रहे हैं कि हमारी तरफ के वकील मकान मालिक से मिले हुए हैं और जयदीप गुप्ता की बात का कोई भरोसा नहीं है। क्या पता अन्दर-ही-अन्दर वह कुछ पका रहा हो और मकान मालिक से मजे की रकम लेकर जाने कब गायब हो जाए। एक बार कॉरपोरेशन का तोड़ना रुकवाना बहुत जरूरी था। भले ही इसके लिए दीपा को दमे का मरीज बनाना पड़े। पन्द्रह दिन में वह बिगड़ी हुई हवा का रुख ठीक कर लेगा। लोगों को लग रहा था कि इन हालात में जयदीप एक लाख रुपए प्रति कमरे यानी पाँच लाख की रकम लेकर वहाँ से निकल जाएगा। कई लोग ऐसा कर चुके थे और कई करने की सोच रहे थे। पर जयदीप को लोगों को किसी तरह समझाना था कि उसे अपनी जगह के बदले हर कीमत पर उतनी ही जगह

चाहिए थी। इससे कम कोई सौदा उसे करना ही नहीं था।

लोगों का यकीन एक बेपेंदे के लोटे से अधिक कुछ नहीं होता। जयदीप को मालूम था कि लोग दिन में बारह घंटे किसी पर यकीन करते हैं और बारह घंटे शक। मेट्रो-पीड़ित बन्धु एसोसिएशन के एक-एक आदमी को आफताब हुसैन साम-दाम-दंड-भेद से तोड़ने में लगा था। जिन लोगों की सहनशक्ति कम थी या जो लोग झमेले में पड़कर जिन्दगी नहीं बिताना चाहते थे, उन्हें बीस हजार से पचास हजार रुपए प्रति कमरे का मुआवजा देकर एस.वी. बिल्डर कम्पनी भगा चुकी थी। कॉरपोरेशन के आदमियों को बड़े-बड़े हथौड़े लेकर छत पर चढ़ते देख बाकी लोगों के प्राण मुँह को आए हुए थे। उनका मनोबल बनाए रखने के लिए जयदीप को कुछ वक्त की जरूरत थी। मेट्रो रेल वाले बारह सौ रुपया मासिक मुआवजा देकर कुछ लोगों को जगह खाली करने की नोटिस भेज चुके थे। वे कमरे अब बचाए नहीं जा सकते थे। पर पन्द्रह दिनों में जयदीप बाकी लोगों को, जिन्हें कोई ऐसा नोटिस नहीं मिला था, फिर से यह यकीन दिलाना चाहता था कि 'हमें यहाँ से कोई नहीं निकाल सकता।' हकीकत भी यही थी कि कोर्ट ने सिर्फ चार तल्ले के सामने के उन हिस्सों को तोड़ने का आदेश दिया था जो कभी भी गिर सकते थे।

आफताब हुसैन ने सचमुच वादे के मुताबिक पन्द्रह दिनों तक तोड़ने का काम रुकवा दिया था। इतना ही नहीं, वह दो-तल्ला चढ़कर दीपा की तबीयत का हाल भी बरामदे में खड़ा-खड़ा पूछ गया था। उसके साथ उसके चमचों की पूरी बारात थी जिसमें अधिकांश लोग सड़क पर सब्जी-फल के डाले सजानेवाले या बोझ ढोनेवाले लुंगीधारी किस्म के लोग थे। दीपा बेशक बाहर नहीं आई थी, पर जयदीप को लगा था कि वह इस बात से पहली बार काफी घबड़ाई थी कि हर तरह के लोग उनके दरवाजे के बाहर आकर खड़े हो सकते हैं।

दीपा ने उससे पूछा था—"तुमने आफताब हुसैन के कन्धे पर एक बार ऐसे हाथ रखा था जैसे तुम उसके दोस्त हो। मैं दरवाजे की झिर्री से देख रही थी। तुम दोनों दोस्तों की तरह बात कर रहे थे।" जयदीप एक मिनट के लिए अचकचा गया था। "अरे नहीं, ऐसा आदमी मेरा दोस्त क्या, दुश्मन भी नहीं हो सकता। वह काम का आदमी है दीपा। बस इतना ही। जैसे झाड़ू अच्छी न लगे, पर काम की चीज है न। वैसे ही। तुमने तो देखा, मेरे कहने पर उसने कॉरपोरेशन का काम रुकवा दिया। जबकि उन लोगों के पास कोर्ट का आदेश था। इस आदमी की पहुँच तुम देख रही हो ? मेरी मुश्किल यह है कि जानकीदास तेजपाल मैनशन में किसी तरह ज्यादा-से-ज्यादा लोगों को टिकाए रखना। यदि लोग छिटक गए—भले ही वे बिना

उनसे रुपया लिये ही खाली कर रहे हों और अपने कमरों में ताले लगाकर जा रहे हों—तो भी हमारी हिम्मत कम होती जाएगी। यदि काम नहीं रुकता और लोगों को यह नहीं समझ में आता कि सिर्फ चार तल्ले का सामने का हिस्सा तोड़ा जाएगा, तो अभी तक मकान में दो-चार लोग ही बचते। सब भाग लेते।''

दीपा उसकी बात ध्यान से सुनती रही थी। फिर हमेशा की तरह हँस पड़ी थी। ''तुम्हें छोड़कर कोई नहीं भागेगा। तुम बोलोगे तो लोग मान लेंगे।''—दीपा की बात सुनकर जयदीप ने सोचा था कि काश, सारी दुनिया तुम्हारी जैसी होती। तुम मुझ पर जितना यकीन करती हो, उतना तो मैं खुद पर भी नहीं कर पाता। पर यह जंग मैं तुम्हारे लिए जरूर जीतूँगा। हमारी जगह हमसे कोई नहीं ले सकता। यह एडवोकेट बाबू की बनाई हुई और विरासत में हमें दी हुई जगह है। हम इसे तभी छोड़ेंगे जब हमें इतनी-की-इतनी जगह यहाँ बननेवाले नए मकान में दी जाएगी ताकि हम फिर यहीं वापस आ सकें।

जयदीप ने अगले दस साल का अपना कार्यक्रम दीपा को बिना बताए जमा लिया था। दीपा को बताने का कोई फायदा नहीं था। हो सकता था कि दीपा को लगे कि यह पढ़े-लिखे लोगों का काम नहीं है। पर पढ़े-लिखे लोगों के लिए रास्ते थे कहाँ इस देश में? उन्हीं लोगों के ऊपर एक कमरे में रहनेवाले विमल कोठारी से मिलने वह पिछले महीने डलहौजी के महँगे व्यावसायिक इलाके में उसके दफ्तर पर गया था। विमल देखने में बचपन में छोटा हिपोपोटेमस लगता था, अब एक विशालकाय हिपोपोटेमस लगता है। उसकी मोटी-मोटी पलकोंवाली बड़ी आँखें, लगभग कान तक फैली हुई फूले हुए नथुनों की नाक और मोटे लटके हुए होंठ अब साइज में पहले से चौगुने और उतने ही ज्यादा भयानक हो गए थे। विमल कोठारी के विशाल दफ्तर की सज-धज और उसके चैम्बर को देख जयदीप के होश उड़ गए थे। बाप रे बाप! शेयरों की हेराफेरी कर उसकी क्लास में सबसे पिछड़ा हुआ लड़का इतने रुपये कमा सकता है! जयदीप विमल की सेक्रेटरी के सुन्दर चेहरे को देखते हुए सोचता रहा था कि क्या विमल की पत्नी भी इसके जैसी होगी? आधे घंटे तक इन्तजार कराने के बाद विमल कोठारी ने उसे अन्दर बुलाया था और उसे बैठने तक के लिए नहीं कहा था। खड़े-खड़े ही उसने उसके बड़े भाइयों और माँ के बारे में पूछ लिया था और कह दिया था कि वह एस.वी. कम्पनी को अपने कमरे की चाभी मुआवजा लेकर सौंप चुका है। ''तुम तो देख रहो हो, एक मिनट मरने की फुरसत नहीं। ऊपर से ऊषा दीदी की आज हार्ट बायपास सर्जरी है। चलो मैं तुम्हें रास्ते में कहीं छोड़ दूँ।''—शायद वह अपनी मर्सिडीज में जयदीप को बैठाने के लिए व्याकुल था।

बगल के दफ्तर में जाने का बहाना कर जयदीप उसकी गाड़ी में नहीं बैठा था। पर नीचे उतरा, तो मर्सिडीज के दर्शन हो गए थे। ''ऊषा दीदी से मेरी शुभकामनाएँ कहना,''—जयदीप ने याद करके कह दिया था। ऊषा दीदी अब कैसी लगती होगी? वह नाटी और साँवली थी, पर देखने में अपने भाई की तरह नहीं थी। एक बार मकान में बहुत हल्ला हुआ था जब सूखने के लिए चौक की तरफ रस्सी पर टाँगी हुई माँ की दो नई सूती साड़ियाँ गायब हो गई थीं। सारे मकान के लोग इकट्ठे हो गए थे, जिसमें शाम होने के कारण औरतें और स्कूल से लौट आए बच्चे ही ज्यादा थे। किसी ने ऊषा दीदी को तार के हुक में फँसाकर ऊपर साड़ियाँ खींचते हुए देखा था। यह बात कहते ही तूफान आ गया था। ऊषा दीदी ने जाने कितनी कसमें खाई थीं। अपने परिवार के एक-एक बच्चे का नाम ले लिया था। जयदीप को मालूम था कि वह सबसे अधिक विमल से प्रेम करती हैं। ऊषा दीदी ने विमल की दो बार कसम खाई थी। बाद में माँ ने ही कहा था—''चलो, चलो, सब हटो। अपने घर जाओ। दो साड़ियाँ कोई ले गया तो ले गया। मेरा नसीब तो नहीं ले गया। छोड़ो ऊषा, तुम कसमें मत खाओ। मुझे पता है तुमने नहीं ली हैं साड़ियाँ। पर जिसने ली है, उसका नाम मैं कहूँगी नहीं।'' माँ की बात से सबके चेहरे उतर गए थे। ऊषा ने नहीं ली, तो किसने ली? माँ ने इस तरह आँखें घुमाकर सबको देखा था, कि हर औरत को लगा था कि माँ उस पर ही शक कर रही है। धीरे-धीरे सब कोई छिटक गए थे।

दो घंटे बाद अचानक चौक में कुछ गिरने की जोर से आवाज आई थी और साथ ही एक लम्बी चीख हवा को चीरती हुई चली गई थी। लोगों के दिल मुँह को आ गए थे। सारे लोग दौड़कर चौक के चारों तरफ के बरामदों में निकल आए थे और नीचे झाँकने लगे थे। कुछ लोग सीढ़ियाँ उतर-उतर चौक की ओर भागने लगे। ''ऊषा गिर गई। अरे मेरी ऊषा नीचे गिर गई!''—ऊषा दीदी की माँ तीन-तल्ले से बुरी तरह रो-रोकर चिल्ला रही थी। जयदीप ने सुना तो वह काँपने लगा था और माँ के पास जाकर सटकर खड़ा हो गया था। माँ एकदम पत्थर की मूर्ति बनी नीचे झाँक रही थी। ''माँ अब क्या होगा? माँ अब क्या होगा!''—जयदीप ने माँ को हिला-हिलाकर पूछा था। उसके दिमाग में पुलिस और हथकड़ियों में जकड़ी माँ घूम गई थी। तभी नीचे से ऊषा दीदी के बड़े भाई की आवाज आई थी—''चलो हटो सब यहाँ से। क्या तमाशा देख रहे हो। मेरी बहन बरामदे में झूला झूलते हुए नीचे गिर गई थी। कुछ नहीं हुआ उसे। ऊपरवाले ने बचा लिया। आप लोग अपने-अपने कमरों में जाइए।'' जयदीप सहित सबकी साँस में साँस आ गई थी।

आज ऊषा दीदी का हार्ट बायपास ऑपरेशन है। जब उसी दिन ऊषा दीदी को कुछ नहीं हुआ तो अब क्या होना है? ऊपर से उसका विमल भैया उसे बचाने के लिए जाने कितने रुपये खर्च कर रहा होगा। कुछ कह रहा था न नीचे उतरते समय कि बम्बई से डॉक्टर भट्टाचार्य आएँगे ऑपरेशन के लिए। पर क्या कभी यह रहस्य खुलेगा कि ऊषा दीदी झूला झूलते हुए नीचे फिसल गई थी या साड़ियों की चोरी पकड़ी जाने के कारण शर्म से मरने के लिए कूद गई थी? क्या विमल कोठारी को यह घटना याद होगी? या उसने अपने दिमाग के किसी तहखाने में इस बात को दूसरी बातों की तरह बन्द कर दिया होगा? यदि विमल कोठारी को यह याद होता कि उसकी माँ पूजा के लिए रुई की बत्तियाँ बटती थी और सौ-सौ बत्तियों के बंडल बना जयदीप की माँ को बेच जाती थी, तो विमल शायद उसे बैठने के लिए कहता और उसके लिए चाय-वाय मँगवाता। माँ ने ऊषा दीदी की शादी में भी काफी मदद की थी। पर खैर विमल भूले या याद रखे, यह उसकी मर्जी है। बात इतनी ही है कि पैसे होना ही इस देश में सबसे बड़ी क़ाबिलियत है। यों सच पूछा जाए, तो देश क्या, पूरी दुनिया इसी तर्ज पर चल रही है। अमेरिका के पास धन की ही तो ताकत है कि वह सच को झूठ और झूठ को सच बता रहा है। क्या किसी की ताकत है कि अमेरिका को ऐसा करने से रोक सके?

बड़ाबाजार पूरे देश में अपने आप में एक अनोखा विशाल बाजार है। जैसा नाम, वैसा काम। एक-एक चीज का थोक यानी कि होलसेल मारकेट एक-एक पट्टी या कटरा है—सूतापट्टी, चीनीपट्टी, लोहापट्टी, दालपट्टी, सोनापट्टी, तुलापट्टी, ढाकापट्टी, खेंगरापट्टी और न जाने क्या-क्या। एक-एक पट्टी और कटरे में रोज करोड़ों रुपयों का लेन-देन होता है। कभी बंगाली कारोबारियों की तूती बोलती थी, पर अब उनके नाम पर सिर्फ सड़कें या महल बचे हैं—सेठ, बसाक, मल्लिक, साहा के वशंज अब कारोबार नहीं करते। राजस्थान से आए मारवाड़ियों को उनकी जगह लिये तकरीबन सौ साल हो गए। व्यापारियों या मकानमालिकों की छत्रच्छाया में पल रहे छुटभैये गुंडे कभी भोला, कभी पप्पू और कभी तिवारी जैसे ताकतवर नाम बन जाते हैं। फिर वे कभी जेल चले जाते हैं या अपनी पार्टी के काउंसिलर या एम.एल.ए. की नजरों से उतर जाते हैं। उनकी जगह दूसरे चौधरी, बाबू या छोटू ले लेते हैं। बारिश से क्रिकेट तक हर चीज पर सट्टा चलता है। हर आदमी किसी भी तरह से और अधिक

कमाने की जुगत में लगा है।

दीपा को क्या मालूम कि करीब पन्द्रह सौ बीघा जमीन पर फैली बड़ाबाजार की यह व्यापार की दुनिया जिसमें आधी जमीन पर लोग घर बनाकर कीड़े-मकोड़ों की तरह भरे हुए हैं, किस तरह चलती है। उसे तो बस इतना मालूम है कि दुनिया में कुछ लोग सही रास्ते पर नहीं चलते और उनसे निपटने के लिए कानून और पुलिस है। बाकी लोग घूमती हुई पृथ्वी के साथ अपने-अपने हिस्से का खाते-पीते, सोते-हँसते, लड़ते और प्रेम करते एक मुकम्मल जिन्दगी जीते हैं। जबकि सच यह है कि नब्बे प्रतिशत लोग यहाँ बीच की जिन्दगी जीते हैं यानी कि ऐसी जिन्दगी जिसमें सही और गलत का फर्क मिटते-मिटते इतना मिट जाता है कि दोनों एक हो जाते हैं। बड़ाबाजार और आसपास के पुलिस थानों में नियुक्त होने के लिए बोली लगती है। यहाँ पुलिस की कमाई सबसे अधिक जो है। काउंसिलर पाँच सालों में इतने अमीर बन जाते हैं जैसे कि उनकी जन्मपत्री में अचानक कोई राजयोग चला आया हो। व्यापारी को हर हाल में किसी बला को टालना है भले ही उसे किसी को कोई भी रकम क्यों न देनी पड़े। हर आदमी की एक कीमत है और हर काम की एक कीमत है।

जब से जमीन और प्रॉपर्टी की कीमतें बढ़ी हैं तब से रुपए कमाने का अचानक सबसे आसान रास्ता यही हो गया है। जाने कहाँ से खरीदनेवालों के पास इतना पैसा चला आया है कि मुँहमाँगी कीमतों पर दुकानें और फ्लैट बिक रहे हैं। धीरे-धीरे बड़ाबाजार के रिहाइशी इलाके भी कारोबार की जगहों में तब्दील हो रहे हैं। 'हनुमान-गढ़ हाउस' का छह चौक का विशाल मकान, जिसमें कम-से-कम दो सौ परिवार रहते थे, टूटकर शॉपिंग मॉल बन रहा है। जानकीदास तेजपाल मैनशन का भविष्य भी यही है। जाने कितने आफताब हुसैन और चौधरी चाचा इसी काम में लगे हैं। एक-एक इंच जमीन पर हर पुलिसवाले की, हर काउंसिलर, हर एम.एल.ए. की और हर छोटे-बड़े गुंडे की निगाहें टिकी हुई हैं।

जयदीप के सामने इस शताब्दी के बचे हुए पाँच साल और अगली शताब्दी के पाँच—यानी कुल दस साल मँडरा रहे हैं। किसी भी हालत में जानकीदास तेजपाल मैनशन को खाली नहीं होने देना है। कोर्ट में केस चलता रहेगा। जयदीप मेट्रो-पीड़ित बन्धु एसोसिएशन का प्रेसिडेंट बना रहेगा पर उसे इसके अलावा भी बहुत कुछ और करना है ताकि इस मकान को बचाया जा सके। रास्ते कई हैं। बस यह चुनना है कि कौन-सा रास्ता अपनाया जाए। मंजिल तय है बस यह जँचाना है कि कौन-सा व्यक्ति सही है, कौन-सी पार्टी सही है और

कौन उसे उस मंजिल तक ले जाने की कूव्वत रखता है।

बड़ाबाजार की इन्हीं गलियों में पला-बढ़ा एक लड़का यदि समर शुक्ला बन सकता है, जिसका नाम आए दिन अखबारों के पहले पन्ने पर रहता है, तो जयदीप गुप्ता उस मुकाम पर क्यों नहीं पहुँच सकता? जयदीप को जब भी अखबार में या टी.वी. पर समर शुक्ला कभी मुलायम सिंह यादव के साथ, तो कभी बड़े फिल्मी सितारों के साथ, तो कभी अम्बानी के साथ दिखता है, तो वह अपने को उन लोगों के साथ खड़ा देखता है। यदि समर शुक्ला जैसा दिखने में अजीब-सा आदमी यहाँ तक पहुँच सकता है, तो जयदीप गुप्ता जैसा हैंडसम शख्स क्यों नहीं? स्टाइल उसके पास भी है। समर शुक्ला से कहीं बेहतर तरीके से वह अपनी बात बोल सकता है—उसके पास सिर्फ शुद्ध और सजावटी हिन्दी ही नहीं, अंग्रेजी भी है। जहाँ जिस भाषा में बोलकर लोगों को रिझाया जा सके, वहाँ वह वही भाषा धड़ल्ले से बोल सकता है।

पिछले दो सालों में, जब से मकानों का क्षतिग्रस्त हिस्सा कोर्ट के ऑर्डर से तोड़ दिया गया था, जयदीप ने बड़ाबाजार की राजनीति और ताकत के खेल को बारीकी से जानने-समझने की कोशिश की थी। जयदीप के अपने बहनोई के मामा हरीसन रोड पर कपड़े की दुकान चलाते हैं। पुश्तैनी दुकान चलाते-चलाते बड़ाबाजार थाने में उनकी जान-पहचान हो गई। पुलिसवाले उनके यहाँ काफी सस्ते में कपड़े खरीदते थे। धीरे-धीरे मामाजी दूसरे लोगों के भी काम थाने से करवाने लग गए। कोई कहीं किसी केस में उलझा, मामाजी की दुकान पर चला आता। रुपयों की थैलियाँ मामाजी को पकड़ाकर बेफिक्र हो जाता। हर थैली में से कितना थाने में जाता और कितना मामाजी के गल्ले में, यह कोई नहीं जान पाता। मामाजी खुद शराब को हाथ नहीं लगाते, पर अक्सर पुलिसवालों को पिलाने के लिए शाम को दुकान के बाहर एक रेस्टोरेंट में बैठे मिल जाते। बड़ाबाजार थाने में कोई ओ.सी. छह महीने-साल भर से ज्यादा नहीं टिकता पर वह हमेशा मामाजी का दोस्त रहता। मामा जी को पुलिसवाले भी मामा कहते। वह जगतमामा बन चुके थे। पर जयदीप का मकसद मामा-टाइप बनना नहीं है।

जयदीप को मालूम है कि समर शुक्ला ने कलकत्ते में कांग्रेस के नेता प्रियरंजन दास मुंशी का चेला बनकर स्टूडेंट पॉलिटिक्स में कदम रखा था। पर असल मुकाम तो दिल्ली है, जहाँ से बड़ी ताकत हासिल की जाती है। कलकत्ते की बिड़ला बिल्डिंग तक समर शुक्ला की पहुँच दिल्ली के मार्फत हुई थी। कहते हैं कि कलकत्ता के व्यापारी-मिलमालिकों का दिल्ली में कोई भी काम समर शुक्ला करवा सकता था। हर नेता को ऐसे शख्स की जरूरत है जो या तो

एक बड़े समूह का वोट उसे दिलाने की ताकत रखता हो या किसी बड़े उद्योगपति से जान-पहचान रखता हो। जाने सच है या झूठ, कहते हैं कि दिल्ली की संसद में समर शुक्ला किसी चीज पर एक्साइज तक कम करवा सकता था। जयदीप को रास्ते बनाने हैं। उसने तरीका समझ लिया है। समर शुक्ला अपने परिचय में अपने को इंडस्ट्रियलिस्ट लिखता है जबकि जयदीप का आयरन पाउडर फैक्ट्री डालकर इंडस्ट्रियलिस्ट बनने का सपना शुरू होने के साथ-साथ चूर हो गया था। अब तुम्हें मालूम हुआ न जयदीप कि इंडस्ट्रियलिस्ट बनने के भी अलग रास्ते हैं। सिर्फ फैक्ट्री खोल लेने से कुछ नहीं होता। सरकार ने आयरन पाउडर के इम्पोर्ट से रोक हटा दी थी और जयदीप का माल विदेशी माल से महँगा पड़ रहा था। जाने किस-किस के फायदे के लिए कौन-सी सरकारी नीति बदल जाती है और जाने कौन-कौन उस चक्कर में बरबाद हो जाता है।

जयदीप को याद है कि किस कदर एडवोकेट बाबू और माँ का दिल टूटा था, जब यह सब हुआ। अमेरिका से लौटने के बाद जब वह हिन्द मोटर कम्पनी में नहीं टिक पाया था, तब एडवोकेट बाबू झुँझलाए जरूर थे, पर हताश नहीं हुए थे। उन्हें यह समझाना मुश्किल नहीं था कि कम्पनी के लोग उसे किसलिए टिकने नहीं देंगे। एडवोकेट बाबू के सहपाठी वकील के मार्फत, जो खुद बिड़ला जी का सारा कानूनी काम देखते थे, जयदीप की नियुक्ति हुई थी। इसलिए वह बिड़ला जी का आदमी माना जाता था और लोग उससे घबड़ाते थे कि वह बिड़ला जी के लिए जासूसी कर रहा है।

फैक्ट्री का न चल पाना एक अलग मुद्दा था। जयदीप ने बैंक का ऋण न लौटा पाने की आशंका के बरक्स कई तरह का बीमा करवाया था पर माँगनेवाले घर तक आकर गाली-गलौज कर गए थे। शायद एडवोकेट बाबू इस सदमे से कभी नहीं उबर पाए कि उनके लड़के के साथ ऐसा हुआ। उन्होंने अपनी फितरत के मुताबिक कुछ कहा नहीं था पर जिस तरह उन्होंने जयदीप को देखा था, वह निगाह जयदीप कभी भूल नहीं पाता। किसी तरह वह सारा मामला रफा-दफा हुआ था।

कई बातें और घटनाएँ जीवन में ऐसी होती हैं कि वे जितनी बार याद आती हैं, अन्दर कुछ और दरका देती हैं। जैसे भूकम्प में दरकी हुई जमीन को याद आ जाए कि भूकम्प कैसे हुआ था और वह और दरक जाए। फैक्टरी को बन्द करने के बाद कभी फैक्टरी शब्द भी जयदीप के मुँह पर आता, तो उसके अन्दर का एक और टुकड़ा गिर जाता। सिर्फ एक दीपा थी, जो बिना बोले यह बात समझती थी। "आदमी की अपनी असफलता सिर्फ उसी की जिम्मेदारी नहीं होती; यह पूरे 'सिस्टम' की नाकामी है।"—दीपा ने कहा था। जयदीप ने उसे

एक नई श्रद्धा के साथ देखा था। कितना आसान था अमेरिका लौट जाना और नौकरी कर डॉलर में कमाना। उसने दीपा से जाने के लिए कहा भी, पर दीपा ने मना कर दिया था—''नहीं, एडवोकेट बाबू को छोड़कर हम रह नहीं पाएँगे।''

जयदीप इसी देश में रहना चाहता था। वह नहीं चाहता था कि उसके लिए लोगों की वाहवाही अमेरिकी सामान या जर्मन 'ग्रुनडिग' म्यूजिक सिस्टम के कारण हो—वह सूटकेस से सामान निकालता जाए और लोगों की निगाहें लालच और गदगद होने के मिले-जुले भाव से फैलती जाएँ। वह इसी देश में सफल होना चाहता था। पर यहाँ सफल होने के लिए विमल कोठारी या समर शुक्ला बनना होता है। यह देश दलालों का देश है। यहाँ फलने-फूलने के लिए किसी न किसी तरह का दलाल बनना पड़ता है। मूनलाइट सिनेमा के बाहर सड़क पर चौकी लगाकर अड्डा जमानेवाला समर शुक्ला कहाँ-का-कहाँ पहुँच गया है। वह हर पार्टी का आदमी है और हर पार्टी उसकी पार्टी है। वह अपने-आप में एक पार्टी है जिसे हर कोई अपनी तरफ खींचना चाहता है।

जयदीप की मुश्किलें कई हैं। उनमें एक मुसीबत अमेरिका-रिटर्न्ड होना और उससे भी बड़ी आफत एडवोकेट बाबू का बेटा होना है। लोग मान ही नहीं पाते कि वह काइयाँ, चालाक और धूर्त हो सकता है। इसलिए लोग उस पर भरोसा नहीं करते कि वह कोई अटका हुआ काम निकलवा सकता है। लोगों को भरोसा दिलाने के लिए जयदीप को बहुत होशियारी बरतनी पड़ती है। आखिर उसका एक 'ग्रेड' है। उसने देखा है कि अपने स्तर से नीचे की बात करना लोगों को उलझन में डाल देता है। इसलिए जयदीप को इन्तजार करना है कि लोग जान जाएँ कि वह सचमुच काम का आदमी है। वह आफताब हुसैन के गले में हाथ डालकर सेंट्रल एवेन्यू पर चहलकदमी कर सकता है। पर उससे काम नहीं बनेगा। उसे जयदीप गुप्ता वल्द एडवोकेट बाबू रहते हुए ही कुछ बनना पड़ेगा।

इन दिनों जयदीप का जूट मिलों को कम्प्यूटर बेचने और उन्हें चलाने की कंसलटेंसी या परामर्श देने का काम भी पहले से बेहतर चल निकला था। पिछले चार सालों से नरसिंह राव ने देश में बाहर की हवा बहने के दरवाजे खोल दिए थे। कलकत्ते के पास गंगा के दोनों किनारों पर बनी जूट मिलों में कम्प्यूटर द्वारा एकाउंट रखने और सारी सूचनाओं को प्रोसेस करने की माँग बढ़ने से जयदीप के पास बहुत सारा काम आ रहा था। आयरन पाउडर की फैक्टरी डूबने के बाद से वह पिछले पन्द्रह सालों में यही काम कर रहा था, पर अब जाकर उसका सितारा चमका था। इससे यह फायदा भी हुआ था कि उसके हाव-भाव में आत्मविश्वास की मजबूती दिखाई देती थी। बड़ाबाजार की ही नहीं, जूट की

दुनिया में पाँव टिकाने के लिए भी यह बहुत जरूरी था कि सबको अपने चेहरे-मोहरे और बातों से यह यकीन दिलाया जा सके कि वह सब कुछ जानता है और सब कुछ कर सकता है। अमेरिका से लौटने के बाद पहली बार ऐसा हुआ था कि वह लोगों की आँखों में आँखें डालकर बात कर सकता था। अब तक उसे अपने को बार-बार याद दिलाना पड़ता था कि वह बाकी लोगों से बहुत ऊपर है भले ही वे बहुत ज्यादा अमीर हों। अब उसे ऐसी कोई जरूरत नहीं थी। अब वह अपनी धरती पर मजबूती से खड़ा था। वह 'पास' हो गया था। जिन लोगों के बीच वह रह रहा था, उनके माने हुए पैमानों पर वह सफल था। उसने लाल रंग की एक नई मारुति 800 गाड़ी खरीद ली थी और उसे चलाते हुए वह फोर्ड मुस्टांग चलाने से कम गर्व महसूस नहीं करता था।

एक दिन महाजाति सदन की बगल की गली में गाड़ी खड़ी कर वह उतर रहा था, तो अचानक दरवाजा खोलने पर एक आदमी दरवाजे से टकरा गया। उसने सॉरी बोलने के लिए मुँह खोला, पर "अरे, तुम?" कहकर अपना हाथ मिलाने के लिए हाथ बढ़ा दिया था। मिंटू चौधरी बड़ाबाजार युवक संघ में हमेशा बैडमिंटन में जयदीप का सबसे कठिन मुकाबले का खिलाड़ी हुआ करता था। उसके पिता कोई छोटा-मोटा हिन्दी किताबों का प्रेस चलाते थे। बाद में उसने सुना था कि मिंटू चौधरी हिन्दी के एक अखबार में पत्रकार हो गया था। बड़ाबाजार से दो बड़े हिन्दी अखबारों के साथ-साथ कई छोटे-मोटे अखबार निकला करते थे, जिनकी मुख्य आय न्यूजप्रिंट को सरकार से सस्ते में प्राप्त कर ऊँचे दामों में बेचने से थी। इसके अलावा ये अखबार एक तरह का ब्लैकमेल का धंधा भी चलाते थे। उन्हें किसी के बारे में कुछ न छापने के लिए पैसे मिल जाते थे और किसी के बारे में कुछ छाप देने के लिए भी। हर ऐसे अखबार की कोई न कोई पार्टी रहनुमा हुआ करती थी और मौके-बेमौके ये अखबार भी अपनी पार्टी बदल लिया करते थे।

"बैडमिंटन खेलते हो अब भी?"--जयदीप ने मिंटू की तोंद को देखते हुए पूछा था। गनीमत थी कि वह अब भी ऐसा बेडौल नहीं हुआ था। "खेलने को दूसरे खेल बहुत हैं,"—मिंटू ने जिस अन्दाज से कहा, उससे यह जाहिर था कि उसे जयदीप के बारे में कुछ-कुछ मालूम था। "तो डबल्स खेलें?"—जयदीप ने कुछ ठिठककर पूछा। एक क्षण के लिए मिंटू ने सोचा और फिर हाथ मिलाने के लिए हाथ बढ़ा दिया। उसके बाद उसने मुड़कर जानकीदास तेजपाल मैनशन की तरफ इशारा करके कहा—"मकान अभी तक खड़ा है।" "हाँ, सामने के दो ऊपर के तल्ले टूट गए। बाकी तो ठीक-ठाक है"—जयदीप ने मुसकराकर

कहा। अचानक उसे खयाल आया कि वाकई जानकीदास तेजपाल मैनशन उस तरह धराशायी नहीं हो गया था, जिस तरह शिव मन्दिर के पासवाला भालोटिया हाउस हुआ था।

मेट्रो रेल के चीफ इंजीनियर गांगुली की सलाह पर वह मकान खाली करवा लिया गया था। रात आठ बजे की बात होगी। जयदीप सामने फुट से खड़ा भालोटिया हाऊस को देख रहा था। काफी लोग आते-जाते राममन्दिर के पास जमा होकर मकान को देखने लगे थे क्योंकि शाम से ही अन्दर से कुछ-कुछ गिरने की आवाजें आने लगी थीं। अचानक जैसे एक विस्फोट हुआ था और पूरा चार तल्ले का मकान इस तरह गिर पड़ा था जैसे कोई ताश का महल हो। धूल का गुबार इतनी जोर से सौ फुट चौड़ी सड़क पार कर उन तक आया था कि सब घबड़ाकर पीछे की गली में भागे थे। जयदीप ने मकान में रहनेवाले लोगों को पास की धर्मशाला में टिकाने में सारे दिन दौड़-भाग की थी और मेट्रो के चीफ अफसर से पाँच हजार रुपये तुरन्त हर परिवार को एकमुश्त दिलवाए थे।

मिंटू चौधरी के साथ दिखने में जयदीप को कोई खास आपत्ति नहीं थी। बेशक इससे उसकी इज्जत कोई बहुत बढ़ नहीं रही थी, पर मिंटू चौधरी उस तरह बदनाम भी नहीं था। पत्रकार कैसा भी हो, उसकी एक तरह की इज्जत होती है। आखिर उसके पास शब्द होते हैं, कोई चाकू-छुरा-पिस्तौल नहीं। बड़ाबाजार के अधिकतर गुंडे किसी गुंडों के सरताज की बैठकबाजी से कैरियर की शुरुआत करते हैं और सड़क पर एकाध काँच की बोतल फेंकने की घटनाओं में शामिल होने पर उनकी पहचान बन जाती है। पर पत्रकार की पहचान सिर्फ कागज पर छपे काले हरूफ से बन जाती है। यदि वह किसी सेठ, व्यापारी या पार्टी ऑफिस या थाने तक में कहता है कि वह 'संवादनामा' या 'विचार-शक्ति' के दफ्तर से आया है और अपना प्रेस-कार्ड दिखाता है, तो सामनेवाला उससे अदब से पेश आता है। भले ही उस अखबार की असल ग्राहक-संख्या पाँच सौ भी न हो।

मिंटू चौधरी के दफ्तर में जयदीप का सम्मिलित दरबार अगले ही दिन से लगने लगा था। रोज शाम को जयदीप जूट मिलों की खाक छानकर आता और कपड़े बदलकर महाजाति सदन के बगल की गली में 'विचार-शक्ति' के दफ्तर में अड्डा जमाता। दीपा को भी इस बारे में समझाना काफी आसान था। अखबार के 'मिशन' के बारे में मिंटू चौधरी एक अच्छा-खासा वक्तव्य दीपा को एक दिन रात के खाने पर घर आकर दे आया था। उसकी नई-नई फ्रेंच-कट दाढ़ी और काले फ्रेम के मोटे चश्मे ने—जो उसने जयदीप की सलाह पर किए 'मेक-ओवर' के लिए खरीदा था—दीपा को काफी प्रभावित किया था।

बचपन से प्रेस और किताबों की दुनिया को देखा हुआ आदमी कितना भी ठस क्यों न हो, उसकी बातों में एक अलग किस्म की मुहावरेबाजी होती है। पर जयदीप, यह एहतियात जरूर बरतता था कि 'विचार-शक्ति' की एक कॉपी भी कभी दीपा के हाथ न लगे। वरना दीपा एक-न-एक दिन यह निष्कर्ष निकाल सकती थी कि 'विचार-शक्ति' के हर साप्ताहिक पत्र का 'मिशन' किसी-न-किसी के पीछे पड़कर उसके नीचे की जमीन खिसकाना होता है।

मिंटू चौधरी के साथ रहकर जयदीप को बड़ाबाजार की राजनीति, पैसे और ताकत के खेल के बारे में जितना ज्ञान एक सप्ताह में मिला था, उतना अपने-आप समझने में उसे जाने कितना समय लगता। काश एडवोकेट बाबू ने कभी अपने रसूख और जान-पहचान का इस्तेमाल कॉरपोरेशन में काउंसिलर या असेम्बली में एम.एल.ए बनने के लिए किया होता। आज न जाने उनका परिवार किस मुकाम पर होता। पर एडवोकेट बाबू तो अपनी ईमानदारी और अपनी नाक ऊँची रखने में ही रह गए। जमाना न जाने कहाँ निकल गया। "आदमी के पास ताकत ही न हो, तो ईमानदारी का क्या अचार डालेगा? है कि नहीं?"—मिंटू चौधरी ने पहले ही दिन जयदीप को कहा था। "देखो जय, सबसे बड़ी बात है कनेक्शन। उसके बिना तो न बिजली दौड़ती है, न बत्ती जलती है। भैया, तुम्हारी तरह हम इंजीनियर तो नहीं हैं, पर यह बात तुमसे ज्यादा जानते हैं। तुमको हमने कई बार तुम्हारे घर के आस-पास देखा पर तुम्हारी गाड़ी के दरवाजे से हम तभी भिड़े, जब तुम मेट्रो-पीड़ित बन्धु एसोसिएशन के प्रेसीडेंट बने। जब हमने सुना कि तुम्हारे में इतनी अकल तो आई कि तुम्हारे घर में मोजेक की टाली लग गई और तुम बड़ाबाजार थाने में ओ.सी. के चेम्बर में बेखटके घुस सकते हो।"

जयदीप हल्के-हल्के मुसकराता रहता और मिंटू चौधरी की बातें सुनता रहता। मिंटू को अपनी आवाज सुनने का बहुत शौक था। वह मानता था कि उसकी आवाज कुछ-कुछ अमिताभ बच्चन से मिलती-जुलती है। धीरे-धीरे ऐसा हुआ कि जयदीप के बिना उसका मन ही न लगता। कभी-कभी वह कुछ इमोशनल होकर कहता—"तुमको क्या लगता है कि मुझमें आदर्शवाद नहीं है? अरे भैया, हर पत्रकार दीन-दुनिया को बदलने का सपना लेकर लिखनेवालों की बिरादरी में आता हैं। उसे लगता है कि उसकी कलम कुछ ऐसा लिख सकती है, जो किसी ने नहीं लिखा। है कि नहीं? वरना क्या मैं अपने बाप की तरह प्रेस चलाकर स्कूल की किताबें छापने और बेचने का धंधा ही नहीं करता? तुझको क्या लगता है कि मैं जिस-तिस स्कैंडल का भंडाफोड़ करने के लिए अखबार

निकालता हूँ? मैं क्या कोई ब्लैकमेलर हूँ? सुभाषचन्द्र बोस के भक्त थे मेरे पिताजी। बाद में जनसंघी बन गए। फिर जाने किस बात पर राजनीति से घृणा करने लग गए और अपने धन्धे में जुटकर रह गए। पर हमारी रगों में तो उनके विचार कहीं-न-कहीं दौड़ ही रहे हैं। तुम बोलो, कभी एडवोकेट बाबू तुम्हारे अन्दर से पूरी तरह निकल सकते हैं?''

जयदीप को लगता है कि इस देश में कोई भी बड़े से बड़ा चोर, डाकू, लुटेरा, खूनी नहीं है जो आदर्शों की बात न करता हो; जो गांधी, सरदार पटेल, नेहरू या सुभाष बाबू का नाम न लेता हो। शायद उसकी पीढ़ी तक तो यही चलनेवाला है क्योंकि यह 'मिडनाइट्स चिल्ड्रेन' की पीढ़ी है। आगे की पीढ़ी को शायद यह सब सोचने या कहने की जरूरत नहीं होगी। मिंटू चौधरी को सब कुछ चाहिए—पैसा भी, नाम भी और इतनी पूछ भी कि वह ओ.सी. की जेब से दस रुपया निकालकर उसी के चपरासी को कहे कि उसके लिए एक मगही पान ले आए। पर इसके साथ वह शीशे में अपने को देखे, तो उसे यह यकीन भी चाहिए कि वह बुरा आदमी नहीं है। वह जो कर रहा है, वह इसलिए कि उसे ऐसा करना पड़ रहा है। यदि वह ऐसा न करे तो जमाना उसे पैरों तले कुचल डालेगा। 'ईसामसीह ने कहा कि कोई तुम्हें एक तमाचा मारे, तो दूसरा गाल आगे कर दो। अरे भाई, अब तो ऐसा करोगे, तो सामनेवाला दूसरे गाल पर चार तमाचे मार देगा। सोचेगा कि इस नाली के कीड़े से क्या डर, है कि नहीं!'—मिंटू चौधरी अपने अखबार के सम्पादकीय में इसी बात को रोज अलग-अलग शब्दों में लिखता है। वह हर समय जमाने को कोसता रहता है कि आदमी को उसने आदमी नहीं रहने दिया है।

जयदीप को अमेरिका के 'वायरस' ने कम-से-कम इस तरह के उलझाव से मुक्त कर दिया है। जयदीप न कभी गांधी-सुभाष का नाम अपनी जबान पर एक बार भी ला सकता है और न कभी वह भूलकर भी एडवोकेट बाबू का नाम लेता है। अमेरिका ने शायद एक तरह का झूठ अपने-आप से बोलते रहने से उसे बचा लिया है। जयदीप को मालूम है कि वह क्या चाहता है और क्यों चाहता है। उसे यह भी मालूम है कि अपनी मंजिल हासिल करने के लिए उसे पुराने सन्दर्भों की कोई जरूरत नहीं है—पुरानी बातें, पुराने मूल्य, पुराने पीढ़ी और उनका इतिहास—ये सब चीजें उसके किसी काम की नहीं हैं। उसे किसी तरह के मुखौटों की जरूरत नहीं है जिन्हें वह जब-तब बदलकर लगाता रहे। जहाँ देखो, वही लोग अपनी पुरानी इमेज पर एक नई इमेज चस्पाँ करने के लिए किसी न किसी का नाम जाप कर रहे हैं। जयदीप को यदि ऐसा करने की कोई

जरूरत नहीं है, तो इसके लिए वह अमेरिका का ऋणी है। वह जो है, वही उसे दिखाना है। उसे न किसी आदर्श की बैसाखी चाहिए, न किसी के नाम की।

मिंटू चौधरी के साथ जयदीप की जुगलबंदी वाकई चल निकली थी। यहाँ तक कि एक प्रतिस्पर्धी अखबार ने उन्हें 'जुगल-जोड़ी' की उपाधि देकर होली के दिनों में उन पर एक व्यंग्य भी लिख डाला था। बेशक वह व्यंग्य दीपा को पढ़ाया नहीं जा सकता था क्योंकि उसकी शुरुआत ही ऐसी थी—"बिना बदनाम हुए आज के जमाने में किसी का नाम होना मुश्किल है। जुगल-जोड़ी में से एक ने अमेरिका जाकर इंजीनियरिंग की डिग्री ली, दूसरे ने शब्दों के कारोबार में उतर यानी कलमजीवी होकर जीने की ठानी। पर कुछ न हुआ। यानी कि नाम न हुआ। पर जबसे उनके दरबार में हर मुसीबत के मारे यानी किसी-न किसी धन्धे में फँसे किसी बेचारे को शरण मिलने लगी, उनका नाम दूर-दूर तक फैलने लगा। एक मारवाड़ी दूसरे बिहार के चौधरी। अहा, क्या जुगल-जोड़ी है।"

इस व्यंग्य ने वाकई जयदीप की साख को रातो-रात चौगुनी कर दिया था। जो काम दोस्तों से न होता, उसे दुश्मनों ने कर डाला था। बाद में उन्हें पता चला कि उसे लिखनेवाले पत्रकार को नौकरी से बर्खास्त कर दिया गया है, जब वह पत्रकार नौकरी के लिए मिंटू चौधरी के घर पहुँच गया। पर मिंटू चौधरी ने उसे काम पर नहीं रखा था। उसके उसूल अजीबोगरीब थे। "किसी के पाले हुए कुत्ते को आप कभी अपना नहीं समझ सकते। क्या पता वह आपको काट खाने के लिए भेजा गया हो। है कि नहीं? तुम्हें पता है जयदीप, मैं नहाता भी हूँ तो अपने आधे मुँह पर साबुन लगाता हूँ कि मेरी एक आँख देखती रहे कि कोई मुझ पर हमला तो नहीं कर रहा।" जयदीप उसकी बात सुन कुछ घबड़ा गया था। क्या मिंटू चौधरी के वाकई ऐसे दुश्मन हैं? और यदि हैं तो क्या वे उसके भी दुश्मन नहीं हैं?

मिंटू चौधरी के बारे में जयदीप को धीरे-धीरे समझ में आने लगा कि उसके लिए हर कोई व्यक्ति एक दुश्मन है या भविष्य में होनेवाला दुश्मन है। यह भी मजे की बात थी कि वह जयदीप पर इतना भरोसा करने लगा था कि उसे अपनी हर छोटी-से-छोटी बात भी बता डालता—"तुम्हें नहीं बताता, तो अपच हो जाता है। दुनिया में एक आदमी तो ऐसा होना चाहिए, है कि नहीं, जिसे आदमी अपनी हर बात बता सके। यहाँ तो साली तकदीर से बीवी ऐसी मिली है कि कुछ भी बताने जाओ, तो पैसे माँगने लगती है। कितना पैसा बना? चलो, आधा निकालो।"—कहकर मिंटू ने जोर का ठहाका लगाया। जयदीप पर विश्वास का कारण शायद यही था कि जयदीप ने उससे न कभी पूछा कि उसे कहाँ से कितने

पैसे मिलते हैं और न कभी अपना हिस्सा किसी चीज में माँगा। बड़ाबाजार थाने के एक ओ.सी. के मार्फत किसी व्यापारी के बेटे का किसी बड़े मिशनरी स्कूल में दाखिला करवाने में मिंटू ने लाखों रुपए बनाए। उसके अखबार में यदि किसी के बारे में कुछ अच्छा छपता तो जाहिर था उसके पीछे उसका कुछ-न-कुछ फायदा होता।

मिंटू चौधरी की यह बात जयदीप को अजीब लगती थी कि वह कहीं से सौ-दो सौ भी मिलते होते, तो उन्हें नहीं छोड़ता था। हालाँकि ऐसे मौकों पर वह खुद कभी पैसा नहीं लेता, बल्कि अपने प्यादों से काम लेता। ''बूँद-बूँद से घड़ा भरता है,''—वह अपने हजारों मुहावरों से एक जब-तब निकाल लेता—''घोड़ा घास से यारी करेगा, तो खाएगा क्या? है कि नहीं?''—कहकर वह जोर का ठहाका लगाता। ''तुम्हें पता नहीं जयदीप, पुलिस का सिपाही ठेलेवाले, लॉरीवाले, झाँका-मुटिया ढोनेवाले, सड़क पर दुकान लगानेवाले, सबसे पैसा लेता है। पर उसमें भी ऊपर तक 'कट' होता है। सबका परसेंटेज बँधा होता है। है कि नहीं? मैं पच्चीस परसेंट अपने प्यादों से लेता हूँ। उनमें सबसे गरीब रमाकांत झा है। इसलिए उससे मैं दस परसेंट ही लेता हूँ।'' मिंटू चौधरी के प्यादे उसे कभी बिना लिफाफे में डाले रुपए नहीं देते थे। भले ही उस लिफाफे में दस रुपए ही क्यों न हों। एक बार मिंटू चौधरी को लिफाफा मिला, तो वह उसे टेबुल पर रखकर बाथरूम में घुस गया था। जयदीप ने खोलकर दस रुपए देखे, तो वह हैरान रह गया था। सिर्फ दस रुपए?

इधर मिंटू चौधरी की सलाह पर जयदीप हर धार्मिक आयोजन में जाने लगा था। बड़ाबाजार में दीवाली से शुरू होकर होली तक धर्म का करोड़ों रुपए का कारोबार चलता था। न जाने कितने कीर्तन-मंडल और प्रवचनवाले बाबा थे, जिनके बारे में सूचनाएँ 'विचार-शक्ति' में छपती रहतीं। हनुमान मंडल, रानी सती दादी से लेकर पचीसों सती दादियों और विभिन्न समाजों की भजन मंडलियाँ जब-तब आयोजन करती रहती थीं। किसी कार्यक्रम की फोटो-सहित कवरेज यदि विचार-शक्ति में छपती, तो जयदीप के अन्दाजे से कम-से-कम पाँच हजार रुपए मिंटू चौधरी को मिल जाते थे। ''चुनाव के समय नेताओं की कवरेज में भी इतना फायदा नहीं होता। वे लोग सब काम मुफ्त में करवाना चाहते हैं या फिर जीतने पर पैसे देने के आश्वासन पर। है कि नहीं? किन्तु धर्म की गंगा तो सदा बहती रहती है और उसमें बहते हैं खनखनाते सिक्के और फड़फड़ाते नोट।''—मिंटू की बातें शुरू में जयदीप को थोथी लगी थीं, पर बाद में उसने देखा कि उसकी बात सच है। ''गरीब आदमी के पास खाने को भरपेट

रोटी हो न हो, वह भी हनुमान बाबा के आगे कुछ सिक्के डालकर ही आता है। पंचमुखी बालाजी कभी तो उसकी सुन ही लेंगे। और सुनते भी हैं, तुम मानो या न मानो।''—मिंटू जयदीप की व्यंग्य से भरी हँसी देखकर कुढ़ गया था। वह अक्सर बालाजी के मन्दिर में जाकर अपने ऊपर लगी नजर उतारने के लिए झाड़-फूँक करवा आता था। गले में शर्ट के नीचे उसने ताबीजों का एक बंडल डाल रखा था। उसके हाथों में अँगूठियाँ बढ़ती जा रही थीं। जयदीप की रुचि धार्मिक आयोजनों में बिल्कुल नहीं थी पर उसे समझ में आ रहा था कि इनमें शामिल हुए बिना अपनी पहचान बनाना मुश्किल है। उसकी रुचि रक्तदान कैम्प जैसे आयोजनों में ज्यादा थी। इनमें पैसा तो था ही, नाम भी ज्यादा था। ''पर इस तरह के आयोजनों की एक सीमा है। तुम रोज-रोज कोई ऐसे शिविर नहीं लगा सकते। है कि नहीं? धर्म का काम बारहमासी काम है। चलो ठीक है, तुम यह ब्लड डोनेशन कैंप भी करते रहो। कोई-न-कोई पार्टी में तुम्हें घुसना ही है। तब यह सब किया हुआ बहुत काम आएगा।''—मिंटू चौधरी ने कहा।

मिंटू चौधरी को इधर एक नया धन्धा सूझ गया था। वह अपने अखबार में मालिश करनेवाली औरतों या सैलून किस्म की जगहों के बारे में अधिक विज्ञापन देने लगा था। जयदीप को मालूम था कि कई लोग सिर्फ इसी वजह से 'विचार-शक्ति' मँगवाते थे। इनमें एक तो उसका दोस्त विलास ही था। जयदीप कई दिन से सोच रहा था कि मिंटू चौधरी को कहे कि इस तरह के विज्ञापनों से 'विचार-शक्ति' की साख गिर जाएगी, पर तभी उसे एक नई बात का पता चला था, जिसने उसके जीवन में अच्छा-खासा तूफान ही नहीं ला दिया था बल्कि उसके जीवन का रुख ही बदल दिया था।

दीपा घर के सामने मछुआ बाजार की गली में खुले एक नए सैलून में अपने बाल कटवाने एक दिन चली गई थी। उसने वहाँ देखा कि 'विचार-शक्ति' के बहुत सारे अंकों का एक ढेर रखा हुआ है। उसने एक अंक उठाकर उसे पढ़ डाला था। संयोग से इस अंक में बकवास ही बकवास थी। किसी मारवाड़ी सेठ का नाम दिए बिना उसकी पत्नी की आँखों के आगे पड़े परदे को हटाने की धमकी काफी साफ शब्दों में दी गई थी—''सोचिए कि जब सेठानी को पता चलेगा कि चार बच्चों को जन्म देकर उसे कितना बड़ा धोखा खाना पड़ रहा है, तो सेठ जी का क्या हाल होगा? सेठानी बड़े घराने की लड़की है। उसके मायकेवाले मामले को यों ही आया-गया होने नहीं देंगे। तलाक हुआ तो सेठ जी को करोड़ों की चपत लग सकती है।''

दीपा ने अखबार उलटाकर फिर से सम्पादक का नाम देखा था कि कहीं

मिंटू चौधरी का नाम पढ़ने में कोई भूल तो नहीं हो गई है। तभी जो लड़की उसका शैम्पू कर उसे बैठाकर छोड़ गई थी, अचानक घुसे एक मोटे आदमी का 'फेशियल' करने लग गई थी। दीपा के बाल काटने एक पुरुष आ गया था और उसके बालों को सहलाते-सहलाते उसके कन्धों को दबाने लगा था। दीपा को समझते देर न लगी थी कि यह सैलून किस तरह की जगह है और यहाँ लोग क्या करने आते हैं। तभी उसे अचानक ध्यान आया था कि 'विचार-शक्ति' के इतने अंक यहाँ क्यों रखे हैं, यह पता लगााना चाहिए। उसने अपने कन्धे दबाते पुरुष के हाथ पर हल्की-सी चपत लगाते हुए कहा था कि उसे किसी पुरुष से बाल नहीं कटवाने हैं। एक मिनट में वह आदमी परदे के पीछे गायब हो गया था और उसकी जगह एक चीनी लड़की ने ले ली थी।

दरअसल वह लड़की नेपाली निकली। शायद उम्र ढलने के बाद उसने इस तरह का काम शुरू कर दिया था। पहले वह क्या रही होगी, यह अन्दाजा लगाना मुश्किल नहीं था। दीपा ने उससे पूछा था कि ये इतने सारे अखबार यहाँ क्यों पड़े हैं। वह नेपाली औरत इस बात पर हँस पड़ी थी—"हमारे मालिक का ही तो अखबार है। देखिए मालिश करने के लिए मेरा भी फोन नम्बर दिया हुआ है।" उसने अखबार खोलकर अपना नाम दिखा दिया था। फिर उसने कहा था—"इस जगह शादीशुदा औरतें बहुत कम आती हैं। आज पहली बार किसी को देखा है।" दीपा को उसकी आँखों और आवाज में चेतावनी साफ सुनाई दी थी। वह बिना बाल कटवाए रुपये देकर वहाँ से निकल आई थी।

पहली बार जीवन में दीपा ने जयदीप को सीधे-सीधे शब्दों में कह दिया था कि वह चाहे जो कुछ भी कहे या करे, मिंटू चौधरी से कोई रिश्ता नहीं रख सकता। जयदीप ने उसे समझाने की बहुत चेष्टा की थी। झाड़वाला उदाहरण फिर दिया था कि वह सिर्फ काम का आदमी है। मिंटू चौधरी उसीका कोई दोस्त नहीं। उसके विचारों और उसकी शख्सियत से जयदीप का कोई लेना-देना नहीं। पर कोई बात, कोई तर्क दीपा को हिला नहीं पाया था। अन्त में जब वह पहली बार रो पड़ी थी, तो जयदीप समझ गया था कि उसे दीपा की बात माननी ही होगी। अगले दिन दीपा ने उसे एक पत्र लिखकर थमा दिया था। आज तक दीपा सिर्फ उससे बिछुड़ते समय रोई थी, उसकी किसी बात पर नहीं। जीवन के हर उतार-चढ़ाव को उसने यह कहकर झेल लिया था कि इस दुनिया में जयदीप जैसे लोगों की कोई कदर नहीं। दोष हमेशा दुनिया का था उसका नहीं। पर इस बार बात अलग थी।

जयदीप का कमतर इन्सान बनना दीपा सह नहीं पाएगी, दीपा के लिखे

पत्र का सार यही था—"दुनिया तुम्हें जयदीप से कुछ और बना दे, यह दुनिया की ताकत नहीं। यह तुम्हारी गलती है। मैं सब कुछ सह सकती हूँ, पर तुम कुछ और बन जाओ, यह नहीं सह सकती। यदि तुम्हें जानकीदास तेजपाल मैनशन में ही रहना है या अपने हक की लड़ाई जारी रखनी है, तो मैं तुम्हारे साथ हूँ। हम हर मुसीबत झेलेंगे। देखेंगे कि वे हमें कितना डरा सकते हैं। पर तुम मिंटू चौधरी जैसे लोगों के फन्दे में फँसकर कुछ और बन जाओ, यह मैं नहीं सह सकती।"

जयदीप उस दिन के बाद मिंटू चौधरी से कभी नहीं मिला था। शुरू-शुरू में उसने तबीयत खराब होने का बहाना किया था। जब मिंटू चौधरी ने उसे फोन कर कहा था कि इस बार वह कॉरपोरेशन के चुनाव में जयदीप को खड़ा करना चाहता है और पार्टी को उसकी जीत का पक्का वादा कर चुका है, तब जयदीप से रहा नहीं गया था। उसने मिंटू चौधरी को पूछा था—"इधर बड़ाबाजार में जो धन्धेवाले ब्यूटी पार्लर चलते हैं, उनमें तुम्हारा क्या शेयर है?" मिंटू चौधरी एक मिनट के लिए चुप हो गया था। फिर बोला—"असल में जयदीप, तुम अमेरिका जाकर एकदम चूतिया बन गए हो। तुम न इधर के रहे, न उधर के। यह सब साइड का धन्धा चलाए बिना तुमको क्या लगता है कि हमारा काम चल जाएगा? एक चुनाव में कितना पैसा खर्च होता है, तुमको पता है? जीतने के बाद पैसा कब कितना निकल पाएगा, यह क्या आज पता है? अब जब काम बनने पर आया, तो तुम्हारे अन्दर क्या तुम्हारा बाप गुटरगूँ करने लगा है?" जयदीप ने फोन की लाइन काट दी थी। इससे अधिक सुनने की ताकत उसमें नहीं थी।

जानकीदास तेजपाल मैनशन की टंकी पर हर हथौड़े की चोट से जयदीप को मिंटू चौधरी की कोई-न-कोई बात याद आ जाती। दस रुपए के लिए जो आदमी गिर सकता है, वह क्या दोस्ती करेगा? आधे मुँह पर साबुन लगाकर दूसरी आँख से दुश्मन का इन्तजार करनेवाले आदमी से जयदीप क्या पाने चला था? टूटे यह मकान। सब कुछ टूट जाए। वह इसके साथ ही मिट्टी में दफन हो जाए। कुछ भी हो जाए। वह न आफताब हुसैन बन सकता है, न मिंटू चौधरी। जयदीप के अन्दर से पहली बार एक रुलाई उठी। उसने पानी के घूँट के साथ उसे निगल लिया और दीपा को कसकर पकड़ सोने की चेष्टा करने लगा।

जयगोविन्द : ले-देकर आदमी के पास एक ही जिन्दगी है

जयगोविन्द ने एक लम्बी साँस छोड़कर उस लम्बे अध्याय को वापस पीले फोल्डर में डाल दिया। घड़ी देखी तो पता चला कि सुबह के चार बज रहे हैं। आकाश में हल्की-सी रोशनी फैल गई थी। अभी कुछ देर में सूरज उग जाएगा और इस देश की पूरी धरती पर पूर्व से पश्चिम तक उजाला कर देगा। बचपन में पढ़ी सूर्योदय की कविताओं में हमेशा अँधेरा दूर होने और एक नई उम्मीद की रोशनी की बात की जाती थी। पर काश कि जीवन इतना सरल होता। और कुछ नहीं, तो सूरज उगते ही सारे पिछले दिनों को स्मृति से मिटा देता! या फिर इस भयानक ऊब को ही सोख लेता जो सुबह से रात तक उसकी आत्मा को घुन की तरह खाए जा रही है। अब उसका जीवन ऊब और उदासी से एक घनघोर युद्ध है। किसी तरह अपने को आज-भर बचाना है। अँधेरा कम से कम 'क्या करूँ, क्या करूँ' से तो बचाए रखता है।

अपने जीवन में फिर से वापस लौटना या कि आत्मकथा जैसा कुछ लिखना कितनी बड़ी यातना है। जीवन में जहाँ गरमाहट थी, अपनापन था, अब उसे याद करना आज के खालीपन को सौ गुना बढ़ा देता है। जहाँ घबराहट थी या हार थी, उसे याद करना फिर से उसी कष्ट से गुजरना है जिससे किसी तरह हम निकल आए। क्या दीपा को इन सबसे छुट्टी मिल गई होगी? या मरने के बाद भी पितर अपनों के दुख से उसी तरह व्याकुल होते होंगे जैसे कि जीवित रहने

पर होते? यह मानना मुश्किल है, बचपन से बिना सन्देह मानते रहने के बाद कि आत्मा-वात्मा कुछ नहीं होती। बस आदमी मरा और कार्बन, नाइट्रोजन और आक्सीजन मुक्त होकर हवा, मिट्टी और पानी में मिल गए। पर सचमुच में ऐसा होता हो तो वही ठीक है। कभी तो आदमी इस उथल-पुथल के फेर से छुट्टी पाए।

जीवन के इस मुकाम पर, जब शायद जानने को कुछ खास बाकी नहीं बचा है, सबसे बड़ी मुश्किल है यह शरीर और समय। शरीर को हर वक्त खिलाना-पिलाना, सुलाना-नहलाना-पहनाना है और आए दिन कुछ-न-कुछ कष्ट देनेवाली बीमारी से बचाना है। और समय? उसे किसी-न-किसी तरह काटना है। कुछ ऐसा करते हुए कि वह भारी न लगे। डिप्रेशन में न डाल दे। किसी तरह ऊब और उदासी से अपने को निकालकर कुछ ऐसा करना है कि जीवन कम-से-कम जीने लायक लगे। बीस साल पहले सुना था कि दूर के एक रिश्तेदार ने पत्नी की मृत्यु के बाद के अकेलेपन को झेलते हुए अपने को पेट में गोली मार ली थी। उनकी दोनों बेटियाँ दूर ब्याही हुई थीं और बेटा नहीं था। तब लगा था कि भाई ऐसा भी क्या अकेलापन है! खैर, वह जनाब बच गए थे और बाद में उन्होंने एक कुरूप अविवाहित लड़की या कि चालीस साल की औरत से शादी भी कर ली थी।

अब समझ में आता है कि जब पास में बोलने-बतलाने को कोई न हो, तो आदमी किस कदर बेचैन होता है। आजकल अकसर जयगोविन्द अपनी ही कहानी के जयदीप की तरह बाथरूम में अपने से बात करता रहता है। वह अपने को—जयगोविन्द बोलो, क्या सोचते हो, तुम्हें मुम्बई जाना चाहिए या नहीं—ऐसे सम्बोधित कर अपने से प्रश्न पूछता है और फिर उसी तरह बड़बड़ाकर अपने को जवाब देता है—'यहाँ कमरे में लाश पड़ी दो दिन सड़ेगी। फिर पड़ोसी की शिकायत पर या दूधवाले-अखबारवाले की सूचना पर पुलिस दरवाजा तोड़कर आएगी और चादर में बाँधकर अधगले शरीर को मोर्ग में डाल देगी। फिर दोनों बेटे या

मुम्बई से छोटा बेटा आएगा और फूँकने का बन्दोबस्त रिश्तेदारों से मिलकर करेगा। इससे तो अच्छा है न कि मुम्बई में ही मरो।'

कितना अच्छा होता कि कलकत्ता फिर से बिजनेस और इंडस्ट्री के लिए सबसे पहला पड़ाव हो जाता। अंग्रेजों के जमाने की तरह हर आदमी पैसा लगाने के लिए कलकत्ता की ओर चला आता और कलकत्ते की नई पीढ़ी को अपना घर छोड़कर मुम्बई, दिल्ली, बैंगलौर, हैदराबाद नहीं जाना पड़ता। कभी जो मारवाड़ी-बिहारी कलकत्ते आए थे, अब उनकी पीढ़ियाँ कलकत्ता से बसेरा उठा रही हैं। साथ में अक्सर माँ-बाप को भी ले जा रही हैं, जो इस उम्र में बच्चों का साथ देने पर मजबूर हैं। जयगोविन्द के दो-तीन दोस्त इसी तरह अब प्रवासी हो गए हैं। पिछले साल उनके स्कूल की शतवार्षिकी में ऐसे दो दोस्तों से मिलना हुआ। बम्बई में बसनेवालों से उनके ठिकाने भी लिये थे, पर जयगोविन्द को नहीं लगता कि वह कभी उनसे बम्बई की दूरियाँ तय कर मिलने जाएगा।

यह भी अजीब है कि कलकत्ता से बिछुड़े सभी लोगों को कलकत्ते के खाने की याद सबसे ज्यादा सताती है। ऐसे झालमूड़ी, फुचके यानी कि गोलगप्पे कहीं नहीं मिलते। मिलते हैं तो उनका स्वाद और नाम कुछ और होता है। उड़द की दाल की बिना बेले हुए कड़ाही में तली गई छोटी कचौड़ी और पत्तल के दोने में आलू की मसालेदार सब्जी कहीं दुनिया में ऐसी स्वादिष्ट नहीं बन सकती। दही बड़े, दाल के चिल्ले, ठंडी मटर चाट और न जाने क्या-क्या—वे सब याद करते रहे थे। 'अरे तुम लोगों को घर का खाना तो वही मिल जाता होगा जो हमेशा से खाते आए हो,'—जयगोविन्द उन्हें कहना चाहता था, पर कह नहीं पाया था। बिना मतलब अपने पेट की बात सबको बताने से कुछ बदल तो नहीं जाएगा। इतना जरूर होगा कि वे लोग जब भी उसके बारे में सोचेंगे या बात करेंगे तो बोलेंगे—'बेचारे को भरपेट खाना भी मन लायक नहीं मिलता। पत्नी दुनिया से क्या गई,

आदमी खाने के लिए भी तरस जाता है।' जबकि यह आधा सच तो क्या, चौथाई सच भी नहीं होगा।

सच तो यह है कि जब दुनिया बदल रही है तो सब कुछ ही तो बदलेगा। आज के पचास साल पहले जो खाना-पहनना था वह आज के पचास साल बाद क्या वैसा ही रहेगा? रिश्तों के महीन तार क्या वैसे ही रहेंगे? जब उनकी पीढ़ी शादी कर अपनी पिछली पीढ़ी के साथ एक ही छत के नीचे अपना स्वतंत्र जीवन जीने की कशमकश में थी, तब से आज समय कितना बदल गया। शायद चालीस के बाद या कहें कि पचास के बाद आदमी के जीवन में यही बच जाता है कि वह गुजरे हुए जमाने को याद कर बिसूरता रहे। पर जयगोविन्द की यह फितरत नहीं है। उसकी समस्या बस यही है कि जीभ को बचपन से षटरस की जो आदत लग गई थी, उसके बिना उसे खाना अधूरा लगता है। जाहिर है कि अपनी बहू को चाहे वह अमेरिका वाली हो या बम्बई वाली—वह यह नहीं कह सकता कि 'अरे कम-से-कम दो सब्जियाँ तो और बनाओ। या कि हरी चटनी तो बनाओ। अभी धनिया बहुत ताजा और अच्छा आ रहा है।' कामकाजी बहुएँ यों ही सुबह से रात तक ऑफिस जाने और आने में लगी रहती हैं। उन बेचारियों को खुद अपने लिए ही कोई समय नहीं मिलता। अमेरिका वाली को तो बच्चों के लिए भी वक्त निकालना पड़ता है। वे दोनों पूछती जरूर हैं कि क्या खाना बनाएँ? और हर बार वह कहता है कि 'मैंने आज तक कभी नहीं बताया कि क्या खाना बनेगा। तुम्हारी माँ को भी नहीं।' सुनकर वे दोनों निश्चिंत रहती हैं। अमेरिका में डिनर में कभी सैंडविच या पास्ता होता है या कुछ पहले का बना हुआ या बाजार से खरीदा हुआ खाना जिसे सिर्फ गरम करना पड़ता है। बम्बई में बाई यानी नौकरानी को पता होता है कि क्या बनाकर रख जाना है। दोनों बेटे-बहुएँ उसे बीच-बीच में बाहर खिलाने भी ले जाते हैं। अब इस जीभ का क्या किया जाए जो किसी तरह तृप्त नहीं होती। कभी माँ के हाथ का खाना याद करती है तो कभी दीपा के हाथ

का। जयगोविन्द को अचानक एक गीत की कड़ी याद आ गई—बाबुल मोरा नैहर छूटो जाए...। जो छूटता है, उसमें न जाने क्या-क्या छूटता है। उसे क्या किसी को बताया जा सकता है?

अमेरिका में मन लगाने के लिए लाइब्रेरी तक जाया जा सकता है। वहाँ किताबें खोजना और उन्हें घर लाना इतना आसान है जितना भारत में किताब की दुकान पर जाकर खरीदना भी नहीं होता। इसी बहाने घर से बाहर की हवा भी खाई जाती है। थोड़ा पैदल चलना भी हो जाता है और चलती हुई जिन्दगी के दर्शन भी। जयगोविन्द को लगता है कि चलते-फिरते अनजान लोगों को देखना सबसे बड़ी झाँकी है, जिससे आदमी को पता लगता है कि वह मर नहीं गया है। वरना तो उसमें और फ्लैट में बन्द रेफ्रिजरेटर में क्य। अन्तर है, जो सब कुछ वही देखता है जो जयगोविन्द देखता है। आजकल वह अकेले में रेफ्रिजरेटर से काफी कुछ दिल की बातें करता है—'क्या दोस्त, तुम तो सारा बासी खाना भी पचा लेते हो।' 'तुम्हारा दिल क्या नहीं करता कि किसी सप्ताह तुम पूरा उपवास कर लो?', 'तुम्हारी धड़पड़ बन्द हो गई तो यहाँ सब घरवालों के दिल रुक जाएँगे। चलते रहो यार। तब तक चलो जब तक चल सकते हो।'

अमेरिका में लोग जब खाना बनाते हैं, तो रेफ्रिजरेटर में रखने के लिए ज्यादा बनाते हैं। कई सप्ताह बाद वही खाना निकालकर उतने ही स्वाद से खाते हैं। एक बार न्यूयार्क में समरेन्द्र किल्ला उर्फ सैमकी के घर उसने फरमाइश कर दी थी कि 'भाभी आपके बनाए हुए छोले कल खाएँगे।' अगले दिन छोले का मसाला सिकने की खुशबू से खिंचा वह किचन में पहुँच गया था। देखा तो सैमकी की पत्नी एप्रन पहने कम-से-कम बीस लोगों को खिलाने लायक छोले बड़ी कढ़ाही में चला रही थी। 'अरे भाभी, इतने छोले कौन खाएगा?—उसने आश्चर्य से पूछा था। 'ओह जैग, तुम तो अकेले चाहकर भी नहीं खा पाओगे। हास्पिटल जाना

पड़ेगा'—सैमकी की पत्नी का सेंस ऑफ ह्यूमर उसे कभी पसन्द नहीं था। अमेरिका में रह रहे भारतीय लोगों के मजाक का स्वाद भी बिगड़ जाता है। "आपके भाई के हाथ से मरने के लिए क्या?"—जयगोविन्द के मुँह से निकल गया था। सैमकी की पत्नी का भाई अमेरिका में ही डॉक्टर था और उस पर किसी मरीज ने गलत इलाज के लिए केस कर रखा था। उफ् कि मेरी काली जबान! जयगोविन्द ने तुरन्त कहा था—'आफॅ कोर्स यू नो, आई डोंट मीन इट'। बात बिगड़ जाए तो अंग्रेजी में उसे सुधारने के कई रास्ते हैं। सैमकी की पत्नी जोर से हँसी थी। पर जैसा कि होना था, न तो उन छोलों में उसे कोई स्वाद आया था और न ही वह उस दिन के बाद कभी सैमकी के घर बुलाया गया था।

बम्बई में रहकर घर से बेवजह निकलना मुश्किल काम है। ज्यादा से ज्यादा सुबह-शाम पार्क में घूम आओ। किसी से मिलने जाना हो तो रेल में धक्का-मुक्की खाओ या फिर टैक्सी में बैठकर 'जाम' में बढ़ते बिल को देखकर कुढ़ते रहो। हाँ, बाई आ जाएगी और खाना गरम करके खिला देगी। खुद खाना लगाकर नहीं खाना पड़ेगा। दोपहर में तो सब जगह अकेले ही खाना है। पर सच पूछा जाए तो कई बार अकेले खाने में ज्यादा आजादी महसूस होती है। अमेरिका में वह पापड़ सेंककर दही में या सब्जी में चूर-चूर कर अँगुलियाँ चाट-चाट कर खाता है। दही रोज रात को वह खुद जमा लेता है ताकि सुपरमार्केट का 'योगर्ट' न खाना पड़े। अरे भाई दही दही है। उसका कोई मुकाबला नहीं है। गनीमत है कि अमेरिका वाली बहू उसकी इस एक सनक पर हँसकर रह जाती है। भले ही वह बाकी परिवार के लिए 'योगर्ट' को ज्यादा 'हेल्दी' समझती है।

'अकेले खाने में क्या दिक्कत है,'—रेफ्रिजरेटर घूँ-घूँ कर उसे जवाब देता है। जयगोविन्द उसे बताता है कि लन्दन में रहनेवाला उसका गुजराती दोस्त जयन्त भाई हर वक्त टी. वी. के साथ रहता है। उसे पता ही नहीं कि अकेलापन क्या होता है। उसके बच्चे सब इधर-उधर छिटके हुए हैं—

एक लड़की लन्दन से सौ किलोमीटर दूर, एक लड़का अमेरिका में और छोटी लड़की गोवा में। बड़ी लड़की ने पाकिस्तानी से शादी की है और छोटी ने हब्शी से। बच्चे सब आते हैं और वे भी बच्चों के घर रहने जाते हैं, पर फिर मियाँ-बीवी ही बचे रह जाते हैं। बीवी ने घर के हॉल में पूरे छत्तीस देवी-देवताओं का जमावड़ा कर रखा है। हर बुधवार वहाँ सामूहिक कीर्तन होता है। बीवी अपनी दुनिया में रहती है और अक्सर किसी-न-किसी सत्संग के समूह के साथ दुनिया में कहीं-न-कहीं घूमने चली जाती है। 'और जानते हो जयन्त भाई ने क्या कर रखा है? एक टी.वी. सामनेवाले छोटे कमरे में चलता है जो उसकी ऑफिस है और दूसरा टी.वी. उसी प्रोग्राम को कुछेक सेकेंड बाद भीतर के ड्राइंग-कम-डाइनिंग हॉल में चलाकर रखता है। यानी जयन्त भाई जब ऑफिस के कमरे से निकलकर खाने के लिए डाइनिंग रूम में जाता है, तो भी उसका एक डायलॉग 'मिस' नहीं होता। हिन्दुस्तान के हर टी.वी. सीरियल को वह देखता है और एक-एक चरित्र को अच्छी तरह जानता है। इतना तो वह अपने बेटे-बहू को भी नहीं जानता होगा। हा-हा।'

रेफ्रिजरेटर अचानक रुक जाता है। जयगोविन्द को लगता है कि वह उससे पूछ रहा हो—'बेशक तुमने यह बात जयन्त भाई को कह दी होगी और उन्हें चुभ गई होगी?' हर इंडियन आदमी के लिए बेटे-बहू का मसला 'सेंसेटिव' मामला है। जयगोविन्द की हँसी भी रुक जाती है। फ्रिज को उसकी काली जबान का पता चल गया है। इधर के सालों में वह जब अमेरिका जाते हुए लन्दन से गुजरा है, उसका मन नहीं होता कि एयरपोर्ट के पास बसे 'हाऊनस्लो' के भारतीय-पाकिस्तानी इलाके में, जो हर बार पहले से ज्यादा गन्दा लगता है, एक रात रुककर जयन्त भाई से मिल ले। सोचने पर लगता है कि जयन्त भाई की पत्नी या तो कीर्तन से लौटती मिलेगी या रामदेव बाबा को टी.वी. में देखती हुई उनके साथ योगासन कर रही होगी। और जयन्त भाई सामने के कमरे में बैठा खाते-खाते कोई-न-कोई टी.वी. सीरियल

देख रहा होगा। जाएगा तो वही 'एक्शन रिप्ले' देखने मिलेगा। यही सोचते उनसे मिले बरसों हो गए।

जयन्त भाई इंडिया आने से बेहद घबराता है। उसे लगता है कि वहाँ उसे इन्फेक्शन हो जाएगा और वहाँ के किसी गन्दे अस्पताल में उसे भरती होना पड़ेगा। अपनी टी.वी. के साथ कटती जिन्दगी में वह काफी सुरक्षित है। "नेशनल हेल्थ सर्विस यहाँ हर आदमी का एक जैसा इलाज करवाती है। इंडिया की तरह यहाँ पैसे और जान-पहचान यानी रुतबे के हिसाब से इलाज नहीं होता।"—जयन्त भाई बातें भी हर बार वही करता है। खाता इंडियन खाना है। टी.वी. इंडियन देखता है। पर इंडिया के बारे में एक अच्छी बात उसके पास नहीं है। जयगोविन्द को लगता है कि वह अपनी बातों में कभी एक शब्द क्या, एक 'कॉमा' भी इधर-उधर नहीं करता। जयन्त भाई को गाड़ी बनानेवाली ब्रिटिश कम्पनी 'जैगुअर' में अमेरिका से इंजीनियरिंग पढ़कर लौटते ही नौकरी मिल गई थी। तबसे वह वहीं का होकर रह गया।

आदमी की समस्या बस एक ही है—दिल लगने या न लगने की। जयगोविन्द को लगता है कि यदि वह बाकी लोगों की तरह एक झटके से अपने को अपनी पुरानी पीढ़ी से काट लेता और उसका दिल लग जाता, तो कौन-सा भारतवर्ष का कोई खास नुकसान हो जाता? और तो और, कौन-सा जानकीदास तेजपाल मैनशन ही उसके रहने से बच पाया? असल में तो उसने और उसकी पीढ़ी ने धोखा खाया उन आकांक्षाओं पर भरोसा करके जो आजादी के बीस साल बाद उनसे की जा रही थीं। वे लोग ऐन आजादी के आस-पास पैदा हुई पीढ़ी के थे, जिसकी जवानी पर देश का भविष्य निर्भर है, ऐसा उन्हें बताया जा रहा था। चाहे माँ-बाप कह रहे हों या सोच रहे हों या स्कूल-कॉलेज में पढ़ानेवाले शिक्षक या फिर सरकारी घोषणाएँ, पर तब तक सचमुच यकीन बना हुआ था कि हम विदेशों से चीजें आयात न करके अपने देश में खुद बना सकते हैं। जादवपुर विश्वविद्यालय ने इंडियन स्टैटीस्टिकल इंस्टिट्यूट के साथ

मिलकर 'इसूजू' नामक पहला भारतीय कम्प्यूटर जिस साल बनाया, उसी साल जयगोविन्द अठारह साल का हुआ था। जादवपुर के इलेक्ट्रिकल इंजीनियरिंग विभाग में दाखिला लिये उसे दो साल हो चुके थे। किसी को बताने में कि वह कहाँ पढ़ रहा है, उसका कद गर्व से ऊँचा हो जाता था। यह बात अलग थी कि अगले साल से ही माहौल कुछ ऐसा बदला कि जादवपुर का नाम लेते ही लोगों की आँखें फैल जाती थीं और उनमें शक घिर आता था।

जयगोविन्द पीछे मुड़कर जीवन को देखता है तो लगता है कि यदि आदमी को पता रहता कि उसका भाग्य और उसके देश या शहर का भाग्य कौन-सी करवट लेनेवाला है, तो वह शायद ही वह रास्ता पकड़ता जो उसने पकड़ा था। ले-देकर आदमी के पास एक ही जिन्दगी है और उसमें जो गलत-सलत निर्णय हो गया, उसे ढोने और भुगतने के अलावा कोई रास्ता नहीं। शायद इसीलिए लोग पंडितों और ज्योतिषियों के इतने चक्कर लगाते हैं। इक्कीसवीं सदी में एक तरफ कम्प्यूटर और मोबाइल हर धोबी-सब्जीवाले और दूधवाले के पास है और बच्चे 'गूगल' कर अपना होमवर्क कर रहे हैं, पर टी.वी. में बेजान दारुवाला ग्रह-नक्षत्रों की बात कर न जाने कितने पैसे कमा रहा है। अखबारों में विज्ञापन भरे पड़े हैं जो आपकी हर समस्या को तंत्र-मंत्र-रत्न से एक दिन में सुलझाने का दावा कर रहे हैं। इस देश में इन सबकी दुकानें बेधड़क चल रही हैं तो शायद इसीलिए कि यहाँ आप अपने भाग्य के अलावा किसी पर भरोसा नहीं कर सकते। देश की जो संस्था आयात को बन्द या कम करने के लिए बनी हो, वह अगर दस साल के अन्दर इस काम में लग जाए कि नेताओं और धनी वर्ग को कैसे नए से नए विदेशी सामान उपलब्ध करवाए जा सकें, तो उस देश की वह पीढ़ी तो काम से गई जो इसके बीच में फँस गई हो।

हैरानी की बात यह थी कि जयगोविन्द की पीढ़ी न सिर्फ इस देश में उथल-पुथल में फँसी हुई पीढ़ी थी, बल्कि अमेरिका की 'पोस्ट-वार' पीढ़ी यानी दूसरे महायुद्ध के समय

पैदा होकर जवान हुई पीढ़ी भी उनकी ही तरह व्याकुल पीढ़ी थी। उनके पास प्रश्न ही प्रश्न थे और गुस्सा इतना कि मानी हुई और जमी हुई चीजों को हिला दें और उखाड़ डालें। यहाँ सत्ता-प्रतिष्ठान के खिलाफ नक्सल आन्दोलन था और अमेरिका में वियतनाम की लड़ाई के खिलाफ आन्दोलन। यह भी कोई कम विचित्र बात नहीं थी कि न चाहते हुए भी जयगोविन्द किसी न किसी तरह दोनों का हिस्सा बना। जहाँ तक उसे याद आता है, उसने अपनी आत्मकथा में अपने नक्सल दोस्त—देवनाथ मुखर्जी के बारे में नहीं लिखा है। शायद इस डर से कि अगर देवनाथ ने पढ़ लिया, तो वह नाराज हो जाएगा।

जतीन्द्र मोहन एवेन्यू यानी उत्तर कलकत्ता में रहनेवाले देवनाथ मुखर्जी से उसका परिचय हुआ था एक ही बस में रोज जादवपुर विश्वविद्यालय जाते समय। देवनाथ को बोलने का ऐसा नशा था कि वह एक मिनट भी चुप नहीं रह सकता था। बस में पूरे एक घंटे वह धुआँधार भाषण देता। उसे इस बात की कोई परवाह नहीं थी कि कौन सुन रहा है और क्या सोच रहा है, बल्कि जयगोविन्द को लगता था कि वह जान-बूझकर इस तरह बातें करता है। वह हर समय सत्ता के खिलाफ बोलता—"क्या दिया हमें आजादी ने? क्या दिया नेहरू की सड़ी हुई योजनाओं ने? आदमी के पास खाने के लिए भरपेट रोटी नहीं है और ये लोग लोकतंत्र का बाजा बजाकर हमें बहरा-गूँगा रखना चाहते हैं। जब पब्लिक अनाज की दुकानों पर हमला करके उन्हें लूटेगी, तो ये लोग उसे बन्दूक की गोली खिलाएँगे। उसके लिए इनके पास पैसे हैं। गोली के लिए पैसे हैं, रोटी के लिए नहीं...।"

जयगोविन्द के अन्दर देवनाथ की बातों से एक ऐसा जोश उठता जो उसने अपनी अब तक की जिन्दगी में कभी नहीं जाना था। वाकई कुछ भारी गड़बड़ है। यह सब कुछ बदलना चाहिए। वह अपनी जिन्दगी को देखता, तो उसे लगता कि सारे लोग अपने खाने-पीने-आराम करने के जुगाड़ में लगे हुए हैं। किसी को न कोई देश की चिन्ता है न किसी

गरीब की कि उसे कुछ खाना मिलता है या वह भूखा मरता है। धीरे-धीरे देवनाथ ने उसे चीन के नेता माओ-त्से-तुंग की कुछ किताबें पढ़ने के लिए दीं। जयगोविन्द ने रातोरात उन्हें पढ़कर देवनाथ को लौटा दिया। वह नहीं चाहता था कि एडवोकेट बाबू को कहीं सपने में भी उन किताबों या देवनाथ के बारे में कोई भनक तक लगे। उसे अच्छी तरह मालूम था कि एडवोकेट बाबू के यह बात ही गले नहीं उतरेगी कि उसका कोई बंगाली दोस्त है और वह भी कम्युनिस्ट टाइप का। मांस-मछली खानेवालों से शाकाहारी लोगों की क्या दोस्ती?''—एडवोकेट बाबू ने कॉलेज के पहले दिन ही माँ के मार्फत उसे कहलवा दिया था।

जयगोविन्द कभी देवनाथ के घर शायद ही जाता क्योंकि उसे पता था कि वह उसे अपने घर कभी नहीं बुला सकता। पर तीसरे वर्ष में 'जेयूएसओ' के कांग्रेसी छात्रों ने विश्वविद्यालय में चुनाव के दौरान जुलूस निकालते समय देवनाथ को मारा-पीटा, तो वह उसके घर उससे मिलने चला गया था। विश्वविद्यालय सात दिनों के लिए बन्द कर दिया गया था। अखबारों से एडवोकेट बाबू तक बात पहुँच गई थी, वरना वह किसी से कुछ कहनेवाला नहीं था। इसके बाद कभी देवनाथ के साथियों में किसी छात्र को झूठ-मूठ कम नम्बर दिए जाने को लेकर, तो कभी उनके जुलूस में टालीगंज की जया इंजीनियरिंग कम्पनी के मजदूर नेता की उपस्थिति के कारण उन्हें सस्पेंड करने को लेकर विश्वविद्यालय बार-बार खुलता और बन्द होता रहा। एडवोकेट बाबू ने उसे बुलाकर पूछा—''यह सब कब तक चलता रहेगा? तुमसे तो किसी नक्सल की जान-पहचान नहीं है ना?'' उसने सिर्फ गरदन हिलाकर दोनों बातों का जवाब उन्हें दे दिया था।

गनीमत थी कि अब देवनाथ वही बस पकड़कर जादवपुर नहीं जाता था। पुलिस को शायद उसके रात-भर दीवालों पर 'नक्सलबाड़ी जिन्दाबाद' और 'चारु मजूमदार जिन्दाबाद' के पोस्टर लगाने और लाल रंग से शहर की दीवालों पर नारे

लिखने की खबर मिल चुकी थी। उसके एक साथी को यह सब करते हुए पेट में गोली लगी थी जिसे लेकर ही वह जिन्दा घूम रहा था। देवनाथ के पिता को उसकी इन गतिविधियों के बारे में कुछ भी पता नहीं था। वह रात देर से घर आता, तो उसकी माँ उसके लिए दरवाजा बिना खटखटाए खोल देती। एक बार देवनाथ ने सुबह-सुबह बस में चढ़कर उसे एक लिफाफा पकड़ा दिया था और कालेज स्ट्रीट में प्रेसिडेंसी कालेज के पास नक्सल लीडर असीम चटर्जी को देने के लिए कहा था। जयगोविन्द ने उसे खोलकर पढ़ लिया था। उसमें कुछ हथियारों को देबरा और गोपीवल्लभपुर पहुँचाने की सूचना थी। जयगोविन्द ने बहुत बार सोचा कि वह खतरा न मोल लेकर उस पत्र को फाड़कर फेंक दे, पर फिर उसने वह पत्र पहुँचा दिया था। उसे यह भी शक हुआ कि देवनाथ उसकी परीक्षा ले रहा है कि भविष्य में भी उससे मदद माँग सकता है या नहीं। पर चूँकि उसका अगले महीने अमेरिका जाना लगभग तय हो गया था, उसने यह खतरा उठा लिया। इसके तुरन्त बाद उसे पता चला कि बहुत से छात्रों की तरह देवनाथ पढ़ाई छोड़कर उत्तर बंगाल में मालदा-दिनाजपुर की तरफ गाँवों में आन्दोलन का काम करने के लिए चला गया है। उसने इंजीनियरिंग की फाइनल परीक्षा तक नहीं दी थी। जयगोविन्द ने राहत की साँस ली थी कि न उसके घरवालों और न पुलिस को पता चला था कि उसका देवनाथ से कोई सम्बन्ध रहा है।

इस घटना के पन्द्रह साल बाद देवनाथ से मिलना इतना आकस्मिक और ऐसी अप्रत्याशित जगह हुआ था कि जयगोविन्द अपना उस दिन का चौंकना याद कर आज भी हँस पड़ा। अमेरिका से लौटकर हिन्दमोटर की नौकरी छोड़कर, आयरन पाउडर की फैक्ट्री लगाकर और उसे बन्द कर उसने कम्प्यूटर इंजीनियर के तौर पर 'सिस्टम कंसल्टेंट' का काम शुरू किया था। तब तक बहुत सारे उद्योगों में कम्प्यूटर लगने लग गए थे और यह लग रहा था कि उसके केरियर की नई शुरुआत हो सकती है। आखिर इंडिया में उसकी

तरह कितने जानकार हैं इस विषय के? जब वह अमेरिका में पढ़ाई करके लौटा था तो पूरे पूर्वी भारत में कुल आठ आईबीएम कम्प्यूटर थे जबकि अमेरिका में अकेली इम्पायर स्टेट बिल्डिंग में तीन सौ कम्प्यूटर थे। एक विशाल कम्प्यूटर को रखने और उसे ठंडा करने की मशीन लगाने के लिए बड़े-बड़े कमरों की जरूरत होती थी। ऊपर से कम्प्यूटर इंजीनियर को बड़े शक की निगाह से देखा जाता था कि जाने वह कितने लोगों की नौकरियाँ अकेले हजम कर जाएगा। 1967 में कम्युनिस्ट लीडर के. अनिरुद्ध ने संसद में चेतावनी दी थी कि एक आईबीएम 7093 का एक कम्प्यूटर एक लाख क्लर्कों का एक दिन का काम एक घंटे से भी कम समय में कर लेगा। इसलिए इलेक्ट्रॉनिक कम्प्यूटर का आयात बन्द कर दिया जाए। तब किसने सोचा था कि एक दिन भारतीय लोग इसी कम्प्यूटर के द्वारा दुनिया का सारा काम हड़प लेंगे और दुनिया उनसे रश्क करेगी।

जयगोविन्द ने जूट मिलों में कम्प्यूटर लगाने और उनके लिए सॉफ्टवेयर बनाने से अपनी जिन्दगी की एक नई शुरुआत की। वह कोशिश में लगा था कि बंगाल और खासकर कलकत्ते के दूसरे बड़े उद्योगों में घुसपैठ कर अपना काम बढ़ाया जाए। इसी सिलसिले में वह बड़ी-बड़ी कम्पनियों के चक्कर लगा रहा था। एम.एन. बाटलीवाला एंड कम्पनी उन दिनों टाटा स्टील 'सेल,' इस्पात, आदि हर बड़े स्टील कारखाने के साथ सलाहकार फर्म के तौर पर जुड़ी थी। बाटलीवाला ने नेहरू के कहने पर अमेरिका में अपना जॉब छोड़ दिया था और भारत लौटकर सारे स्टील प्लांट लगाने में मदद की थी, जिन्हें आधुनिक भारत के मन्दिर कहा जाता था। स्टील अथॉरिटी ऑफ इंडिया लिमिटेड या 'सेल' में पहले ही कम्प्यूटर लग चुका था। अगर एम.एन. बाटलीवाला में जयगोविन्द को काम मिल जाता, तो उसे जीवन में पीछे मुड़कर देखना नहीं पड़ता।

चौरंगी पर बने 'एवरेस्ट हाऊस' की इक्कीस मंजिला इमारत में घुसते हुए जयगोविन्द सोच रहा था कि अगर

उसका इंटरव्यू लेनेवाला अधिकारी उससे ऐसे कमरे में मिलेगा जिसकी खिड़की से विक्टोरिया मेमोरियल दिखाई पड़ता होगा, तो वह उसकी इजाजत लेकर वहाँ से वह नजारा जरूर देखेगा। भले ही इसी बात पर उसे बाटलीवाला का काम न दिया जाए। वह अब तक जान चुका था कि भारत में ऊँची कुर्सी पर बैठनेवाला आदमी या किसी कुर्सी पर बैठा हुआ क्लर्क तक, जो आपका काम रुकवा सकता है, आपसे किसी तरह की हिमाकत बरदाश्त नहीं करता। यह हिमाकत आपके चेहरे पर बेमतलब चली आई मुस्कान भी हो सकती है। एवरेस्ट हाउस से विक्टोरिया मेमोरियल देखने की इच्छा तो गुनाह तक मानी जा सकती है।

हुआ यह कि उसका इंटरव्यू ऐसे ही कमरे में हुआ जहाँ से पीछे विक्टोरिया मेमोरियल दिख रहा था, पर जयगोविन्द उस तरफ ताकना ही भूल गया। इंटरव्यू लेनेवाला शख्स और कोई नहीं, खुद देवनाथ मुखर्जी था! एक क्षण में जयगोविन्द के दिल में हजार प्रश्न उठे और नि:शब्द होकर बैठ गए। उसने पिछले पन्द्रह सालों में देवनाथ को याद न किया हो, ऐसा नहीं था। पर हर बार उसकी कल्पना में या तो जेल की सलाखों के पीछे दाढ़ी में छुपा कंकालनुमा देवनाथ था या फिर एक मृत शरीर जिसका चेहरा पाइप बम से इतना झुलस गया था, कि उसकी शिनाख्त नहीं हो सकती थी। मुख्यमंत्री सिद्धार्थ शंकर राय की पुलिस ने जिस बेरहमी से नक्सलियों को मारकर आन्दोलन को मिटा डाला था, उसके किस्से जयगोविन्द ने पढ़े थे। जबसे उसने जूट मिलों का काम शुरू किया था, उत्तर कलकत्ता से गंगा के घाटों पर बनी जूट मिलों की तरफ जाते हुए अक्सर जितेन्द्र मोहन एवेन्यू की उस गली के सामने से वह गुजरा था, जिसमें देवनाथ का घर था। उसने सुना था कि पुलिस ने अपने 'कोम्बिग' ऑपरेशन में वहाँ की हर सँकरी गली के हर मकान में घुस-घुसकर नक्सलियों को निकालकर मारा था। जयगोविन्द की कभी हिम्मत नहीं हुई कि वह देवनाथ के घर जाकर उसके सम्भवत: जीवित माँ-बाप से मिल ले।

"क्यों? डर गए क्या? अरे, मैं देवनाथ का भूत नहीं, देवनाथ मुखर्जी हूँ। जिन्दा! 'इन वन पीस'!!"—देवनाथ ने शायद उसके चेहरे को पढ़ लिया था। उसके बाद देवनाथ ने बिना कुछ और कहे या पूछे अपनी आपबीती सुनानी शुरू कर दी थी। उसका बोलने का शौक कम नहीं हुआ था और न उसका जोश ठंडा पड़ा था। आदमी कभी अपना बाहरी व्यवहार बदलता नहीं, चाहे जिन्दगी कितनी भी बदल जाए। एक बार वह जिस तरीके से बोलने या न बोलने की आदत डाल लेता है, उसके बाद वह खुद को भी अपनी आदतों से ही पहचानता है वरना शायद वह अपने से ही अजनबी हो जाए।

डेढ़ साल तक बंगाल-बिहार सीमा पर भटकने के बाद अचानक देवनाथ को हिंसा की राजनीति बेमानी लगने लगी थी। "तुम जोतदार को मार भी दो, तो उससे क्या होगा? व्यवस्था तो नहीं बदलेगी!"—देवनाथ उसी दृढ़ विश्वास के साथ बोल रहा था, जिस तरह वह बस में नक्सली हिंसा और वर्ग-शत्रुओं को मिटा देने के पक्ष में बोलता था। वह बताने लगा कि उनमें से जो छात्र वापस लौटना चाहते थे, उनका अपने ही साथियों की गोली से बचना मुश्किल था। "वह ऐसा समय था जब हमें पुलिस से जितना खतरा था, उतना ही अपने साथियों से था। हर तरफ मौत दिख रही थी। तब जाकर समझ में आया कि हिंसा को एक बार सही मान लेने से मनुष्य, मनुष्य नहीं रह जाता। उसके अन्दर दिल, दया-माया नाम की कोई चीज बचती नहीं।"—देवनाथ धुआँधार बोलता जा रहा था। जयगोविन्द के मन में आया कि इस दफ्तर में बैठकर वह अपने विगत इतिहास की जो बातें इतनी तफसील से उसे बता रहा है, उससे उसकी नौकरी भी जा सकती है।

"हमारे वाइसचांसलर गोपाल सेन को मार दिया गया। बेचारे कैम्पस में अपनी शाम की सैर कर रहे थे और रिटायर होनेवाले थे। बड़े शान्त किस्म के आदमी थे। गाँधी की मूर्ति का सिर काट दिया गया। हमें टैगोर, विद्यासागर सबकी

तस्वीरों को नष्ट करने को कहा गया। इन सब बातों से मेरा दिल उचाट हो गया। पिताजी के मरणासन्न होने की खबर आई, तो किसी तरह वहाँ से निकलने का मौका मिल गया। तुमको तो पता है, मेरे पिता हमारे मुहल्ले में दुर्गा पूजा आयोजित करते थे। तानसेन सम्मेलन करवाते थे। उनसे मैंने कुछ सीखा, तो पटाखे और तुबड़ी तैयार करना और नक्सल बन गया''—देवनाथ की आवाज में कहीं कोई अफसोस नहीं झलक रहा था। वह पूरे उत्साह के साथ बोलता गया—''जादवपुर के एक प्रोफेसर हमें 'पिकरिक एसिड' देते थे। हम लोहारडंगा के रेलवे क्वार्टर में बैठ कर बम बनाते। ग्रेनेड बनाने के लिए ऊपर का खोल मिलिटरी से मिलता था। कुछ भी बोलो, हमारे साथी सब जगह थे। तुम्हारी तरह के पैसेवाले लोग भी हमारी हर तरह से मदद करते थे।''

देवनाथ की बात से जयगोविन्द सन्न रह गया। पैसेवाले? तो क्या देवनाथ ने उसे इस कैटगरी में रखा था? कभी देवनाथ उसके घर नहीं आया। पर मारवाड़ी जानकर ही वह उसे पैसेवाला समझता रहा होगा। ऊपर से जो शख्स अमेरिका में इंजीनियरिंग में मास्टर्स करने जा सकता है, उसके पास पैसे तो होंगे ही। यह बात अलग है कि पॉकेट में सिर्फ आठ अमेरिकी डॉलर लेकर उन दिनों आदमी अमेरिका जाता था। एडवोकेट बाबू ने उसे एक बार चौदह सौ डॉलर और दूसरी बार सिर्फ आठ सौ डॉलर भेजकर हाथ ऊँचे कर दिए थे। वे बेचारे खुद नौकरीपेशा आदमी थे। और पैसे कहाँ से लाते? जयगोविन्द ने परेशान होकर मिशिगन यूनिवर्सिटी से ट्रांसफर कहीं और कराना चाहा था, जहाँ स्कॉलरशिप ज्यादा मिल रही थी। वह जानता था कि उसके सारे रिश्तेदार सोचते हैं कि वह अमेरिका में रेस्तराँ में बरतन माँजकर अपने खाने-पढ़ने का खर्च निकालता होगा। पर जयगोविन्द को भूखे मरना मंजूर था, इस तरह का कोई काम करने के लिए वह तैयार नहीं था। यह तो उसके ट्रांसफर की बात सुन उसके प्रोफेसर हैंनिंग ने उसे असिस्टेंट टीचर की नौकरी दिलवा दी, वरना उसका मिशिगन यूनिवर्सिटी में टिकना नामुमकिन था।

जयगोविन्द ने देवनाथ की बात का प्रतिवाद करना सही नहीं समझा। यों भी वह काम माँगने के लिए यहाँ आया है और यहाँ देवनाथ बॉस है। बॉस से असहमत हिन्दुस्तान में कोई महामूर्ख या महाजिद्दी ही होता है। इतने दिनों में उसे समझ में आ गया था कि इस देश में पैसा ही पैसे को खींचता है। देवनाथ अगर उसे अमीर समझता है, तो वह उसे ज्यादा इज्जत देगा। यदि वह देवनाथ को बताए कि वह अपनी कंसल्टेंसी के काम में इतना सफल है कि उसे परवाह नहीं कि बाटलीवाला का काम उसे मिलता है या नहीं, तो इस बात की ज्यादा सम्भावना है कि काम उसे मिल जाएगा।

"तो खैर, मैं लौट आया और वापस जादवपुर में पढ़ने लगा। पिताजी के एक मित्र हाईकोर्ट में रजिस्ट्रार थे। उनका नाम था ज्योतिर्मय गुप्ता। वे पुलिस के आई.जी. रंजीत गुप्ता के रिश्तेदार थे। ज्योति बाबू ने उनसे बात की। मुझे बुलाया गया। सुबह-सुबह रंजीत गुप्ता घुड़सवारी के कपड़ों में थे। उन्होंने कहा—'अरे तुम इंडियन पुलिस सर्विस में भरती क्यों नहीं हो जाते? कदकाठी तो तुम्हारी अच्छी है। अच्छा, पढ़ना चाहते हो? ठीक है पढ़ो। अरे इसके इलाके के थाने के ओ.सी. को फोन लगाओ। हाँ अनिल बनर्जी बोल रहे हैं? देवनाथ मुखर्जी पढ़ना चाहता है। उसे हाथ मत लगाना।' बस! मुझसे नक्सल के बारे में एक शब्द न कहा, न कुछ पूछा। फिर पिताजी ने तुरन्त शादी करवा दी। मैं बेशक पढ़ाई पूरी किए बिना शादी नहीं करना चाहता था। पर पिताजी ने कहा कि वे बचनेवाले नहीं हैं और मेरी शादी देखकर शांति से मर पाएँगे।"

जयगोविन्द चुपचाप सुन रहा था। चलो किस्सा खत्म तो हुआ। अब शायद वह काम की बात कर सकेगा। उसने कहानी का पटाक्षेप करने के इरादे से कहा—"चलो बन्धु। अन्त भला तो सब भला। ऐसा कभी नहीं हुआ कि मैं तुम्हारे इलाके से गुजरा होऊँ और तुम्हें याद न किया हो। मैंने तुम्हारा वह पत्र जो तुमने तुम्हारे नेता असीम चटर्जी को देने कहा था, उन तक पहुँचा दिया था। उसके बाद तो तुम कभी

मिले ही नहीं। तुम्हें ऐसी जगह देखकर मुझे तुम्हारे पिताजी से कम खुशी नहीं हो रही है।''

''अरे भाई, यहाँ पहुँचना क्या इतना आसान था? आदमी क्या अपने इतिहास से भाग सकता है? शादी के ठीक पच्चीस दिन बाद रात को दो बजे पुलिस आई। छत से बगल के मकान में जेठी माँ के घर कूद गया। उन्होंने रात भर अपने मन्दिर में बन्द करके रखा। अगले दिन फिर आई.जी. रंजीत गुप्ता से सम्पर्क किया गया। उन्होंने हुक्म दिया, जाकर अपने थाने के ओ.सी. से मिलो। ओ.सी. अनिल बनर्जी बेहद सख्ती से पेश आया। कहा, लिखकर दो, मेरा किसी नक्सली से कोई वास्ता नहीं है। मैं राजनीति नहीं करता, वगैरह-वगैरह। मैंने लिखकर साइन कर दिया। पढ़ाई पूरी होने पर नौकरी की तलाश शुरू की। भाभा परमाणु रिसर्च से इंटरव्यू का कॉल आया, पर पिताजी ने जाने नहीं दिया। बंगाल में तो अराजकता मची थी। सारे उद्योग या तो बन्द हो रहे थे या सब कुछ समेटकर लोग दिल्ली-बम्बई जा रहे थे। केमिकल इंजीनियर के लिए कोई नौकरी कहाँ से होती? किसी तरह कलकत्ते के पास एक रंग बनाने की फैक्टरी में काम मिला। दो-दो लोकल ट्रेन पकड़कर जाना पड़ता। दो साल बाद एक मिनी स्टील प्लांट में काम मिला। वहाँ पाँच साल काटे। अखबार में बाटलीवाला का विज्ञापन पढ़कर पिताजी ने ही यहाँ भेजा। यहाँ इंटरव्यू लिया भवानीशंकर बसु ने। जानते हो उन्हें? हमसे चार साल सीनियर थे जादवपुर में। तीन प्रश्न पूछे बांग्ला में—'हायर सेकेंडरी किया 64 में और इंजीनियरिंग 72 में। बीच के साल क्या नक्सल थे?' मैंने कहा—'जी सर।' दूसरा प्रश्न—'कितने खून किए?' मैंने कहा—'एक भी नहीं।' तीसरा सवाल—'गोपाल सेन का खून किसने किया?' मैंने कहा—'मैं नहीं जानता।' उन्होंने कहा—'ठीक है। बाटलीवाला में तुम्हारा स्वागत है।' ''

जयगोविन्द ठहाका लगाकर हँस पड़ा। ''आज तक इससे ज्यादा अच्छा इंटरव्यू किसी ने किसी का नहीं लिया होगा।''—उसने कहा। ''सच कहते हो। अच्छा देखो जॉय। तुम जिस

काम के लिए यहाँ आए हो, वह तुम्हें नहीं मिल सकता। मैंने तो सिर्फ तुमसे मिलने के लिए तुम्हें यहाँ बुला लिया था। वैसे भी हमारी कम्पनी सीधे अमेरिका के न्यू जर्सी में अपनी ऑफिस खोल रही है। तुम्हारी पढ़ाई तो पन्द्रह साल पुरानी है। तुम्हारा 'कोबोल' हमारे लिए आउटडेटेड हो गया है। जानते हो, हमारे अमेरिका के ऑफिस को कौन देख रहा है? अरे, हमारे ही बैच में था। शान्तनु बनर्जी। याद है?'' जयगोविन्द को तुरन्त वह गोरा-चिट्टा चेहरा याद आया जो नेताजी सुभाषचन्द्र बोस से मिलता था। साथ ही यह भी कि वह देवनाथ की तरह इंजीनियरिंग की पढ़ाई छोड़कर नक्सलबाड़ी की तरफ चला गया था। ''उसके फादर को तुम जानते ही होगे। बड़े आदमी थे। दिल्ली तक कनेक्शन था। उन्होंने उसे नक्सलबाड़ी के आस-पास पुलिस की मदद से खोज निकाला। एकदम ऊपर से ऑर्डर था कि किसी भी हालत में उसे गोली नहीं लगनी चाहिए। वहाँ से पकड़कर उसे सीधे दिल्ली और वहाँ से सीधे न्यूयार्क भेज दिया गया। तब से वह इंडिया आज तक आया ही नहीं। मौज से रहता है अमेरिका में। घर में स्वीमिंग पूल है। पोर्श गाड़ी है। 'ही मेड इट बिग' यार! लेकिन वहाँ भी उसने वियतनाम की लड़ाई के खिलाफ हुए आन्दोलन में हिस्सा लिया। यहाँ तो तुम जानते ही हो, हमने उन दिनों कलकत्ते की सड़कों पर इकट्ठे नारे लगाए थे—आमार नाम, तोमार नाम/वियतनाम, वियतनाम। जहाँ तक मुझे मालूम है, यह नारा शान्तनु का ही दिया हुआ था। कविता भी तो लिखता था वह! याद है ना?''

जयगोविन्द बिना विक्टोरिया मेमोरियल देखे एवरेस्ट हाउस से बाहर आकर चौरंगी की भीड़-भाड़ को देखता वहीं खड़ा रह गया था। याद तो उसे बहुत कुछ है। आदमी कुछ भूलता थोड़े ही है। देवनाथ को मालूम भी नहीं होगा कि उसके अचानक पढ़ाई छोड़कर गायब हो जाने और जयगोविन्द के अमेरिका जाने के बीच एकाध महीने शान्तनु बनर्जी से वह अक्सर पार्क स्ट्रीट मिलने जाता रहा था।

शायद शान्तनु बहुत पसोपेश में था कि अपनी ऐशोआराम की जिन्दगी, थोड़ी-बहुत क्रान्तिकारी अड्डेबाजी और नक्सलवाद की पृष्ठभूमि में प्रेम पर लिखी अंग्रेजी कविताओं को छोड़कर जंगलों की खाक छानने जा सकेगा या नहीं। जाने क्यों उसे किसी निर्णय पर पहुँचने के लिए जयगोविन्द की मदद की जरूरत थी। वह अक्सर पैम क्रेन को गाते हुए सुनने के लिए 'ब्लू फॉक्स' रेस्तराँ में जाता और महँगी शराब मछली की तरह पीते हुए उससे इधर-उधर की बातें करता रहता। फिर कभी बांग्ला तो कभी अंग्रेजी में कहता—"तूमि बॉलो जॉय! ह्वाट शुड आइ डू? शैल आई फौलो आवर फ्रेंड देवनाथ?" वह बीच-बीच में जयगोविन्द को लेकर ऊषा अय्यर उर्फ ऊषा उत्थुप को सुनने 'ट्रिकांस' जाता और कभी 'मूला रुज़' में सुनहले बालोंवाली डेलिया को गाते हुए देखने के लिए चला जाता। हर जगह उसका एक 'प्रिंस' की तरह स्वागत किया जाता और सबसे बढ़िया टेबल पर उसे बैठाया जाता। 'मैग्स' में गानेवाली लिली हमेशा उसके पास आकर उससे कहती कि वह उसकी 'पोयम' पढ़ना चाहती है। शान्तनु बनर्जी न होता, तो जयगोविन्द को पता भी नहीं चलता कि पार्क स्ट्रीट में कैसी अभिराम दुनिया बसी हुई है; जहाँ 'लाइव बैंड म्यूजिक' पर बची-खुची अंग्रेजियत और एग्लो-इंडियन संस्कृति मस्ती में थिरक रही है और विदेशी शराब और खाने के स्वाद के चटखारे ले रही है।

एक ही समय में एक ही शहर की छोटी-सी दुनिया में न जाने कितनी दुनियाएँ बसती हैं। कई बार तो उन्हें एक-दूसरे के होने की खबर तक नहीं होती। पार्क स्ट्रीट की दुनिया बड़ी-बड़ी कम्पनियों के एकाध विदेशी और ज्यादातर बंगाली साहबों की दुनिया थी। शान्तनु बनर्जी इसी की उपज था। बड़ाबाजार की मारवाड़ी दुनिया अपने पुरातन खोल से बाहर निकल आई थी, पर जिन्दगी में सफल होने का अर्थ उनके लिए पैसे कमाना और सम्पत्ति खरीदना ही बना हुआ था। इन दोनों दुनियाओं का उस तीसरी नारे लगाती भीड़ की

दुनिया से कोई वास्ता तब तक नहीं होता था, जब तक वह अखबार खोलकर बन्द, घेराव, हत्या और पुलिस की कार्रवाई के बारे में नहीं पढ़ती थी। लोग जानते थे कि शहर के कुछ इलाकों में यह सब हो रहा है, पर उन्हें अपनी सुरक्षा करनेवाली सरकार और पुलिस पर भरोसा था। इसलिए उनकी पार्टियों की रौनक बदस्तूर बनी हुई थी।

जयगोविन्द को लगता था कि शान्तनु बनर्जी जैसे लोग इन दुनियाओं में आधे-आधे बँटे हुए थे। उनके दिल और दिमाग आपस में लड़ रहे थे और उन पर अपने खाए-अघाए सुखी होने का पश्चाताप हावी हो रहा था। पर उसके दोस्त समरेन्द्र किल्ला का कहना था कि महँगी सिगरेट फूँकते हुए और कविताएँ लिखते हुए शान्तनु एक ऐसे नाटक का किरदार खेल रहा है, जो अपने मनपसन्द हीरो का रोल खेलने के लिए उसने खुद लिखा है। "बंगाली जन्मजात रोमांटिक है और अभी नया रोमांस नक्सलवाद है।"—जयगोविन्द को समरेन्द्र किल्ला ने कहा था—"और वह शान्तनु तुम जैसे व्यावहारिक प्रैक्टिकल मारवाड़ी आदमी से पंचायती इसीलिए कर रहा है, क्योंकि उसे बिहार बॉर्डर पर जाने से रोकने की सलाह देनेवाला कोई चाहिए। तुम देखना वह कभी देवनाथ के पीछे नहीं जाएगा। कोई न कोई बहाना लगा देगा।"

जयगोविन्द को समरेन्द्र की बातों पर पूरा विश्वास कभी नहीं हुआ। इसीलिए वह शान्तनु बनर्जी के बुलावे पर हर बार पार्क स्ट्रीट पहुँच जाता। इसके पीछे शायद उस दुनिया में झाँकने की इच्छा भी थी, जो अन्यथा उसकी पहुँच के बाहर होती। कहीं-न-कहीं वह अपने को अमेरिका की जिन्दगी के लिए थोड़ा तैयार कर रहा था। उसे आज भी उन अंग्रेजी कविताओं के टुकड़े याद हैं जिनका बांग्ला अनुवाद शान्तनु ने किया था—

समय
मेरे माथे को ठकठकाता समय
मेरे दर्पण से झाँकता समय
चाय की प्यालियों को खड़खड़ाता है

और मैं सोचता हूँ
मैं कितने दिन और रुक सकता हूँ?
पर हर बार जाते-जाते
मैं फिर रुक कर सोचता हूँ...

शान्तनु की कविताओं में जयगोविन्द को एक अजब बेचैनी की गूँज सुनती थी, जो खुद उसके दिल में भी थी। सब कुछ छोड़कर किसी गहरे पानी में कूद जाने की बेचैनी। भले ही उसके लिए यह गहरा पानी अमेरिका था। गनीमत थी कि उसकी कविताओं में उन दिनों के हालात को लेकर लिखी कविताओं की तरह 'ढाकुरिया की पतली गली में बिना सिरवाली लाश' और 'पलटाडांगा लेन में इन्तजार करते बिना नफरतवाले खूनी' नहीं थे। जयगोविन्द महसूस करता था कि शान्तनु की छटपटाहट हर आदमी की छटपटाहट है। उसकी कविताओं में नक्सलवाद का कोई सीधा-सीधा सन्दर्भ नहीं है। आखिर जयगोविन्द ही सही निकला था और समरेन्द्र गलत। वह छटपटाहट बनावटी नहीं थी। शान्तनु बनर्जी सब कुछ छोड़कर देवनाथ के पीछे चला ही गया था। उसने यह भी सुना था कि गायब होने के पहले दिन उसने अपनी बड़ी आसमानी रंग की स्टुडीबेकर गाड़ी को, जिसमें बैठकर वह पार्क स्ट्रीट आता था, एक दिन खुद आग लगाकर भस्म कर दिया था। उसके साथी शहर के किसी कोने में एक ट्राम जला रहे थे और वह अपनी गाड़ी जलाकर उनका साथ दे रहा था।

जयगोविन्द एवरेस्ट हाउस के बाहर खड़ा बीते दिनों के बारे में सोचता रहा। एक तरह से देखा जाए, ये सारे लोग न जाने खुद मूर्ख बन रहे थे या दुनिया को मूर्ख बना रहे थे। उन्होंने अपने जीवन पर खेलकर खतरा उठाया था, इसमें कोई सन्देह नहीं था। उन्हें लग रहा था या उन्हें सिखाया गया था कि परिवर्तन सिर्फ ऐसे ही हो सकता है। और कोई रास्ता नहीं बचा है। वे सचमुच दुनिया को बदलना चाहते थे। पर जहाँ दूसरे पक्ष की ताकत ने उन्हें कुचला, वे उसी पक्ष के हिस्से हो गए। जयगोविन्द को शान्तनु के बारे में देवनाथ

का कहना 'ही मेड इट बिग', बहुत बुरा लगा था। सब कुछ करके वे लोग आखिर उन्हीं जगहों पर पहुँच गए थे, जहाँ वे सीधे रास्ते चलते, तो पहुँचते। ऊपर से उनके पास सुनाने के लिए एडवेंचर की कहानियाँ थीं। इतनी क्रान्तिकारिता उनमें बची थी कि वे अब भी अपने चपरासी से कभी-कभार बीड़ी माँगकर सुलगा लेते थे—जैसा कि एक चुटकुला उनके बारे में चलता था। भले वे किसी-न-किसी एनजीओ को चलाने में लगे हों, या किसी बड़ी कम्पनी में किसी कुर्सी पर बैठे हों या असीम चटर्जी की तरह चुनाव में खड़े हों, वे उन्हीं कैपिटलिस्ट और साम्राज्यवादी व्यवस्थाओं के हिस्से बन चुके थे, जिनके खिलाफ खूनी नारे लिखकर उन्होंने पूरे कलकत्ते को लाल रंग में रँगा था। न जाने समय ने उनके साथ धोखा किया था या उन्होंने समय को धोखा दिया था। बदला तो कुछ भी नहीं था। बल्कि पहले से बदतर हो गया था।

नई शताब्दी के दस साल बीत जाने के बाद आज उनकी पीढ़ी रिटायर होकर अपने इतिहास को कैसे देखती होगी? क्या शान्तनु और देवनाथ की तरह उनमें से जो सफल हो गए, वे अपने नाती-पोतों को अपने जोश और खतरे-भरे दिनों की कहानियाँ सुना रहे होंगे? या जयन्त भाई की तरह लन्दन में टी.वी. पर इंडिया को दूर से देखते हुए अपना समय मजे में काट रहे होंगे? या समरेन्द्र किल्ला की तरह इंडिया और अमेरिका के बीच त्रिशंकु का जीवन जीकर अन्ततः इंडिया में अकेले मर रहे होंगे? या उसकी तरह अपने साथी को खोकर अकेले होकर एक नए ठौर में बसने की तैयारी कर रहे होंगे जहाँ सुबह-शाम, दिन-रात वे अपने बच्चों के जीवन को बगल के कमरे से देखते हुए अपने बढ़ते हुए ब्लडप्रेशर के लिए चिन्ता कर रहे होंगे?

जयगोविन्द को अचानक मिशेल की याद आ गई। क्या वह भी उसी की तरह अकेली होगी? क्या वह अब भी उसी तरह ठहाके लगाकर हँसती होगी कि आदमी का दिल एक क्षण के लिए रुक जाए? इधर कई बार वह फेसबुक और

मिशिगन स्टेट यूनिवर्सिटी की वेबसाइट पर जाकर उसे खोज आया था। पर उसका कहीं कोई नामोनिशान नहीं था। तो क्या वह भी अब इस दुनिया में नहीं है? जयगोविद का मन यह विचार आते ही एकदम से मर गया। कितनी अजीब बात है। जिसके बारे में बीसियों बरस से कोई खोज-खबर नहीं ली, उसके बारे में अगर पता चले कि वह दुनिया में नहीं है, तो ऐसी उदासी होती है जैसे जीवन बिलकुल उजाड़ हो गया हो।

सोचते-सोचते जयगोविन्द को एकदम पक्का यकीन हो गया कि मिशेल मर चुकी है। वरना वह फेसबुक पर नहीं होती, ऐसा कैसे हो सकता था! जाने वह कब मरी होगी। किस उम्र में? क्या उसके बच्चे हुए होंगे? या वह यों ही दुनिया से चली गई होगी? मौत के हजार तरीके हैं और किस उम्र में कौन मर जाए, यह किसे पता है। जयगोविन्द को बस इतना ही पता था कि उसके अमेरिका से लौट आने के बाद मिशेल ने वियतनाम की लड़ाई के खिलाफ अपने को पूरी तरह से झोंक दिया था। जयगोविन्द को यह बात समरेन्द्र से ही पता चली थी। "उस पागल लड़की से तुम्हें छुटकारा मिला तो घर लौट आने से।"—समरेन्द्र ने मुँह बिचकाकर कहा था। मिशेल के कारण ही वह मिशिगन स्टेट यूनिवर्सिटी में युद्ध के खिलाफ विद्यार्थियों के धरने में एक बार चला गया था। मिशेल की जीवन्तता और अन्याय के खिलाफ लड़ने का उत्साह उसे बहुत अद्‌भुत लगता था, पर उसे यह साफ मालूम था कि वह अमेरिका इसलिए नहीं आया है कि दुनिया को बदलने के काम में लग जाए।

देवनाथ की लड़ाई कम-से-कम अपने देश के भूखे मरते लोगों के लिए थी। वह उसे समझ में आती थी। यहाँ अमेरिका में कोई भूखा-नंगा नहीं दिख रहा था। बल्कि यहाँ लोग नंगे होना चाह रहे थे क्योंकि उन्हें हर संस्कार और हर नसीहत और हर पाबन्दी बुरी लगती थी और वे हर चीज के खिलाफ विद्रोह करना चाहते थे। कैम्पस में हिप्पी कल्चर जोर पर था। कॉरीडार में 'बेली डांसिंग' करके या हर मुद्दे

पर कपड़े खोलकर नंगी दौड़ लगानेवाली लड़कियों की स्वतंत्र होने की चाह उसकी समझ के परे थी।

जयगोविन्द के अमेरिका आने के एक साल पहले कई अमेरिकन यूनिवर्सिटियों में वियतनाम में अमेरिकी सेना की उपस्थिति को लेकर भारी बवाल मच चुका था। जयगोविन्द को अमेरिका आने के बाद ही इन बातों का पता चला था। उसने जब सुना कि विसकौंसिन यूनिवर्सिटी में पिछले अक्टूबर में छात्रों को पुलिस ने बुरी तरह डंडों से पीटा था, तो उसने मिशेल को आगे से किसी धरने पर नहीं जाने की सलाह दी थी—"तुम नहीं जानती कि वहाँ कलकत्ता में क्या हो रहा है। पढ़ाई-लिखाई चौपट कर सबसे मेधावी लड़के पुलिस की गोली खाने पर तुले हैं। उनके माँ-बाप रो-पीट रहे हैं। जिसे देखो वह नक्सल बनने चला है। ऐसे लगता है कि हमारी पीढ़ी पागल हो गई है। मैंने यहाँ आते समय हवाई जहाज में अखबारों में तीन महीने पहले हुए पेरिस के छात्रों के जुलूस, हड़ताल और पुलिस पर पत्थरबाजी के बारे में पढ़ा। हमारा काम फिलहाल अपनी पढ़ाई पूरी करना होना चाहिए। दुनिया को बदलने के लिए सारी जिन्दगी पड़ी है।"

"मिशिगन स्टेट यूनिवर्सिटी पन्द्रह सालों तक वियतनाम की हर तरह की प्रशासनिक और टेक्नीकल मदद करने का कार्यक्रम चला रही थी। यह सब क्यों किया गया? सीआईए की एजेंट बनकर हमारी यूनिवर्सिटी क्यों रहेगी?" मिशेल के तर्क से जयगोविन्द हैरान रह गया था। क्या छात्र अपने बूते पर किसी सरकार की अन्तरराष्ट्रीय नीतियाँ रोक सकते हैं? जाने क्या हो गया है इन सबको। सब जगह जवान लोग मरने-मारने पर उतारू हैं। एक दिन मिशेल हो-हल्ला मचाती आई थी और उसके गले लग गई थी—"देखा तुमने जैग! हमारा दुश्मन प्रेसिडेंट मिस्टर हानाह यूनिवर्सिटी छोड़कर जा रहा है। उसकी जगह हमारा साथी प्रोफेसर वॉल्टर एडम्स आ रहा है। अब देखना हम उस प्रोफ्रेसर फिशेल को और कैसे निकालते हैं यहाँ से! कल से सारे स्लोगन उसके खिलाफ लिखे जाएँगे और उसकी एक क्लास भी हम यहाँ होने नहीं देंगे।"

जयगोविन्द के आश्चर्य का ठिकाना नहीं था। वाकई प्रोफेसर हानाह जा रहा है? इन लोगों के डर से? हो सकता है कि अमेरिकी सरकार उसे और कोई जरूरी काम सौंप रही हो। जबसे जयगोविन्द अमेरिका आया था, तो कभी किसी विश्वविद्यालय में युद्ध के खिलाफ सेना में भरती होने का अनिवार्य 'ड्राफ्ट' जलाने, तो कभी 'डाऊ केमिकल' नाम की कम्पनी, जिसके बनाए 'नापाम' बम से जाने कितने वियतनामी मरे थे, के खिलाफ प्रदर्शन लगातार हो रहे थे। मिशेल ने उसे बताया था कि डाऊ केमिकल के चीफ की पत्नी और बच्चे भी उसके खिलाफ हो गए हैं। नापाम बम के टुकड़े मरनेवालों के शरीर में चिपक जाते थे और मांस को गलाकर गिरते थे। उससे मरनेवालों की तस्वीरें जयगोविन्द ने भी देखी थीं। वाकई वे भयानक थीं।

आदमी, आदमी के प्रति इतना क्रूर कैसे हो सकता है? आदमी की बुद्धि से उपजे विज्ञान का इस्तेमाल इस तरह से तबाही के लिए क्यों होता है? ऐसा नहीं था कि जयगोविन्द के मन में खिन्नता और रोष नहीं था पर वह अपने जीवन की मशाल जलाकर दुनिया को रोशन करने को तैयार नहीं था। अलबत्ता वह मन-ही-मन मिशेल और उसके साथियों की सराहना करता था, जब वे अमेरिका के राष्ट्रपति जॉनसन तक के लिए इस तरह के नारे लगाते थे—"जॉनसन, जॉनसन आज कितने बच्चे तुमने किए दफन!" "वियतनाम में मरनेवाले बच्चों के लिए हम सब जिम्मेदार हैं। और सबसे ज्यादा हमारी यूनिवर्सिटी जिसने अमेरिकी सरकार की मदद की वियतनाम बनाने में"—मिशेल कहती और वह हर बार उसकी करुणा और सोच का कायल होता था। पर फिर भी बहुत-सी बातें उसकी समझ में नहीं आती थीं।

आदमियों का हर समूह अपने माने हुए सही या गलत के लिए एकजुट होकर लड़ रहा है—चाहे वह कोई देश हो या जाति हो या यूनिवर्सिटी के छात्रों का दल। हर किसी को विश्वास है कि उसका मुद्दा इतना सही है कि उसके लिए उसकी जान भी चली जाए, तो कोई खास बात नहीं है।

कलकत्ता में नक्सलवादी लोग कांग्रेस को साम्राज्यवादी और कैपिटलिस्ट ताकतों की पिट्ठू बताकर उसके खिलाफ हैं और कभी अपने साथी रहे कम्युनिस्टों को वर्गशत्रु बताकर उन्हें भी मार रहे हैं। अमेरिकी सरकार दक्षिण वियतनाम का साथ इसीलिए दे रही है क्योंकि उसे कम्युनिस्टों को बढ़ने से रोकना है। जयगोविन्द मिशेल से यह जानना चाहता था कि हर कोई अपने को सही मानकर जिस तरह हिंसा पर उतारू है, उससे अन्ततः कौन सही प्रमाणित होगा? मिशेल के पास इन बातों का कोई सीधा जवाब नहीं था। जयगोविन्द को लगता था कि किसी मुद्दे पर लड़ना और उसके खिलाफ नारे लिखकर उन्हें एक समूह में दोहराना इतना रोमांचक काम है कि ज्यादातर लोग उसके आगे सोच ही नहीं पाते। "हमारे सामने फिलहाल जो मुद्दा है, उसी से भविष्य के मुद्दे निर्धारित होंगे"—मिशेल हर बार अन्त में कहती थी।

जयगोविन्द को अमेरिका आए एक साल हो चुका था। अक्टूबर का महीना उसे कलकत्ते की दुर्गापूजा की याद दिलाकर घर के लिए बेचैन किए हुए था। समरेन्द्र किल्ला और उसका बंगाली दोस्त दीपंकर सेन कलकत्ते जा चुके थे। प्रीतम भंसाली अहमदाबाद से उसे एक पत्र भेज चुका था कि उसने नवरात्रि के लिए नौ कपड़े सिलवाए हैं। जयगोविन्द के निए कलकत्ता जाना एक ऐसी फिजूलखर्ची थी जिसके बारे में वह सोच भी नहीं सकता था। वह न बिना खाए रह सकता था, न अपनी फोर्ड मुस्टांग में गैस भरवाए बिना। कलकत्ता में टेलिफोन मिलाकर बात करना ऐसा था जैसे कि चाँद पर फोन मिलाना हो। मिशेल के अलावा और कुछ नहीं था जो उसका मन लगा सके या उसकी बेचैनी कम कर सके। आदमी जब एक जानी-पहचानी दुनिया से कट जाता है और दूसरी दुनिया से जुड़ नहीं पाता, तो उसकी क्या हालत होती है, अब जयगोविन्द को पता चल रहा था। दुनिया में हमेशा से ऐसे हजारों-लाखों लोग होंगे जो इसी अनुभव से गुजरे होंगे। खुद जयगोविन्द के पुरखे राजस्थान से बंगाल आए होंगे तो क्या उन लोगों ने ऐसा ही कुछ

महसूस नहीं किया होगा?

मिशेल 'स्टूडेंट्स फॉर ए डेमोक्रेटिक सोसाइटी' यानी 'एसडीएस' की तरफ से छात्रों को सेना में भरती के लिए ट्रेनिंग प्रोग्राम—'आरओटीसी' या रिजर्व आफिसर ट्रेनिंग के खिलाफ रैली निकालने के लिए हाथ से लिखे पोस्टर बनाने में व्यस्त थी। पिछले दिनों यूनिवर्सिटी में लड़के और लड़कियों के लिए साझे रेसिडेंस हॉल या छात्रावास बनाने के आन्दोलन के कारण अब मिशेल उसके बगल के कमरे में रह रही थी। पर मिशेल के कमरे में हमेशा ऐसे लोगों की भीड़ रहती थी, जो वियतनाम की लड़ाई के खिलाफ उसके साथी थे। जयगोविन्द सुबह-सुबह उसके कमरे में इस उम्मीद से चला गया था कि वह अकेली होगी। पर मिशेल एक दूसरी गोरी लड़की के साथ हाथ में ब्रश लिये काले रंग से पोस्टर लिख रही थी। दूसरी लड़की ने उसे अन्दर आकर काम में हाथ बँटाने को कहा तो मिशेल ने बिना सिर उठाए कहा—"ही डजन्ट डर्टी हिस हैंड्स इन सच थिंग्स" (यह अपने हाथ इस तरह के कामों में गन्दे नहीं करता)—और वे दोनों ठहाका मारकर हँस पड़ी थीं।

जयगोविन्द ने कमरे का दरवाजा तुरन्त बन्द कर दिया था और आँसू रोकते हुए अपने कमरे में दौड़कर चला गया था। 'बीफ' खानेवाली ये गोरी लड़कियाँ क्या कभी किसी की हो सकती हैं—उसने नफरत से सोचा था। आज से वह अपने को पढ़ने-पढ़ाने के काम में पूरी तरह झोंक देगा। वह बिलकुल अकेला नहीं है। उसके पास अपने देश की यादें हैं। उसके पास एडवोकेट बाबू हैं। क्या माँ गाय का मांस खानेवाली या कभी एक बार भी खाई हुई किसी लड़की को अपनी बहू बना सकती है? उसने कभी मिशेल को हाथ क्यों लगाया? उसे घिन कैसे नहीं आई? जयगोविन्द क्रोध और दुख से उबलता हुआ बिस्तर पर पड़ा था कि दरवाजा खोलकर मिशेल आई और उसका हाथ खींचकर उसे उठा दिया—"आज तुम्हें हमारे साथ धरने पर चलना पड़ेगा। दुनिया के हर देश के विद्यार्थी—चीनी, अफ्रीकी, लैटिन

अमेरिकन, इंडियन—आज हमारा साथ देंगे। इनके आरओटीसी प्रोग्राम से सेना को छात्रों से 85 प्रतिशत जूनियर ऑफिसर्स मिलते हैं। हम इन्हें नहीं रोकेंगे तो ये वियतनाम के बाद थाईलैंड, ग्वाटेमाला, ब्राजील सब जगह इसी तरह से आक्रमण करेंगे। क्या मालूम कि ये पाकिस्तान की मदद करने के लिए तुम्हारे इंडिया पर भी हमला कर दें क्योंकि इंडिया का झुकाव कम्युनिस्ट रूस की तरफ है।''

जाने मिशेल की बातों में इंडिया का आना था या उसकी बातों में सच्चाई और हौसले का दम कि जयगोविन्द तुरन्त उठ गया था और मिशेल के साथ उस दिन धरने पर चला गया था। बाद में हूबर कमीशन ने, जिसे अमेरिकन सीनेट ने मिशिगन में विद्यार्थियों के आन्दोलन की रपट बनाने के लिए भेजा था, यह बताया था कि वहाँ के सिर्फ पाँच प्रतिशत छात्र इस आन्दोलन में हिस्सा ले रहे थे। वाकई उस दिन जयगोविन्द ने देखा था कि हर बार वही चेहरे नारे लगाते या धरने पर बैठे या चिट्ठियों में हस्ताक्षर करवाते दिखते थे। एक तरह से उस रपट के बारे में पढ़कर जयगोविन्द को राहत महसूस हुई थी कि उसकी तरह ही ज्यादातर छात्र अपनी पढ़ाई को ज्यादा जरूरी समझते हैं और दुनिया को बदलने के लिए बाकी जिन्दगी पड़ी है, ऐसा सोचते हैं।

अमेरिका में हर आदमी अपने अधिकारों के बारे में सजग जरूर है। हर समय अमेरिकी लोग मानवाधिकारों की, छात्रों के अधिकारों की, बच्चों के अधिकारों की या अफ्रीकी-अमेरिकन लोगों के अधिकारों की बातें करते थे। किसी भी अखबार को या पत्रिका को उठाकर पढ़ लो, सबमें किसी-न-किसी के अधिकार छीन लिये जाने पर कोई-न-कोई रोष व्यक्त करता दिखता था। अमेरिकी लोगों को अपनी व्यक्तिगत स्वतंत्रता पर उतना ही गर्व और भरोसा था जितना स्टैच्यू ऑफ लिबर्टी के वहाँ होने का। पर असल में हकीकत कुछ और थी। वियतनाम की लड़ाई के खिलाफ छात्रों के आन्दोलन को अमेरिकी सरकार हर कीमत पर रोकना चाहती थी। छात्रों का यह यकीन कि सरकार उनके

शान्तिपूर्ण प्रतिवाद का सम्मान करेगी, सच साबित नहीं हुआ। विसकौंसिन में पुलिस ने उन्हें इस बुरी तरह पीटा कि सैंतालीस छात्रों को अस्पताल ले जाना पड़ा। इस घटना के तीन साल बाद कैंट स्टेट यूनिवर्सिटी में तेरह छात्रों को गोली लगी, जिनमें चार की मौत हो गई।

जयगोविन्द कैंट की इस घटना के बाद ही भारत लौट आया था। जिस समय वह लौट रहा था, मिशेल छात्रों की मौत का प्रतिवाद करने में पूरी तरह फँसी हुई थी। यहाँ तक कि पाँच दिनों से उसकी मिशेल से मुलाकात ही नहीं हुई थी। सबसे अन्तिम मुलाकात में जयगोविन्द ने मिशेल से कहा था—"तुम्हारी अमेरिकी सरकार सीआईए के जरिए सारी दुनिया में जासूसी का जाल बिछाए हुए है। कोई व्यक्ति हो या देश, यदि इस अभिमान से भर जाता है कि उसके ऊपर दुनिया को सही रखने का दारोमदार है, तो वह अपनी हर गलत बात को सही मानने लगता है। तुम कुछ भी कर लो, यहाँ की सरकार अपनी सीमा के अन्दर भी तुम जैसे लोगों को पनपने नहीं देगी।" मिशेल ने उसे एकटक बिना पलक झपकाए कुछ देर देखा था। फिर उसने कहा था—"यदि तुम्हारी बात सही है, तो हमारी जिम्मेदारी और भी बढ़ जाती है। मुझे अफसोस है जैग, कि तुम जरा भी नहीं बदले। वैसे के वैसे ही रह गए। तुम्हारे जैसे लोग हमेशा अपने को बचाने के बारे में सोचते हैं। लेकिन तुम देखना कि जीवन में अपने को बचाने की कोशिश में तुम फेल हो जाओगे। और हम न जीते तो भी जीत जाएँगे क्योंकि हम कभी हार नहीं मानेंगे। हम लड़ते रहेंगे।"

जयगोविन्द को आश्चर्य हुआ कि उसे जाने कैसे मिशेल की कही हुई बात इतने दशकों बाद शब्द-दर-शब्द याद आ गई। उसे यह भी लगा कि अपनी आत्मकथा में उसे मिशेल का जिक्र एक गोरी गर्लफ्रेंड के तौर पर ही सिर्फ नहीं करना चाहिए। आदमी को जो बातें अच्छी नहीं लगतीं, उन्हें वह याद नहीं रखता। पर शायद वे दिमाग के किसी 'रिसाइकिल बिन' में मौजूद रहती हैं। वे तब निकल आती हैं जब उनके

साथ 'अच्छी' या 'बुरी' या 'मनपसन्द' जैसे पुछल्ले बेमतलब हो जाते हैं। आज अगर देखा जाए, तो जितनी मिशेल की बात उसके लिए सही निकली, उतनी ही उसकी बातें उन लोगों के बारे में भी सही निकलीं। ग्यारह सितम्बर की घटना ने अमेरिकनों का सुरक्षित होने का भ्रम तो तोड़ा ही, साथ ही अमेरिका दुनिया में क्या करता रहा है, इस पर बहुत से सवाल खड़े किए। प्रेसिडेंट निक्सन के वाटरगेट से 'विकीलीक्स' तक यह राज खुलता रहा कि अमेरिका सारी दुनिया पर ही नहीं, खुद अपने नागरिकों पर जासूसी करता रहा है। न जाने मिशेल यदि जिन्दा होगी, तो ऐसी हर घटना पर उसकी बात याद करती होगी या नहीं। पर मिशेल कम-से-कम इतना तो जीत ही गई कि उन लोगों के पास भले ही एक धारणा के तौर पर, व्यक्ति के अधिकारों की लड़ाई बची हुई है।

जयगोविन्द 'जानकीदास तेजपाल मैनशन' को बचा नहीं पाया, तो उसका कारण यह भी था कि यहाँ ऐसी लड़ाई की गुंजाइश न किसी के दिमाग में थी, न हकीकत में। बड़ाबाजार के मामूली गुंडे से लेकर थाने के ओ.सी., कॉरपोरेशन के काउंसिलर और हाईकोर्ट के वकील के चेहरे पर यह पहले दिन से साफ लिखा नजर आता था।

देखा जाए तो अमेरिका से लौटकर आने के बाद जितनी लड़ाइयाँ जयगोविन्द ने लड़ीं, उसके पीछे उसे हौसला कहीं-न-कहीं उसे अपनी अमेरिका में ली गई साँसों से ही मिला था। एडवोकेट बाबू ने जिस पहले इंटरव्यू के लिए उसे भेजा था, जयगोविन्द ने वहीं से लिखे दूसरे अध्याय को उठाकर पढ़ना शुरू किया :

पहली और अन्तिम नौकरी

''अमेरिका से पढ़कर लौटे हो। यहाँ काम कर सकोगे?''—'घुरघुर' बोला था। कम्पनी का नम्बर दो या नम्बर तीन आदमी और ऐसी आवाज? जयदीप को हैरत हुई थी। फटे बाँस की-सी आवाजवाले बॉस का नाम उसने पहले ही दिन घुरघुर रख लिया था। उसने जवाब दिया था—''काम करने के पहले कैसे बताया जा सकता है!'' अनजाने ही उसकी आवाज जवाब देते समय कुछ फटी हुई-सी निकली थी। घुरघुर का चेहरा तन गया था। एक तो यह कोई जवाब जैसा जवाब नहीं था। ऊपर से क्या यह कल का लौंडा उसकी आवाज की नकल उतार रहा था? जयदीप जानता था कि उसे आदरपूर्वक कहना चाहिए था—''सर, एक मौका मिले तो कर के ही बता सकता हूँ।'' पर घुरघुर के शब्दों में ही सिर्फ अविश्वास नहीं था, उसकी पूरी 'बॉडी लैग्वेज' यानी हाव-भाव से यह साफ था कि वह यकीनन जानता है कि जयदीप वहाँ काम नहीं कर सकेगा। जयदीप को इससे बुरी तरह चिढ़ हुई थी और वह इसे छिपा नहीं पाया था।

नौकरी पर रखने के लिए घुरघुर कोई जयदीप का इंटरव्यू नहीं ले रहा था। जयदीप को खुद बिड़लाजी ने वहाँ भेजा था। एडवोकेट बाबू के पुराने मित्र बिड़ला बिल्डिंग का सारा कानूनी काम देखते थे। सीनियर बिड़ला जी से मिलने वह आर.एन. मुखर्जी लेन की शानदार सोलह मंजिली इमारत में गया था, तो एडवोकेट बाबू के वकील मित्र वहाँ मौजूद थे। उससे कोई प्रश्न नहीं पूछा गया था। जयदीप को आश्चर्य हुआ था कि बिड़लाजी को उसकी पढ़ाई से लेकर एडवोकेट बाबू की बीमारी तक हर बात की जानकारी थी। जयदीप को बाद में पता चला था कि बिड़लाजी का 'दरबार' रोज सुबह विक्टोरिया मेमोरियल में लगता है या फिर उनके घर में सुबह की चाय पर, जहाँ 'बाबू' के कृपापात्र उन्हें हर तरह की जानकारियाँ देते हैं। शायद एडवोकेट बाबू अपने चुप रहने की आदत के कारण ही इस दरबार में शामिल नहीं हो पाए थे। वरना वे उस माहौल

के लिए बिलकुल मुफीद थे।

जयदीप ने बिड़लाजी के विशाल चेम्बर से बाहर निकलकर बहुत गहरी चैन की साँस ली थी। सिर्फ इसलिए नहीं कि उसे नौकरी मिल गई थी, बल्कि इसलिए भी कि वहाँ की हवा में उसे वही जानी-पहचानी परेशान करनेवाली गन्ध आ रही थी। कायदे और मर्यादा की नसीहतों के बोझ से दबा है आदमी इस देश में। बिड़ला है तो क्या और टाटा है तो क्या। कोई अपने मन की न कह सकता है, और न ही कोई बात किसी के मन की कही सुन सकता है। एडवोकेट बाबू के सामने वह जैसे घुट जाता है, वैसे ही बिड़लाजी के सामने भी जमीन पर बिछ गया था। क्या अमेरिका में कोई रॉकफेलर या हेनरी फोर्ड से मिलने जाता है, तो ऐसे ही अपने को अदना महसूस करता है? यहाँ हर समय एक तरह की वर्ण-व्यवस्था चलती रहती है—कोई तुमसे उम्र में बड़ा है तो कोई तुमसे धन या पद में बड़ा है। बस सबका लिहाज करते चलो। एक मिनट के लिए भी यह मत जताओ कि तुम अपने विषय को भी उनसे ज्यादा जानते हो, जो तुमसे ऊपर बैठकर तुम्हें देख रहे हैं।

कितना अलग माहौल था अमेरिका में यूनिवर्सिटी का। प्रोफेसर इस तरह मिलते जैसे दोस्त हों। हर तरह का मजाक करते। अंग्रेजी में कोई 'आप' और 'तुम' का भेद नहीं है। हर कोई 'यू' है—छोटा हो या बड़ा। हर किसी को उसके नाम से बुलाया जा सकता है। शुरू-शुरू में जयदीप को अजीब लगता था कि प्रोफेसर होने का कोई जैसे रुतबा ही नहीं दिखता। पर धीरे-धीरे वह उस खुलेपन और दोस्ताने का कायल हो गया था। खुद उसे 'असिस्टेंट टीचर' का काम दिलाने में प्रोफेसर हैनिंग ने कितनी मदद की थी। जब हैनिंग को पता चला था कि जयदीप स्कॉलरशिप के लिए दूसरी यूनिवर्सिटी में ट्रांसफर लेना चाहता है, तो उन्होंने तुरन्त वहीं काम दिलाकर उसके खर्चे की व्यवस्था कर दी थी।

जयदीप ने अपने कमाए डॉलरों से फोर्ड मुस्टांग खरीदी। ग्रुनडिग कम्पनी का जर्मन टेपरिकार्डर लेकर जापान, हौंगकौंग, सिंगापुर होते हुए घर पहुँचा था, तो सबकी आँखें फटी रह गई थीं। यह सब मौज वह सिर्फ प्रोफेसर हैनिंग के कारण कर पाया था। पर उन्होंने कभी ऐसा नहीं जताया कि वे उस पर कोई अहसान कर रहे हों। इंडिया में न ऐसी उदारता कोई दिखलाएगा और दिखा भी दे, तो तुम्हें अपना गुलाम बनाकर रखेगा। अपने घर में झाड़ू भी लगवा ले, तो कोई बड़ी बात नहीं। जयदीप के साथ जादवपुर में पढ़े हुए उसके दोस्त अशोक घोष के बड़े भाई की पी-एच.डी. तीन साल लटकी रही थी। उसका गाइड कोई जल्दी में नहीं था कि घोष को अपने हाथ से निकल जाने दे। उसे अपने प्रोफेसर

के नाम से पेपर लिखने और समय-समय पर उसकी जगह क्लास लेने के अलावा प्रोफेसर की पत्नी के छोटे-मोटे काम भी करने होते थे। "प्रोफेसर उसे कभी यह नहीं कहता कि मेरा यह काम कर दो। पर वह इस तरह अपनी दिक्कतें बताता है कि मेरा भाई कह उठता है, सर मैं कर देता हूँ न आपका काम। आप चिन्ता न करें। उसकी सेवा भावना का उसे कोई पुरस्कार न मिले, ऐसा भी नहीं है। भाई को प्रोफेसर ने बंगलौर में एक सेमिनार में भाग लेने भेज दिया है।"—अशोक हँस-हँसकर बताता था।

जयदीप घुरघुर को देखता दोनों दुनियाओं की तुलना करता रहा। यह घाघ शायद जानता है या इसने तय कर लिया है कि यह हर तरह से कोशिश करेगा कि जयदीप वहाँ न टिके। जयदीप ने भी उसी क्षण ठान लिया था कि उसकी ऐसी हर कोशिश को वह नाकाम कर देगा। जयदीप के पास चुनने के लिए और रास्ते भी कहाँ थे। पूरे पूर्वी भारत में सिर्फ आठ कम्पनियों में कम्प्यूटर लगे हुए थे। टाटा कंसलटेंसी सर्विस से बम्बई में इंटरव्यू देने के लिए उसके पास कल ही चिट्ठी आई थी। पर उसे अच्छी तरह मालूम था कि एडवोकेट बाबू उसे बम्बई जाने नहीं देंगे। बंगाल में नक्सल आन्दोलन से घबराकर कई उद्योगपति अपना दफ्तर दिल्ली या बम्बई ले जा चुके थे या ले जा रहे थे। जो पढ़ाई वह करके आया था, वह फिलहाल इस देश के लिहाज से अपने समय से बहुत आगे की पढ़ाई थी। बंगाल या कलकत्ता में दूसरी नौकरी की सम्भावना लगभग शून्य थी। मारवाड़ी घरों के पढ़े-लिखे लड़कों के लिए बिड़लों के यहाँ नौकरी मिलना न केवल आसान था बल्कि बिड़लों के यहाँ काम करनेवालों की समाज में इज्जत भी थी। एडवोकेट बाबू और उनके मित्र की कृपा से मिली नौकरी पर वह नहीं टिकेगा तो आखिर करेगा क्या?

इस देश में फॉरेन-रिटर्न्ड होना वरदान है या श्राप है, उसे अब ठीक-ठीक समझ में नहीं आ रहा था। यहाँ हर आदमी विदेशों से आई छोटी-से-छोटी चीज के लिए भी लालायित दिखता है। उसने अपने एक अमेरिकी दोस्त पैट्रिक से सुना था कि दिल्ली की सड़कों पर उसने अपना लाइटर, पेन और घड़ी बेचकर महीने-भर रहने का सारा खर्च निकाल लिया था। पैट्रिक के पीछे जब-तब लोग पड़ जाते थे और पूछते थे कि क्या उसके पास बेचने के लिए फॉरेन का कुछ सामान है। कस्टम्सवाले एयरपोर्ट पर हर आनेवाले की तरफ भिखमंगों की तरह देखते रहते हैं कि कुछ मिल जाए। अक्सर लोग उनके लिए सिगरेट का पैकेट या एक चाकलेट ले आते हैं ताकि वे लोग परेशान न करें। बाहर से आनेवाला हर शख्स यहाँ के लोगों के लिए जैसे कोई कल्पवृक्ष है। पर अब जब वह यहाँ

आकर रह ही गया है, तो लोगों को न जाने क्या परेशानी है। वे जैसे उसे किसी-न-किसी तरह पीटकर उसके अन्दर से अमेरिका का भूत निकालना चाहते हैं। उसे ऐसा लगता है कि सिवाय उसके परिवार का हर आदमी चाह रहा है कि वह वापस अमेरिका लौट जाए। हर आदमी जैसे कह रहा है कि उसके लिए यहाँ कोई जगह नहीं हो सकती।

हिन्द मोटर फैक्टरी पहुँचने के लिए पहले दिन उसने हावड़ा स्टेशन से उत्तरपाड़ा स्टेशन की ट्रेन पकड़ी, तो उसे बहुत अजीब-सा अनुभव हुआ था। उसे लग रहा था कि हर आदमी उसे ऐसे देख रहा हो जैसे वह कोई अजूबा हो। मुश्किल यह थी कि जयदीप को भी सब लोग ऐसे लग रहे थे जैसे वे उसी के देश के लोग न होकर किसी प्राचीन पिछड़ी हुई सभ्यता से आए हुए लोग हों। कोई बगल से गुजरता या पास खड़ा होता या बैठता, तो जयदीप को उससे एक तरह की बदबू-सी आती। बाद में उसे पता चला था कि यह लोगों की गंध न होकर ट्रेन और स्टेशन की ही गंध है जो सर्वव्यापी है। बार-बार उसे मिशिगन यूनिवर्सिटी की साफ-सुथरी बसों में बैठे गोरे-चिट्टे सजे-धजे लोग याद आते, जो कुछ दूसरी तरह से ही हँसते-बोलते थे। यहाँ तो कोई हँसता, तो उसके गन्दे दाँतों को देख जयदीप को घिन आ जाती। बहुत ही कम लोग दिखते, जो पान या तम्बाकू या पान-मसाला न खाते हों। तब उसने सोचा भी नहीं था कि एक दिन ऐसा आएगा कि पान-मसाला खाए बिना उसका दिमाग काम ही नहीं करेगा। अब सोचो तो लगता है कि इस देश में आदमी जिस तरह तनावों में जीता है, उसके पास यही एक सस्ता और समाज द्वारा स्वीकृत साधन है कि वह अपना दिलोदिमाग हल्का कर सके। एडवोकेट बाबू के सामने वह सिगरेट या शराब नहीं पी सकता था, पर बाद के दिनों में पान-मसाला धड़ल्ले से खाने लगा था। दफ्तरों की इमारतों में हर तल्ले की सीढ़ियों पर पान-जरदे की थूकी हुई पीक के निशानों की तरफ उसका ध्यान जाना बिलकुल बन्द हो गया था।

जयदीप पीछे मुड़कर अपने जीवन को देखे, तो उसके जीवन के 'हार्ड-ड्राइव' में क्या-क्या 'डाटा' या तथ्य जमा हैं? कितनी उदारता बनाम कितना घटियापन? कितना आदर्शवाद बनाम कितनी चालूपन्थी या दाँव-पेंच? कितना सच बनाम कितना झूठ को सच बनाने की कला? जयदीप ने उन दिनों ही 'साइंस-फिक्शन' यानी वैज्ञानिक कल्पनाओं पर आधारित किताबें पढ़नी शुरू की थीं। उसका जीवन उसे हाँककर जिस पतली गली में ले आया था, उसमें से कहीं कोई रास्ते नहीं फूटते थे। दोनों तरफ से उसे चूर करने के लिए जैसे दो रोडरोलर चले आ रहे थे। उसमें से कहीं बचने का रास्ता निकलता था, तो सिर्फ

आकाश में उड़कर बच जाने का। यह उड़ान जयदीप को इन काल्पनिक विज्ञान की पुस्तकों से मिल रही थी। जहाँ मौका मिलता, वह आर्थर क्लार्क की 'रामा-1', 'रामा-2' और 'रामा-3' खोलकर बैठ जाता। तीसरी पूरी होने पर वह वापस पहली कड़ी पढ़ने लग जाता। हिन्द मोटर कम्पनी का 'सिस्टम्स' मैनेजर किस योग्यता के बल पर उस पद पर पहुँचा था, यह जयदीप को कभी पता नहीं चला। हिन्दुस्तान में शायद योग्यताओं की बिलकुल अलग परिभाषाएँ काम करती हैं। मारवाड़ी होना एक काफी बड़ी योग्यता है, यह उसे पहली बार पता चला। शायद खुद उसके चुनाव के पीछे भी यह योग्यता ज्यादा काम कर रही है, ऐसा सोचकर वह पहले कुछ मायूस हुआ। फिर उसने अपने को याद दिलाया कि पूरे भारतवर्ष में कम्प्यूटर का ज्ञान रखनेवाले इने-गिने लोग हैं। उनमें कम-से-कम यह सिस्टम्स मैनेजर अगरवाल हरगिज नहीं है। अगरवाल को नौकरी किसी भी कारण से मिली हो, उसकी और अगरवाल की कोई तुलना किसी हाल में नहीं की जा सकती।

अगरवाल ने पहले दिन ही उसे काम पर आने से रोकना चाहा—"आई.बी.एम. कम्पनी ने हमारे यहाँ कम्प्यूटर की मशीन लगाते वक्त ही कह दिया था कि उनके 'एपटिट्यूड' टेस्ट को बिना 'पास' किए कोई यहाँ काम नहीं करेगा। आपको पहले वह परीक्षा देनी पड़ेगी।" जयदीप का खून उबल पड़ा। ऐसी कोई बात बिड़ला जी ने नौकरी देते वक्त नहीं कही थी। वह क्या आई.बी.एम. में नौकरी करने आया है कि उनकी योग्यता की परीक्षा दे? शायद अगरवाल जैसे-तैसे वह परीक्षा पास करके ही यहाँ मैनेजर बना बैठा है और अस्सी लोगों की टीम पर हुक्म चला रहा है। इस देश में कुछ भी हो सकता है। यहाँ तक कि आप किसी और को अपने नाम से परीक्षा में बैठा सकते हैं। "आप जिस 'युनिकोड' भाषा का कम्प्यूटर में इस्तेमाल कर रहें हैं, वह अब अमेरिका में पढ़ाई नहीं जाती। मैंने तो सिर्फ उसे इसलिए अपने-आप पढ़ा है ताकि यहाँ काम कर सकूँ।"—जयदीप ने जान-बूझकर अपना लहजा अमेरिकन अंग्रेजी का बना लिया—"आप जिस कम्प्यूटर का यहाँ इस्तेमाल कर रहे हैं, वह आई.बी.एम. ने पाँच साल पहले यानी 1966 में बनाना ही बन्द कर दिया था।" अगरवाल उसकी बातों और फकाफक अंग्रेजी बोलने से कुछ सकपका गया। उसके बाद उसने उस परीक्षा की कोई बात नहीं की।

जयदीप को आज तक नहीं मालूम कि आई.बी.एम. ने ऐसी कोई शर्त रखी थी या यह अगरवाल के दिमाग की खुराफात थी। इसके पीछे घुरघुर का भी हाथ हो, ऐसी पूरी सम्भावना थी। अगरवाल ने उसे कुछ दिन लाइब्रेरी में बैठने और

फाइलों को देखने के काम पर लगा दिया था। ऑफिस में बैठने के लिए उसे कोई कुर्सी-टेबल नहीं दिया गया था। अपने लिए चेम्बर की तो उसे कोई सपने में भी गुंजाइश नहीं दिख रही थी। कम्प्यूटर की लाइबेरी में पंखा नहीं था और एयरकंडीशन जाने कब से खराब पड़ा था। वह एक महीने तक प्रायः हर दिन सुबह-शाम एयरकंडीशन ठीक करवाने की पेशकश करता रहा। तब तक वह समझ नहीं पाया था कि ऐसा भी हो सकता है कि कोई जान-बूझकर उसे तंग करने के लिए ऐसा कर रहा हो। उसे यही लग रहा था कि आजादी के तेईस साल बाद भी देश में इतने इंजीनियर नहीं हुए हैं कि छोटी-मोटी मशीनों की मरम्मत सही ढंग से हो सके। उसे इस बात पर निराशा जरूर थी, पर गुस्सा नहीं था। जब उसने अमेरिका की सुविधाओं को छोड़कर इस देश में रहने का फैसला कर ही डाला था, तो जो हो, उसे सहना था। सहना ही नहीं, बदलना भी था। मिशिगन स्टेट यूनिवर्सिटी में विभिन्न विभागों में तकरीबन तीन सौ भारतीय विद्यार्थी थे, पर उसकी जानकारी में उसके अलावा सिर्फ दो ही और थे, जो भारत लौटे थे। जयदीप को यह सिद्ध करना है कि उसने जो किया वही सही था। आखिर हम आजादी के समय पैदा होनेवाली भारत की पहली जवान पीढ़ी हैं। हमने बाहर की दुनिया देखी है। हम ही भारत को नहीं बदलेंगे तो कौन बदलेगा?

बिना एयरकंडीशन वाली सिस्टम्स लाइब्रेरी में फाइलों के बीच घिरा जयदीप हँस पड़ा। उसने अपने रूमाल से माथे पर आया पसीना पोंछ डाला। वह जो कुछ सोच रहा है, पूरा का पूरा उधार का सोच है। उसके साथ ही भारत लौटे दीपंकर सेन ने जब ये सारी बातें मिशिगन में भारतीय संस्कृति समूह द्वारा आयोजित विदाई समारोह में कही थीं, तो जयदीप के साथ-साथ सबके चेहरों पर एक व्यंग्य-भरी हँसी उग आई थी। बाकी लोगों को लौटना नहीं था—उन्हें यह आदर्शवाद निरा थोथा लग रहा था। जयदीप की हँसी के पीछे उसका जाना हुआ यथार्थ था। उसे मालूम था कि दीपंकर सेन एक जाने-माने वैज्ञानिक का बेटा है। उसके लिए दिल्ली के विज्ञान भवन से लेकर देश के किसी भी आईआईटी में नौकरी तैयार है। मुश्किल तो उस जैसे को होनेवाली थी, जो कलकत्ता के नक्सल आन्दोलन के कारण रोज बन्द होते कारखानों और बोरिया-बिस्तर समेटकर भागती कम्पनी के छोड़े हुए ऊसर में फसल उगाने पर मजबूर था। उसका आदर्श सिर्फ एक बेटा होने तक सीमित था। देश की बात तो दीपंकर ही कर सकता था।

उसका अनुमान बिलकुल सही निकला था। दीपंकर सेन को आई.आई.टी.

दिल्ली में आते ही नौकरी मिल गई थी और वह माइक्रोचिप्स पर लिखे गए अपने रिसर्च पेपर के कारण पूरे देश के इलेक्ट्रिक इंजीनियरिंग विभागों के सेमिनार में बुलाया जाने लगा था। कलकत्ते के टालीगंज में अपने पुश्तैनी मकान में उसने पिछले दिनों कलकत्ता आने पर उसे खाने के लिए बुलाया था। जयदीप ने जान–बूझकर उसे हिन्द मोटर कम्पनी के अपने अनुभवों के बारे में कुछ नहीं बताया था। बल्कि उसने कहा था कि वह वहाँ के सिस्टम्स डिपार्टमेंट को 'आरगेनाइज' कर रहा है और देश की सबसे ज्यादा बिकनेवाली गाड़ी की कम्पनी के साथ जुड़कर बहुत गौरव का अनुभव कर रहा है।

दीपंकर के घर पर उसका एक मित्र विजेन राव उसे मिला था, जो दीपंकर के साथ आईआईटी खड़गपुर में था। विजेन उर्फ विज्जू की बातों से जयदीप बहुत हैरान हुआ था, खासकर यह सुनकर कि उन जैसों का अमेरिका जाना एक बड़ी योजना का हिस्सा था। भला एक व्यक्तिगत निर्णय, जिसमें कोई आपको सलाह–मशविरा तक न दे रहा हो, किसी दूसरे की योजना कैसे हो सकती है? "अमेरिका ने आजादी के दस साल बाद पी.एल.–480 नाम का गेहूँ भारत को डॉलर के बजाए रुपए लेकर दिया था। उस रुपये को अमेरिका ने कृषि विश्वविद्यालय बनाने में भारत में ही लगा दिया। वहाँ से पढ़नेवाले आगे रिसर्च के लिए अमेरिका की स्कॉलरशिप पर जाने लगे। इस तरह अमेरिका भारत में खाद, बीज आदि उत्पादों के लिए अपना बाजार बनाने की शुरुआत कर रहा था। तुम सब लोग जो अमेरिकी यूनिवर्सिटी में इंजीनियरिंग या डॉक्टरी पढ़ने गए, ये सब उसी योजना के हिस्से थे।"—विज्जू की बातें बिल्कुल बेबुनियाद नहीं लग रही थीं, "अच्छा बताओ, तुम्हारे यहाँ अमेरिका की 'स्पैन' मैगजीन आती है या नहीं?"—विज्जू ने पूछा था। जयदीप ने हामी भरते हुए सोचा—तो क्या अमेरिका हर आनेवाले विद्यार्थी के अते–पते अपनी जानकारी में रखता है? "बिल्कुल। तुम जाने–अनजाने अमेरिकी चीजों और जीने के तरीकों को चाहने लगते हो। एक दिन तुम्हारी सब बातें, तुम्हारे शब्द, तुम्हारी भाषा, तुम्हारे त्योहार, तुम्हारे घर की सब चीजें अमेरिका की होंगी।"—विज्जू ने कहा था।

जयदीप का माथा कुछ भन्ना गया था। बेचारे एडवोकेट बाबू ने किस मुसीबत से उसे अमेरिका भेजा था। उतनी ही मुश्किलों से उसे अमेरिका द्वारा हजम किए जाने से बचाकर वापस बुलाया। आनेवाले समय में शायद एडवोकेट बाबू जैसे पिता ऐसा कर नहीं पाएँगे। विज्जू के जाने के बाद जयदीप ने दीपंकर की ओर देखा था कि वह कुछ कहे। आश्चर्य की बात थी कि अमेरिका में रहते हुए तो दीपंकर हर समय अमेरिकी कल्चर का मजाक बनाता था। पर आज

एकदम गूँगा बनकर बैठा रहा था। "मैं 'अपोलिटिकल' आदमी हूँ।"—दीपंकर ने कहा—"मैं किसी तरह की राजनीति में नहीं हूँ। न मैं किसी के पक्ष में हूँ, न विपक्ष में। हम वैज्ञानिक हैं। हमारा काम प्रकृति को बाँधकर आदमी के जीवन को सुगम बनाना है। विज्जू की सुनोगे तो चकरा जाओगे। वह अमेरिका को नव-साम्राज्यवादी देश मानता है। कम्युनिस्टों के हिसाब से हर कोई अमेरिका से पैसे खाकर यहाँ पर सी.आई.ए. का एजेंट बना हुआ है। मुझे इन सब बातों से कोई लेना-देना नहीं है। विज्जू सौ प्रतिशत सही हो या सौ प्रतिशत गलत, मुझे कोई फर्क नहीं पड़ता।"

बिना पंखे और एयरकंडीशन की लाइब्रेरी में चार सौ फाइलों को एक महीने तक पढ़कर जयदीप ने तीस पन्नों की रिपोर्ट तैयार कर डाली थी। वाकई आदमी को ईमानदारी और मेहनत से काम करने के अलावा कुछ और सोचने की जरूरत नहीं है। अपनी भूलों और कमियों की रिपोर्ट सीधे बिड़लाजी तक पहुँचने की आशंका से सारा डिपार्टमेंट हिल गया था। उनका यह अन्दाजा कि अमेरिका से पढ़कर लौटा यह चिकना लड़का गर्मी से घबराकर दो-चार दिन में ही हार मान लेगा, गलत निकला था। जयदीप को सिस्टम्स डिपार्टमेंट के एक आदमी ने हिन्द मोटर के लिए ट्रेन पकड़ते वक्त यह सब बताया। उसकी बातें सुनकर जयदीप सोचता रहा कि अब उसे दुश्मनों के साथ कुछ दादागिरी करनी होगी। उसी दिन उसने फाइनेंस मैनेजर को उसके चेम्बर में बिना इजाजत घुसकर अमेरिकी लहजे की अंग्रेजी में आदेश दिया था कि उसके लिए विभाग में एक नई टेबुल-कुर्सी की व्यवस्था किस जगह पर की जाएगी। उसने देखा था कि यहाँ इस देश में ऐसी अंग्रेजी बोलते ही सामनेवाला हार जाता है। उसकी अंग्रेजी को पूरी तरह समझ नहीं पाने के कारण लोग हर बात पर हामी भर लेते हैं। जयदीप ने उसी अन्दाज से बात करते हुए चार पंक्तियों का एक 'नोट' बनाकर उसे थमा दिया था जिसमें लिखा था कि विभाग के कौन-कौन लोग सीधे उसे रिपोर्ट करेंगे। इस तरह उसने अपने नीचे साठ लोगों को ले लिया था। बाद में यह नोट उसने नोटिस बोर्ड पर खुद चिपका दिया था। देखो, कि अमेरिका रिटर्न्ड चिकना लड़का यहाँ कैसे टिकता है!

जयदीप की फितरत नहीं थी कि वह अपनी बात को इस तरह मनमानी के तौर पर चलाए। आज तक उसने एडवोकेट बाबू से कोई जिरह तक नहीं की थी कि उसके जीवन के फैसले उससे बिना पूछे क्यों लिये गए। न ही उसने स्कूल, विश्वविद्यालय या अमेरिका में कभी किसी को कुछ करने का आदेश दिया था। पर उस दिन उस पर जैसे कोई भूत सवार हो गया था। यह सिस्टम ऐसे ही

बदलेगा। उसे मन-ही-मन आश्चर्य भी हुआ जब फाइनेंस मैनेजर ने उसकी सारी बातें मान लीं। क्या इस देश में लोग इसी तरह बातें मानने के आदी हैं? क्या अंग्रेजी बोलकर इनसे कुछ भी करवाया जा सकता है? शायद उन लोगों ने समझ लिया था कि यदि वह एक महीने गर्मी में मरकर रिपोर्ट तैयार कर सकता है, तो वह टूटने-बिखरनेवाला इन्सान नहीं है। या हो सकता है कि उन्हें लगा हो कि बिड़लाजी तक उसकी सीधी पहुँच है। वह जो कह रहा है, उसे न मानने पर उनकी शिकायत ऊपर तक जा सकती है। न जाने क्या कारण था, पर उसे दो पाँव टिकाने-भर की जमीन इस देश में मिल गई थी। या कम-से-कम उस समय तो उसे ऐसा ही लगा था।

लोगों की आँखों में जयदीप को कभी अदब का भाव नजर आता था तो कभी हिकारत का। छह महीने बाद जब उसने कहा कि शेयरहोल्डरों के हिस्से और वितरण की प्रणाली का जो काम वे लोग कम्प्यूटर पर करने में चार से छह घंटे लगाते हैं, उसे वह बीस मिनट में कर सकता है, तो मीटिंग में सन्नाटा छा गया था। घुरघुर के अन्दर की घुरघुराहट बन्द हो गई थी। उसने सामान्य बोली में लगभग फुसफुसाकर कहा था—"तो आपको लगता है कि अभी तक यहाँ आराम हो रहा था, काम नहीं!" "दिस इस नॉट द पॉइंट सर,"—जयदीप तुरन्त अमेरिकी लहजे की अंग्रेजी की शरण में चला गया था—"मुद्दा यह है कि आप परिवर्तन चाहते हैं या नहीं? हम दो सौ स्क्वायर फीट जगह को घेरकर पन्द्रह के.वी. पावर खानेवाले इस पुराने मॉडल के कम्प्यूटर पर तीन सौ रुपए प्रति घंटे खर्च करते हैं। आप तीन शिफ्ट में जितना काम इस कम्प्यूटर से करवा रहे हैं, मैं उतना ही काम काम दो शिफ्ट में करवा सकता हूँ।" घुरघुर के पास उसे शाबाशी देने के अलावा कोई रास्ता नहीं बचा था। चारों ओर से जो आवाजें उनके कान तक पहुँच रही थीं, उनमें 'कर के देखना तो चाहिए ही', 'वाह क्या बात है'—जैसे जुमले थे।

जयदीप फूला नहीं समा रहा था। मीटिंग से बाहर निकलते हुए घुरघुर ने उसकी पीठ थपथपाते हुए कहा कि उसे कम्पनी के वाइस प्रेसिडेंट ने मिलने के लिए बुलाया है। आ गए ना बच्चू तुम हमारे वश में। अमेरिका से पढ़कर आया हुआ आदमी यहाँ किस तरह काम कर सकता है, समझ में आया तुम्हें?—जयदीप मन-ही-मन घुरघुर से बात करता आगे बढ़ गया था।

धीरे-धीरे हिन्द मोटर कम्पनी की बातें उसे पता चलने लगी थीं क्योंकि कम्पनी में काम करनेवाले अधिकतर युवा लोग उससे किसी-न-किसी बहाने से बात करने लगे थे। कई तो हावड़ा स्टेशन से हिन्द मोटर की ट्रेन पकड़ने के

लिए स्टेशन पर उसका इन्तजार करने लगे थे। जादवपुर विश्वविद्यालय से ही उससे दो साल सीनियर रहकर मैकेनिकल इंजीनियरिंग किए हुए जयन्त सेन से उसे पता चला था कि विदेश से पढ़कर आए इंजीनियरों की तनख्वाह वहाँ सात-आठ सौ रुपए से अधिक नहीं, पर गोरी चमड़ीवाले अमेरिकी 'जेसमोर' को पचीस हजार रुपए की तनख्वाह मिलती है। जयन्त सेन का यह भी कहना था कि जेसमोर अमेरिका में किसी मोटर कम्पनी में मामूली वर्कर्स सुपरिंटेंडेंट था। उसकी योग्यता सिर्फ उसका गोरा साहब होना है। "तुम्हें भी बड़े बाबू ने इसीलिए रख लिया होगा क्योंकि तुम फिरंगियों की तरह गोरे हो।"—जयन्त की बात सुन जयदीप का मन कड़वाहट से भर गया था। 'बड़े बाबू' यानी सीनियर बिड़लाजी! तो क्या जयन्त को पता है कि उसका एपायंटमेंट कहाँ से हुआ है। और क्या वह सोच रहा है कि उसकी तनख्वाह भी जेसमोर जैसी है?

जादवपुर के दिनों से ही उसे मालूम है कि बंगाली दोस्त बनते हैं लेकिन अचानक कुछ ऐसा कहते हैं कि आपके पैरों के नीचे की जमीन खिसक जाए। न वे आप पर भरोसा करते हैं और न आप उन पर कर सकते हैं। "कौन बड़े बाबू जयन्त? क्या घुरघुर को तुम बड़े बाबू कह रहे हो," जयदीप ने जान-बूझकर जयन्त के सामने ऐसे दिखाया जैसे वह समझा न हो। बंगाली 'बाबू' का मतलब होता है कोई क्लर्क जैसा आदमी, जिसके हाथ में इतनी ताकत होती है कि आपका कोई भी काम अटका सके या कभी होने ही न दे। बिड़ला लोगों को उनके सारे खिदमतगार 'बाबू' कहते हैं, चाहे वे उनके सबसे सीनियर लोग क्यों न हों। यहाँ 'बाबू' का मतलब है 'बॉस', जो आपसे कई दरजे ऊँचा इन्सान है।

"अरे तुम बुरा मान गए?"—जयन्त ने भाँप लिया था कि जयदीप को अच्छा नहीं लगा है—"मुझे पता है कि तुम जहाँ से गुजरते हो, लोग बात करना बन्द कर देते हैं। बिना इंटरव्यू के जॉब मिलने पर ऐसा ही होता है बन्धु। घुरघुर तुमसे नफरत क्यों करता है, सारा ऑफिस जानता है। हर रोज उसे लगता है कि तुम आज 'बिड़ला पार्क' में बाबू के दाढ़ी बनाते समय उनके सामने बैठकर आए होगे।" जयदीप जयन्त के साथ ठहाका लगाकर हँस पड़ा। "जबकि सच यह है जयन्त कि अगर बिड़लाजी खुद मुझे चाय पर बुलाने के लिए फोन करें, तो भी मैं न जाऊँ। एक मेरा बाप यानी एडवोकेट बाबू ही बहुत हैं मेरे लिए, जिसके सामने मैं साँस भी गिन-गिनकर लेता हूँ। तुम्हारी तो बड़े बाबू से मुलाकात होती रहती है। बताओ, तुम उनके सामने साँस ले पाते हो?" जयदीप की बातों से जयन्त खुल गया था—"अरे तुम सच पूछो, तो बाबुओं को खाली

प्राफिट से मतलब है। मैंने सुना है कि रात को नींद खुलने पर साढ़े बारह बजे हों या रात के दो बजे हों, फैक्टरी में फोन कर के बड़े बाबू पूछते हैं कि कितनी गाड़ियाँ असेम्बली लाइन से निकलीं। एक गाड़ी भी कम निकल जाए, तो उनका 'मूड' बिगड़ सकता है। इसलिए हमारा डिपार्टमेंट करता क्या है जानते हो? प्रॉडक्शन को हमेशा कम कर के बताता है ताकि किसी दिन कम हो, तो पिछले को जोड़कर बता दिया जाए। 'मॉरिस आक्सफोर्ड' गाड़ी के बीस साल पुराने मॉडल पर गाड़ी बना रहे हैं और नाटक ऐसा कि हमारी अपनी देसी गाड़ी हो। वहाँ कब का यह मॉडल पिट गया, पर ये कम-से-कम तीस चालीस साल इसी मॉडल को जरा-सा हेर-फेर कर के चलाएँगे जब तक पब्लिक उसे खरीदना न बन्द कर दे।''

जयदीप को मालूम है कि खुद एडवोकेट बाबू ने जब पहली एम्बेसेडर गाड़ी खरीदी, तो उन्हें छह महीने इन्तजार करना पड़ा था। गाड़ी का दाम शायद तब दस हजार रुपए था, पर जल्दी लेने के लिए हजार-पाँच सौ 'प्रीमियम' या ज्यादा पैसा देना पड़ता। बिड़लाजी के पास सालाना तीस हजार गाड़ियाँ बनाने का लाइसेंस है, जबकि गाड़ी की माँग बहुत ज्यादा है। गाड़ी के 'डीलर' इसीलिए प्रीमियम वसूल कर पाते हैं। खुद बिड़लाजी की मौज है क्योंकि कोई मौजूद नहीं है जो उन्हें टक्कर दे सके। अमेरिका में फोर्ड मुस्टांग चलाकर अब एम्बेसेडर को चलाना ऐसा है जैसे कोई ट्रक चला रहा हो। ऊपर से कोई भरोसा नहीं कि कब गाड़ी का 'एक्सल' टूट जाए या कि कब 'गियर बाक्स' जवाब दे जाए। खुद बिड़लाजी को अपनी कम्पनी की गाड़ी पर भरोसा नहीं है, इसीलिए इम्पोर्टेड स्टूडीबेकर में बैठते हैं। यह बात तो उसे अब मालूम हुई है, जब वह खुद इस कम्पनी में आया है।

अरे, क्या मैं वाकई अमेरिका का 'इटेंलेक्चुअल काम्परेडोर' बन गया हूँ जो इस तरह सोच रहा हूँ?—जयदीप को दीपंकर का दोस्त विज्जू याद आ गया था। विज्जू ने कहा था कि अमेरिकी यूनिवर्सिटी इसी मकसद से भारतीय विद्यार्थियों को स्कॉलरशिप देकर बुलाती है। अब जब वह यहाँ वापस आ ही गया है, तो क्या उसका या उसकी पीढ़ी के इंजीनियरों का यह कर्तव्य नहीं है कि हम अपनी चीजों को दुनिया की टक्कर का बनाएँ? जयन्त सेन के चेहरे पर विद्रूप-भरी हँसी आ गई थी—''बड़े बाबू हर महीने प्रॉडक्शन रूम आते हैं जहाँ एम्बेसेडर के हर पार्ट अलग-अलग चारों तरफ रखे हुए हैं। हर पार्ट के साथ लिखा हुआ है कि वह इम्पोर्ट होता है या यहाँ बनता है। जाहिरा तौर पर धीरे-धीरे गाड़ी को पूरी स्वदेशी बनाना है, पर उसके पीछे यह मत समझना कि कोई

आदर्श-वादर्श का मामला है। सरकार ने इम्पोर्ट पर रोक लगाकर इन्हें मजबूर कर दिया है कि गाड़ी के सारे-के-सारे पार्ट्स यहीं बनाओ। गाड़ी अच्छी बने या नहीं, इससे न सरकार को मतलब है न कम्पनी को। प्रॉडक्शन डिपार्टमेंट की भी चाँदी है। जो रुपया खिलाएगा, उसी फैक्टरी या वर्कशाप का माल सही बताकर खरीद करवा देंगे। बाद में गाड़ी खरीदनेवाला रोएगा या किसी वर्कशाप के चक्कर लगाता रहेगा।''

जयदीप का मन मर गया। उसके दोस्त वहाँ अमेरिका में कम-से-कम पन्द्रह हजार की नौकरियाँ कर रहे हैं और यहाँ चौदह सौ की तनख्वाह में वह क्या इसलिए पड़ा है कि एक पुराने मॉडल की घटिया गाड़ी बनानेवाली फैक्टरी में पुराने मॉडल का कम्प्यूटर पुराने तरीकों से चलाता रहे? दुनिया कहाँ आगे जा रही है, इस देश में किसी को जानना ही नहीं है। सरकार ने एक तरफ विदेशों से तकनीक का आयात कम करने के चक्कर में घटिया माल गाड़ियों में इस्तेमाल करने के लिए कम्पनी को मजबूर कर दिया है। दूसरी तरफ गाड़ी का दाम ही नहीं, डीलर का कमीशन भी सरकार ही तय कर रही है। कोई भी कम्पनी ऐसे माहौल में बढ़िया माल या किसी गाड़ी का नया मॉडल बनाने की कोशिश क्यों करेगी?

फँस गए तुम जयदीप। तुम ही नहीं, इस देश में हर आदमी फँसा है। प्रिवी पर्स खत्म कर और बैंकों का राष्ट्रीयकरण कर इन्दिरा गांधी 'गरीबी हटाओ' का नारा लगाकर वोट बटोर रही है। गरीबी तो जाने हटेगी या नहीं, पर दुनिया की टक्कर का सामान बनाने का सपना तो सबको भूल ही जाना चाहिए। हर आदमी इसी फिराक में लगा हुआ है कि कैसे वह ज्यादा-से-ज्यादा पैसा कमा ले। इससे ज्यादा इस देश में कोई कुछ सोच ही नहीं पाता। पूर्वी पाकिस्तान में आजादी के लिए लड़ाई चल रही है। लाखों लोग सीमा में इस पार आ गए हैं। कलकत्ता शहर में ट्रेड यूनियनों ने पहले ही कोई कम मुसीबतें नहीं खड़ी कर रखी थीं। अब रिफ्यूजी आकर रही-सही कसर पूरी कर रहे हैं। पर हर युद्ध में कुछ लोग पैसे जरूर कमाते हैं। हिन्द मोटर कम्पनी के पास बेडफोर्ड ट्रक के ऑर्डर आए हैं। कारखाने की भारी 'प्रेसिंग' मशीन को एम्बेडेसर गाड़ी बनाने से फुरसत नहीं है, ट्रक कैसे बनेंगे? एक ही उपाय है कि लोहारों के यहाँ ठोंक-पीट कर ट्रक तैयार करवाए जाएँ। पर कम्पनी बदनामी के डर से यह काम बाहर नहीं करवा सकती। इसलिए कम्पनी के अन्दर ही यह काम करवाया जा रहा है। मुनाफे का कोई मौका छूटना नहीं चाहिए—यही मानो मूलमंत्र है इस देश का।

जयदीप ने वाइस प्रेसिडेंट के चेम्बर में घुसते हुए निश्चय किया कि वह इन

सब बातों पर कुछ नहीं सोचेगा। देश जाए भाड़ में, उसकी बला से। जिस देश में एक नया टेलिफोन कनेक्शन लेने में दस साल लग जाते हैं, और आने के बाद भी वह काम नहीं करता, उस देश में रहना है, तो ऐसे ही रहना होगा। अपने बूते पर जो कुछ वह कर सकेगा, उतना जरूर करेगा। इनके कम्प्यूटर को तीन शिफ्ट से दो शिफ्ट पर लाकर दिखाएगा।

जयदीप ने अपनी राजेश खन्ना वाली मुस्कान चेहरे पर लाकर हल्की सी गरदन टेढ़ी कर वाइस प्रेसिडेंट की तरफ देखा। जवाब में उसने एक पथरीला चेहरा देखा, जो कभी जीवन में शायद ही मुस्कुराया हो। ''देखिए, मिस्टर जयदीप गुप्ता! हर कम्पनी के कुछ तौर-तरीके, उसूल होते हैं। बेशक आप अमेरिका से पढ़कर आए हैं, पर हम अनुशासन में रहकर ही तरक्की कर सकते हैं। देखिए मिसेज गांधी ने पाकिस्तान को किस तरह पन्द्रह दिनों में उसकी औकात बता दी।''—वाइस प्रेसिडेंट की बातों का सिर-पैर जयदीप के समझ में नहीं आ रहा था।

''सर, मैंने कम्पनी का क्या कोई नियम अनजाने में तोड़ दिया है? प्लीज़ मुझे बताइए कि अगर मैं तीन शिफ्ट की जगह दो शिफ्ट में काम करवाकर कम्पनी का फायदा करवाना चाहता हूँ तो क्या मैं गलत हूँ? आप कह सकते हैं कि मुझे मीटिंग में यह बात न बोलकर अलग से कहनी चाहिए थी। पर सर, जब बात कम्पनी के फायदे की हो, तो वह कहीं भी बोली जानी चाहिए। अगर बाबू भी सामने होते, तो मैं कह देता। आय एम सॉरी, पर मैं इसे अनुशासन तोड़ना नहीं मान सकता।''—जयदीप का चेहरा लाल हो गया था और उसकी साँसें तेज चल रही थीं। ''आपकी पीढ़ी की यही समस्या है, मिस्टर गुप्ता। आप लोग बिना पूरी बात सुने अपनी बात कहने लगते हैं। आपके सुझाव पर हमें भला क्या आपत्ति हो सकती है? मगर आप ट्रेड यूनियनों के मजदूरों की तरह बात-बात पर आपे से बाहर होकर नारे लगाएँगे तो इससे क्या कम्पनी को फायदा होगा?''

वाइस प्रेसिडेंट की बातों से जयदीप का सर चकरा रहा था। या तो यह आदमी पागल है या वह पागल हो जाएगा। मन तो उसका सचमुच हो रहा था कि शहर में जगह-जगह नारे लगाते जुलूसों की तरह चिल्ला-चिल्लाकर कहे—'गली-गली में शोर है, हमारा वी.पी. चोर है। नहीं चोर नहीं, पागल है'। पर वह बुत बना वाइस प्रेसिडेंट की ओर देखता रहा। ''हमारे यहाँ हमेशा से चाय काँच के गिलास में पिलाई जाती है। अब आप अगर हल्ला मचाएँगे कि मेरे लिए कप में चाय लाओ, तो इससे आप जानते हैं क्या होगा?''—अब जाकर जयदीप को

मामला समझ में आया। कहाँ तो वह सोच रहा था कि वी.पी. उसे एक शिफ्ट के पैसे बचाने के लिए शाबाशी देने बुला रहा है और कहाँ दो-पाँच रुपए के एक कप के लिए उसे लताड़ रहा है। जयदीप का चेहरा तमतमा गया। चाहे दुनिया रसातल में चली जाए, वह यह बेहूदगी नहीं बरदाश्त कर सकता। "हाँ, मैं जानता हूँ कि कप में चाय माँगने से क्या होगा।"—उसने बिल्कुल धीमी आवाज में फुसफुसाकर कहा जैसे कोई रहस्य की बात बतानेवाला हो—"हो सकता है कि चीन और अमेरिका मिलकर पाकिस्तान के दो टुकड़े होने से बचाने के लिए इंडिया पर हमला कर दें।" वी.पी. के चेहरे पर आई हैरत या गुस्से को देखे बिना जयदीप उठकर बाहर निकल गया।

जयदीप सीधे स्टेशन की तरफ चल पड़ा कि ट्रेन पकड़कर कलकत्ता चला जाए। ये लोग उसे टिकने नहीं देंगे। शायद उसे यह बात समझ लेनी चाहिए। स्टेशन पर आकर पता चला कि रेल लाइन पर किसी ने कटकर आत्महत्या कर ली है, इसलिए ट्रेनों का आवागमन बन्द है। आज उसे जीवन में पहली बार समझ में आ रहा था कि कोई आदमी इस तरह जीवन से मायूस होकर अपनी जान कैसे दे सकता है। वह स्टेशन में बेंच पर बैठ गया और अपना लैटरपैड निकालकर अपना त्यागपत्र लिखने लगा। अचानक उसने देखा कि जयन्त सेन दौड़ता हुआ उसकी तरफ आ रहा है। जयदीप को आश्चर्य हुआ कि क्या जयन्त को सब बातों का पता चल गया है। जयन्त हाँफता हुआ आकर बगल में बेंच पर बैठ गया। "मुझे किसी तरह घर पहुँचना होगा। मेरे काका ने पंखे से लटककर फाँसी लगा ली है। स्टेशन पर आया तो पता चला कि यहाँ भी कोई रेल लाइन पर कटकर मर गया है। उफ्! उसे भी आज ही मरना था।" जयन्त की बात सुन जयदीप हतप्रभ रह गया। वाकई हर आदमी सिर्फ अपने सुख-दुख के बारे में सोच पाता है। कैसी अजीब मारकाट की दुनिया बन गई है। "तुम्हारे काका ने ऐसा क्यों किया?"—जयदीप ने पूछा।

"अरे क्या बताऊँ, काका पूर्वी पाकिस्तान से अपने बेटे को लेकर चले आए। थोड़ा-बहुत सोना कपड़ों में छिपाकर लाए थे। उसी को बेच-बाचकर काम चला रहे थे। हमने घर के पिछवाड़े में एक कोठरी उनको रहने के लिए दे दी थी। साथ में खाना खिला रहे थे। इससे ज्यादा हम भी क्या करते? मानिकतला में हमारा पुश्तैनी घर काफी बड़ा है। पर पिछली तीन पीढ़ियों में बँटते-बँटते अब सबके पास एक या दो कमरे ही हाथ आए हैं।"—जयन्त सेन ऐसे बता रहा था जैसे अपना अपराध-बोध कम करने के लिए सफाई दे रहा हो—"काकी और अपने बेटे की पत्नी को काका एक बचपन के मुसलमान दोस्त के घर रखवाकर

आए थे। बाकी सोना जमीन के नीचे दबाकर आए थे कि वापस तो जाना ही है। बेटे को लेकर इसलिए आना पड़ा था कि वहाँ जमीन को लेकर मुसलमान पड़ोसी से बहुत झगड़ा चल रहा था। उन्हें डर था कि युद्ध की आड़ लेकर कहीं उसकी हत्या न करवा दी जाए। जब से आए थे, रोज बाप-बेटा सारी रात झगड़ते थे। फिर लड़का बुरी तरह रोने लगता। रात के सन्नाटे में रोज उसका रोना सुनाई पड़ता। उसे लगता था कि उसकी पत्नी को उनका मुसलमान दोस्त कभी वापस नहीं लौटाएगा। बेचारे की नई-नई शादी हुई थी।''—जयन्त का गला भर्रा गया और वह चुप हो गया।

जयदीप सुन्न सा बैठा रहा। उसका मन नहीं हुआ कि सान्त्वना के दो शब्द जयन्त को बोले। न ही जयन्त को अपने मन की बात बताने का अभी सही वक्त था। सब अपने-अपने नरक में अकेले ही रह सकते हैं। जितना गुस्सा, आक्रोश, नफरत आदमी अपने अन्दर दबाए रखने के लिए मजबूर है, उसे निकालने से तो विस्फोट हो जाएगा। अच्छा होता कि वह सबको उसी तरह की बातें बोलता जैसी सुनना उन्हें पसन्द है। कितना आसान जीवन जिया जा सकता था सबकी मिजाजपुरसी करके। एक तरफ उसकी एक मनचाही पढ़ी-लिखी इंजीनियर लड़की के साथ सगाई पक्की हो रही है और दूसरी तरफ वह त्यागपत्र लिख रहा है। वह जानता है कि सगाई पक्की होने के पीछे भी बिड़ला में नौकरी की भूमिका है। नौकरी छूटने से एडवोकेट बाबू का डर और उनके मित्र का डर जिनकी बदौलत यह नौकरी मिली थी—सब उससे नाराज हो जाएँगे। कोई यह नहीं समझेगा कि किस तरह उसने यहाँ एक साल निकाला है। काश वह कभी अमेरिका गया ही नहीं होता। तब शायद वह इस तरह के अपमान को सह पाता और हर हालत में इसी नौकरी पर टिका रहता। जो फायदा वह कम्पनी को करवा रहा था, उसके लिए शाबाशी के दो शब्द तो दूर की बात है, चाय के एक कप के लिए इस तरह उसे जलील किया जा रहा है।

सारी दुनिया इसी तर्ज पर चलती है। आदमी आदमी का खून पीना चाहता है। अमेरिका वियतनाम को मार रहा है। पाकिस्तान अपने ही धर्म के बंगाली भाईबंदों को। नक्सली पुलिस को, पुलिस नक्सलियों को। कोई किसी को जीने नहीं दे सकता। हर आदमी दूसरे का हक मारना चाहता है। तभी लोग जीवन से इतना घबड़ा जाते हैं कि आत्महत्या ही आसान रास्ता लगता है। एडवोकेट बाबू और माँ क्या जानते हैं इस दुनिया के बारे में? सारे परिवार, भाई-बहन-रिश्तेदार-दोस्त—सबको यही लगता है कि जयदीप बड़े फायदे में है। अमेरिका में पढ़ने का मौका आखिर कितने लोगों को मिलता है? उन्हें यह नहीं मालूम कि

अमेरिका ने उससे उसका देश छीन लिया है। वह कहीं और का नहीं हो सकता। होना भी नहीं चाहता। पर ये सारे लोग उसे यहाँ का मान नहीं पाते। उसे जाने क्यों वहीं वापस भेज देना चाहते हैं—हर कदम पर उसके लिए काँटे बिछाना चाहते हैं।

जयदीप ने जयन्त सेन की ओर देखा। जयन्त उसकी तरफ प्रश्नों से भरी निगाह से देख रहा था। इस वक्त ट्रेन पकड़ने जयदीप क्यों आया था? ''मैं यहाँ काम छोड़ रहा हूँ। अपनी 'प्राइवेट कंसल्टेंसी' चलाऊँगा। किसी के नीचे अब जिन्दगी में कभी काम नहीं करूँगा।''—जयदीप ने निश्चय-भरे स्वर में कहा। अपने ही शब्दों में उसे एक नई राह दिख रही थी और वह फिर जिन्दा हो रहा था। ''त्यागपत्र लिख दिया है।''—जयदीप आदतन हल्की-सी गरदन टेढ़ी कर मुस्कराया। जयन्त का मुँह व्यंग्य से टेढ़ा हो गया—''तुम्हें शायद मालूम नहीं कि तुम्हारा त्यागपत्र मंजूर नहीं होगा क्योंकि तुम्हें सिर्फ बिड़लाजी छोड़ सकते हैं, जिन्होंने तुम्हें रखवाया था। और किसी की ताकत नहीं कि तुम्हें छोड़ दे। जयदीप तुम्हें अभी यहीं रहना होगा जब तक ऊपर से छुट्टी न मिले।'' जयदीप ने ऊपर आकाश की ओर देखा। ''अरे, वह ऊपरवाला नहीं यार,''—कहकर जयन्त आती हुई ट्रेन पर चढ़ने के लिए खड़ा हो गया—''वैसे तुम चाहो, तो तुम्हें बिड़लाजी भी नहीं छोड़ पाएँगे। जैसे ही ट्रेड यूनियन को पता चलेगा, वे तुम्हारे पास आकर कहेंगे कि आप चिन्ता न करें। बिड़ला को हम देख लेंगे। ट्रेड यूनियन के दबाव से बिड़लाजी ने हर किसी को फैक्टरी में नौकरी दे रखी है। हजार लोग कम से कम ऐसे हैं जिनको न कुछ आता है और न वे कुछ करते हैं। तुम चाहो, तो मैं यूनियन लीडर को कह दूँगा।'' जयदीप ने गरदन हिलाई—''नहीं, मैं खुद छोड़ रहा हूँ। और बरदाश्त नहीं होता।''

लेकर दिल का एकतारा : कलकत्ता, बम्बई, अमेरिका

जयगोविन्द ने जयदीप की आत्मकथा के दूसरे अध्याय को वापस बम्बई जानेवाले कार्टन में डाल दिया। कुछ सुना, कुछ कहा—सब बीत जाता है। ऐसे जैसे कभी हुआ ही नहीं हो या किसी और के जीवन में हुआ हो। शब्द याद नहीं रहते या उनकी जगह कुछ दूसरे शब्द चले आते हैं। आदमी पुराने सामान की तरह पुरानी स्मृतियों को भी कबाड़ में फेंक देता है पर कुछ ऐसा है जो रह जाता है। चिपक जाता है जिसे आप फेंक नहीं सकते। कुछ ऐसा जो अपमानजनक था, कोई मजाक, कोई चुटकुला, कोई हँसी। वह अपमान याद रह जाता है और हमेशा एक काँटे की तरह कहीं चुभा रहता है। उसकी कसक कभी मिटती नहीं। वह समय जब-जब दोहराया जाता है, मन कुछ खिन्न-सा होता है। नहीं खिन्न नहीं। बस ऐसा लगता है कि ऐसा नहीं होना चाहिए था। कुछ और भी तो हो सकता था।

क्या वे लोग घटिया थे? क्या वे अपने से बेहतर आदमी को आस-पास देखना नहीं चाहते थे? क्या उसके लिए हिन्द मोटर कम्पनी में इसलिए जगह नहीं बनी क्योंकि वह अपना काम जानता था? पर यह भी कैसी अजीब बात है कि उस समय पहली नौकरी छोड़ना एक गुनाह जैसा लग रहा था। जैसे उसने न जाने कितने लोगों को शर्मिन्दा कर डाला हो। बम्बई में उसका छोटा बेटा सुमित पिछले पाँच सालों में चार नौकरियाँ बदल चुका है। हर बार उसकी

तनख्वाह बढ़ जाती है। इतना ही नहीं, उसकी बात पर यकीन किया जाए, तो उसे लाखों रुपए 'जोयनिंग फीस' या 'गोल्डन हैंडशेक' के तौर पर अब तक मिल चुके हैं। "हेड-हंटर्स मुझे छोड़ते नहीं।" वह कहता है। 'हेड-हंटर्स' यानी सिर काटनेवाले शिकारी! आज के जमाने में ये वे लोग हैं जो हर होशियार खोपड़ी पर निगाह रखते हैं और उसे नया जॉब दिलाकर अपनी फीस वसूल कर लेते हैं। सुमित कई नामी बैंकों की नौकरियाँ छोड़कर फिलहाल एक नामी इंश्योरेंस कम्पनी में काम कर रहा है। लोग बीमा करवाने के लिए जो रुपए जमा करवाते हैं, उन रुपयों को दुगुना-चौगुना करना उसका काम है। कौन सी कम्पनी के शेयर या इक्विटी खरीदी जाए, किसे ऊँचे दर पर ब्याज में रुपए दिए जाएँ, किस 'कमोडिटी' या वस्तु का 'फ्यूचर' में दाम बढ़ेगा—यह सब आँकना उसके विभाग के जिम्मे है।

मजे की बात यह है कि यही काम जयगोविन्द कभी ठीक-ठाक कर नहीं पाया। दोनों लड़के इसी काम में लगे हैं—एक अमेरिका में, एक बम्बई में। रोहित कहता है कि रुपयों के दो पाँव होते हैं। उन्हें दस पाँव का बनाना उसका काम है और वह भी थोड़े से दिनों में। पूरी दुनिया में रुपए का बाजार दिन-रात चल रहा है। अमेरिका के रुपए हांगकांग में किसी के काम आनेवाले हैं और जापान में किसी सौदे में उन्हीं रुपयों से एक बड़ी रकम का फायदा हो सकता है। "बस सोना यानी कि नींद ही मेरे लिए एक ऐसी महँगी कमोडिटी है, जिसे मैं खरीद नहीं सकता।"—रोहित कहता है। जयगोविन्द सोचता है कि एडवोकेट बाबू यह बात सुनते तो क्या कहते? नींद को डॉलर में बदल डाला तुमने?

नींद की बीमारी जयगोविन्द को उन दिनों ऐसी लगी थी कि हिन्द मोटर कम्पनी को त्यागपत्र लिखने के बाद वह महीनों नहीं सो पाया। नई-नई शादी हुई थी और दीपा को वह यह बताकर परेशान नहीं करना चाहता था कि उसे नींद क्यों नहीं आती। जयन्त सेन ने उसे रेल पर चढ़ते समय जो बात कही थी, वह बिल्कुल सही निकली थी। उसका इस्तीफा

मंजूर नहीं किया गया। सिर्फ उसका विभाग बदल दिया गया था। 'बाबू' द्वारा रखे गए आदमी को 'बाबू' लोग ही छोड़ सकते थे। छह महीने तक वह 'एडमिनिस्ट्रेशन' विभाग में इस तरह के काम करता रहा था, जिनका उसकी पढ़ाई-लिखाई से कोई दूर का भी ताल्लुक नहीं था। दिल्ली के उद्योग-भवन से जो छोटे-बड़े अफसर या राज्य मंत्री वगैरह आते थे, उन्हें एयरपोर्ट से लेकर रात को सोते समय तक उनकी आवभगत करना और उन्हें वापस एयरपोर्ट छोड़ना उसके जिम्मे था। 'जानी वॉकर' की कितनी बोतलें किस-किस अफसर या मंत्री के घर दुर्गापूजा या दीपावली पर भेजी जाएँगी, इसका हिसाब-किताब उसे सौंपा गया था।

वह कई बार हिन्द मोटर कम्पनी के प्रेसिडेंट और उसके सेक्रेटरी के पास अपने त्यागपत्र पर बात करने के लिए चला जाता। एक दिन प्रेसिडेंट ने उसे एक कम्पनी का फॉर्म थमाकर उसे वहाँ नौकरी के लिए आवेदन करने कहा। दरअसल उन लोगों को किसी रूसी कम्पनी की मोटर गाड़ी का कारखाना डालने की योजना का पता चला था और इस बात से विभाग में खलबली मच गई थी। गड्ढों से भरी भारतीय सड़कों की रानी एम्बेसेडर गाड़ी को कोई टक्कर देनेवाला न पैदा हो जाए। जयगोविन्द को नौकरी के लिए उस कम्पनी में दरख्वास्त देनी थी और जाकर पता करना था कि क्या सचमुच कम्पनी खुलनेवाली है। जयगोविन्द ने दिल्ली जाकर पता लगा लिया था कि ऐसा कुछ होनेवाला नहीं है। शायद किसी राजनेता ने कहीं के रुपये कहीं पहुँचाने के लिए कोई योजना बनाई है, जो सिर्फ योजना ही रहनेवाली थी। छह महीने बाद बिड़ला बिल्डिंग की सोलहवीं मंजिल पर पहुँचकर उसने 'छोटे बाबू' से अपना इस्तीफा मंजूर करवाया था। नौकरी छोड़ने का कारण उसने यह बताया था कि वह 'सिस्टम कंसल्टेंसी' का अपना निजी काम करना चाहता है। हिन्दुस्तान मोटर को अब उसे रखने से कोई फायदा नहीं है क्योंकि वहाँ का 'सिस्टम' मजबूत हो गया है। इतनी होशियारी तो उसने सीख ही ली थी कि 'बाबू' को वही सब सुनाओ जो

उन्हें पसन्द आए।

अब तकरीबन पैंतीस साल बाद पुरानी बातों को याद करने का नुकसान तो बस यही है कि अफसोस होता है कि उस समय इस तरह हालात की समझ क्यों नहीं बन पाई। शायद जो जब जैसे होना होता है, वैसे ही होता है। यही बात आदमी समझ ले, तो इससे एक तरह की हिम्मत मिलती है। आज जयगोविन्द शेयरों की उठा-पटक में कोई फायदे को जरा-सी चूक से नुकसान में बदलते देखता है, तो वह तुरन्त समझ जाता है कि यह तो ऐसे ही होना था। और तो और, दीपा के उसे इस कदर अचानक अकेला छोड़ जाने को भी वह इसी तरह देखने लगा है। कहते हैं कि हिमाचल में 'भृगु संहिता' को पढ़कर पंडित लोग अगले-पिछले सब जन्मों तक की कथा बता देते हैं। तो क्या जयगोविन्द अन्धविश्वासी हो गया है? हरगिज नहीं। किस्मत की बात अगर वह करता है, तो एक वैज्ञानिक के तौर पर ही। सृष्टि को 'डि-कोड' करना या सुलझाना असम्भव नहीं है। अगर एक कम्प्यूटर अनन्त हिसाब-किताब रख सकता है, तो क्या ईश्वर नाम का कोई शख्स या 'एलियन' या मशीन ऐसी प्रोग्रामिंग नहीं कर सकती कि सब कुछ पहले से तय हो? नोस्ट्रेडेमस जैसा दिमाग हो तो उस प्रोग्रामिंग को पकड़ा क्यों नहीं जा सकता? 'रामा' का लेखक आर्थर क्लार्क कहता है कि थोड़ी भी उन्नत टेकेनोलोजी और जादू में कोई अन्तर नहीं होता। लगता है कि किसी-न-किसी दिन हम इस सृष्टि को समझने की टेकेनोलोजी निकाल ही लेंगे।

क्या जयगोविन्द, तुम यह सब क्या सोचने लगे हो? दीपा ठीक ही कहती थी कि साइंस-फिक्शन पढ़-पढ़कर तुम इस दुनिया से बेखबर हो गए हो। दीपा एक बार उसकी जन्मपत्री किसी बनारस या नेपाल के पंडित को दिखा लाई थी। "तुम्हारा शुक्र तुम्हें परेशान कर रहा है, पंडितजी ने देखते ही बता दिया। कहने लगे तुम्हारा पति जैसा बुद्धिमान खोजे नहीं मिलेगा। पर वह हीरे पर भी हाथ डालेगा, तो वह कोयला हो जाएगा।" जयगोविन्द चुपचाप उसकी बातें सुनता

रहा था। और लोग तो जाने क्या-क्या कहते ही रहते हैं, बस एक दीपा ही बची थी। हिन्द मोटर छोड़कर उसने दो पार्टनर लेकर एक अपनी कम्पनी खोली थी। वे लोग आईबीएम के कम्प्यूटर किराए पर लेकर काम करनेवाले थे। उन्हें तीन जूट मिलों का काम भी मिल गया था, पर धीरे-धीरे एक-एक करके तीनों जूट मिलें बन्द हो गई थीं। उन दिनों जूट का निर्यात बिल्कुल ठप था। सारी दुनिया प्लास्टिक के रेशों से बने बोरों का इस्तेमाल करने लगी थी। जूट मिलों के पास अपने मजदूरों को देने के लिए ही पैसे नहीं थे, वे अपना 'सिस्टम' क्या खाक ठीक करवातीं? अमेरिका से लौटने के बाद जयगोविन्द दूसरी बार बेकार हो गया था।

उन दिनों आईबीएम कम्पनी अपने पुराने 'चौदह सौ एक' नम्बर कम्प्यूटर को भारत में हजारों की संख्या में लाना चाह रही थी। भारत सरकार की तरफ से यह छूट दी गई थी कि यदि आप डॉलर की व्यवस्था कर सकते हैं, तो आप कम्प्यूटर का आयात कर सकते हैं। जयगोविन्द ने मिशिगन स्टेट यूनिवर्सिटी में साथ पढ़े हुए एक भारतीय दोस्त प्रीतम भंसाली को दो कम्प्यूटर के लिए सात हजार डॉलर देकर साझा बिजनेस करने के लिए तैयार कर लिया था। प्रीतम भंसाली अहमदाबाद के धनी परिवार का लड़का था। वह अमेरिका में ही नौकरी करने के लिए रुक गया था, पर उसके परिवार का भारत लौटने के लिए उस पर भारी दबाव बना हुआ था। इसलिए वह सात हजार डॉलर की राशि लगाने के लिए तैयार हो गया था। जयगोविन्द ने सरकार में लाइसेंस के लिए अपील जमा कर दी कि वह दो कम्प्यूटर आयात करना चाहता है पर हुआ यह कि सरकार ने सिर्फ चौदह आयात लाइसेंस जारी किए और उसके बाद यह योजना बन्द कर दी गई। इस तीसरे झटके ने जयगोविन्द को बुरी तरह पस्त कर डाला। जाने क्यों जिन्दगी उसे पाँव टिकाने के लिए कहीं धरती देने तैयार नहीं थी।

दीपा इन सब बातों से कितनी हताश थी, यह उसे तभी पता चला जब दीपा ने उसकी जन्मपत्री में शुक्र ग्रह दशा के

खराब होने की बात कही। जयगोविन्द को दीपा से यह आशा नहीं थी। आखिर वह खुद एक इंजीनियरिंग पढ़ी हुई लड़की है। उसका दिमाग विज्ञान की स्थापनाओं के परे किसी बात पर यकीन कैसे कर सकता है? नहीं, दीपा को वह इस तरह भटकने नहीं द्रे सकता। जीवन के उतार-चढ़ाव उन्हें इस कदर नहीं तोड़ सकते कि वे यही भूल जाएँ कि वे खुद कौन हैं।

''दीपा, अगर तुमने रूसी लेखक वेलिकोवस्की की करीब पच्चीस साल पहले आई किताब 'द वर्ल्ड इन कोलिज़न' पढ़ी होती, तो तुम कभी इस तरह की बात नहीं बोल सकती थी। वेलिकोवस्की बताता है कि शुक्र ग्रह तो आज के साढ़े-तीन हजार साल पहले था ही नहीं। वह तो बृहस्पति से टूटकर एक धूमकेतु की तरह भटक रहा था। उसी के कारण पृथ्वी की गति कुछ धीमी हो गई थी। पहले एक साल तीन सौ साठ दिन का होता था। ऐसा होने के बाद तीन सौ पैंसठ दिन का होने लगा। संसार के हर धर्म की पुरानी किताबों में जिस प्रलय का जिक्र है, यह वही समय था। पर खैर, बात तो शुक्र पर भरोसे की है। शुक्र तो खुद ही नहीं था। उसके आधार पर तुम्हारा पंडित क्या भविष्यवाणी कर रहा है?''

दीपा चुपचाप उसका मुँह देखती रही थी। फिर हँसने लगी थी। ''पंडित की बात कितनी सच है, यह तो मैं नहीं जानती। पर जय, तुम अब साइंस-फिक्शन की बातों को ऐसे बोलने लगे हो, जैसे तुम किसी बड़े वैज्ञानिक की साबित की हुई बातों को बोल रहे हो। साइंस-फिक्शन यह दिखावा कर सकता है कि वह जो बातें बोल रहा है, वह सिर्फ हवाई कल्पना नहीं है। पर वह फिक्शन है, माई डियर, साइंस नहीं।''—बोलते-बोलते दीपा की हँसी गायब हो गई थी और चेहरे पर चिन्ता की लकीरें उभर आई थीं।

आज दीपा जिन्दा होती, तो जयगोविन्द उसे कहता कि देखो, हर जीवित चीज की जैसे एक उम्र होती है, वैसे ही हर जड़ चीज की, मसलन एक मकान की भी एक उम्र होती है। यहाँ तक कि एक विचार या एक बीमारी जैसी किसी स्थिति की भी एक उम्र होती है। यह मानने में क्या परेशानी

है? यह न तो कोई वैज्ञानिक कल्पना पर आधारित किसी किताब की बात है और न किसी जन्मपत्री में ग्रह-नक्षत्रों की स्थिति को लेकर की गई भविष्यवाणी। जाने कितने शहर धरती के अन्दर तह-दर-तह दफन हैं और उन पर नए शहर खड़े हैं। तो क्या हम यह नहीं कह सकते कि उनकी उम्र खत्म हुई और वे मिट्टी में मिल गए?

जानकीदास तेजपाल मैनशन की उम्र सौ साल की भी नहीं थी। इसलिए वह टूटा जब उसे टूटना था। न वहाँ से मेट्रो रेल की सुरंग गलत ढंग से बनती, न कभी मकान आगे की तरफ झुकता। पर चूँकि मकान की उम्र नहीं थी, यह सब कुछ हुआ। ऊपर से आफताब हुसैन जैसे कारोबारी गुंडे के हत्थे चढ़ना लिखा था, इसलिए जयगोविन्द सफल नहीं हुआ। क्या पता कि 'विचार शक्ति' के सम्पादक मिंटू चौधरी की मदद से वह कांग्रेस या सीपीएम की तरफ से खड़ा होकर काउंसिलर या एमएलए बन जाता और जानकीदास तेजपाल मैनशन बचा रहता? दीपा यदि मिंटू चौधरी के खोले गए सैलून में बाल कटवाने नहीं जाती या उसे यह पता न चलता कि वह अखबार छापने के अलावा यह सब धंधा भी करता है, तो शायद इतिहास दूसरा होता।

शायद, शायद, शायद! कितने सारे शायद आदमी के जीवन से जोंक की तरह चिपके रहते हैं और उसका खून पीते रहते हैं। पुराना कम्प्यूटर आयात करने का लाइसेंस उसे नहीं मिला या मिलते-मिलते रह गया था। बेकार बैठने के अलावा कोई रास्ता नहीं दिख रहा था। उधर दीपा के पेट में रोहित आ गया था। एडवोकेट बाबू अब इस उम्र में उसके खर्च उठाएँ, यह डूब मरने जैसी बात थी। मजबूर होकर जयगोविन्द ने स्टील खरीदने-बेचने का दो नम्बरी धन्धा शुरू किया। उन दिनों स्टील की ट्रेडिंग यानी कि खरीद-बिक्री गैरकानूनी थी। नेपाल के लिए कलकत्ता के बन्दरगाह पर विदेशी स्टील आता था, जिसे बरतन बनाने के लिए इस्तेमाल किया जाता था। वह कभी नेपाल पहुँचता ही नहीं था। मुनाफा ज्यादा था, पर इसमें पकड़े जाने की आशंका भी

ज्यादा थी। इसलिए जयगोविन्द ने देशी स्टील खरीदने-बेचने का ही काम पकड़ा।

दुर्गापुर की पुलिस जब उसे चोरी का स्टील बेचने के आरोप में पकड़ने आई तो वह जीवन में पहली बार फूटकर रो पड़ा था। एडवोकेट बाबू, माँ और दीपा का चेहरा उसके सामने आँसुओं के बीच तैर रहा था। उसके साथ ऐसा कैसे हो सकता है? दीपा उस पंडित के बच्चे को उसकी जन्मपत्री दिखाकर आई थी, क्या उसे ऐसा कुछ होनेवाला नहीं दिखा था? सब 'फ्रॉड' हैं—बेईमान, झूठे! जयगोविन्द ने आँसू पोछकर वारंट लेकर आए इंस्पेक्टर की तरफ उम्मीद से देखा था—"सर, मैंने कभी कोई गलत काम नहीं किया है। मैं अमेरिका से पढ़कर लौटा इंजीनियर हूँ। फिर भी यदि कोई अनजाने में गलती हो गई, तो मैं दंड भरने को तैयार हूँ। इस वारंट को फाड़ने के तीन हजार रुपए तक दे सकता हूँ। अट्ठाईस रुपए में एक किलो स्टेनलेस स्टील खरीदते हैं, उस पर सिर्फ दो रुपया प्रति किलो मिलता है।"

इंस्पेक्टर की आँखों में तीन हजार रुपए सुनकर एक क्षण के लिए चमक आई थी, पर वह तुरन्त बुझ गई थी—"साला इंजीनियर बना था अमेरिका जाकर? और इधर चोरी का धन्धा चलाता है? तुमको पता नहीं—'द नेशन इज आन द मूव?' बिना अनुशासन के इस देश का कुछ होनेवाला नहीं है। स्टील 'एसेशिंयल कमोडिटी' है, तुमको पता नहीं था इंजीनियर बाबू? अभी इमरजेंसी में जेल में डालने का भी जगह नहीं बचा है। वारंट फाड़ने बोलता है?"—इंस्पेक्टर अचानक गुस्से में भभक उठा था—"पकड़कर नसबन्दी करवा देगा ज्यादा बोलेगा तो।" जयगोविन्द की आँखों के आगे अँधेरा-सा छा गया था। कोई फायदा नहीं इस जल्लाद से बहस करके। उसका मुँह सूख रहा था और जीभ काठ की तरह कड़ी हो गई थी। वह एकदम पस्त हो गया था।

आज पीछे मुड़कर देखने से भी जयगोविन्द का दिल तेजी से धड़कने लगता है। इस घटना को अपनी आत्मकथा में लिखने का कोई सवाल ही नहीं उठता। यों भी वह कोई

आत्मकथा नहीं लिख रहा था। वह उपन्यास लिख रहा था जिसमें लेखक किसी भी पात्र को मनचाहे जैसा बनाकर लिख सकता है। निश्चय ही उसे जयदीप को कोई महान आदमी सिद्ध नहीं करना था, न ही जयदीप को मुसीबत का मारा बताना था। बात सिर्फ इतनी थी कि अगर एक आदमी अलग–अलग रास्तों में से एक रास्ता चुनता है, तो उसे उसका खामियाजा भी भरना पड़ता है और उसका फायदा भी उसे ही होता है। अगर वह अमेरिका में रहकर विजय जैन की तरह भारत आने के लिए तड़पता रहता, तो क्या ज्यादा अच्छा होता? कम–से–कम वह अमेरिका जाने के लिए तो नहीं तड़प रहा।

यह ठीक है कि एक रात उसने जेल में काटी थी। पर यह तो कोई गाड़ी का एक्सीडेंट करके भी काट सकता था। शायद एडवोकेट बाबू ने कलकत्ता के किसी मजिस्ट्रेट के मार्फत दुर्गापुर के मजिस्ट्रेट से जान–पहचान निकाल ली थी। अगले दिन कोर्ट में केस पेश हुआ। कोई सबूत न मिलने के कारण उसे 'बेल' पर छोड़ दिया गया था। केस कुछ दिन चलता रहा था, पर इंस्पेक्टर ने बाद में तीन हजार रुपए ले लिये थे और उसे परेशान करना छोड़ दिया था।

सबसे बड़ा केस तो एडवोकेट बाबू की अदालत में चलना था, जिसमें हर किसी को चुप रहकर चुप्पी को झेलना था। एडवोकेट बाबू ने सिर्फ उसकी तरफ देखा था। एक शब्द भी नहीं बोले थे। पर उनकी एक निगाह ने उनके अन्दर का क्रोध, दुख, हताशा सब कुछ बता डाला था। जयगोविन्द ने हिम्मत जुटाकर सिर्फ इतना–भर कहा—"मेरा आदमी चटर्जी लॉरी से माल लाने गया था। माल बेचनेवाला बड़े भैया की जान–पहचान का था। चटर्जी ने जब आकर कहा कि बालू की लॉरी से माल निकाला गया था, तो मुझे शक हुआ था कि यह चोरी का माल है। पर माल घर आ गया था, इसलिए मैंने बिना मुनाफा किए झटपट बेच डाला।" जयगोविन्द ने होशियारी से बड़े भैया और चटर्जी पर दारोमदार ठेल दिया था और अपने को निर्दोष बता दिया था। पर

कहने के बाद उसने एडवोकेट बाबू का चेहरा नहीं देखा था कि उन्हें उसकी बात पर यकीन हुआ है या नहीं।

आदमी का वश चले तो वह हर गुजरे हुए वाकये को फिर से लिख डाले। जयगोविन्द का मन होता है कि वह सोचे कि उसने एडवोकेट बाबू का चेहरा देखा था और उसने देखा था कि उन्होंने उसकी बात पर सोलह आना भरोसा कर लिया है। एडवोकेट बाबू के चेहरे पर एक बहुत हल्की-सी हँसी थी—नहीं हँसी नहीं—बस उनके चेहरे की नसों का तनाव जरा सा ढीला हो गया था। उनके चेहरे पर इस तरह का भाव उसने जिन्दगी में दो-चार बार ही देखा था, जैसे कि वे उस पर उतना ही भरोसा कर रहे हों, जितना वह अपने पर करना चाहता था।

वैसे जयगोविन्द का मन सचमुच हुआ था कि एडवोकेट बाबू से कहे कि आप जाकर मूनलाइट सिनेमा में 'दीवार' फिल्म में अमिताभ बच्चन को देखकर आइए। तब आपको समझ में आएगा कि जब सारे रास्ते बन्द दिखते हैं, तब सिर्फ चोरी-डकैती-स्मगलिंग का रास्ता ही बचता है। मुझे इस तरह के धन्धे में उतारने के जिम्मेदार आप हैं, जिन्होंने मुझे ऐसी मिट्टी में रोप दिया है जिसमें मेरी जैसी प्रजाति के पौधे उग नहीं सकते। मुझे हवालात में एक रात बिताने पर मजबूर करनेवाला वह हिन्दुस्तान मोटर्स का वाइस प्रेसिडेंट है, जिसने मुझे एक शिफ्ट के पैसे बचाने पर शाबाशी देने के बजाय एक चाय की प्याली के लिए लताड़ा। मुझे...

जयगोविन्द सोचते-सोचते रुक गया। कोई फायदा है आज इस तरह बिसूरने का। आज न एडवोकेट बाबू हैं, न माँ, न दीपा। सिर के सफेद बाल और बेमतलब बाहर आती तोंद बची है। राजेश खन्ना अपनी गरदन टेढ़ी कर फेंकी हुई मुस्कान के साथ मर चुका है। शायद वह 'एंग्री यंग मैन' बना होता, तो आज भी बचा होता।

अमेरिका में रोहित के घर रहते हुए कई बार जयगोविन्द सोचता है कि उसकी पीढ़ी और बच्चों की पीढ़ी में क्या अन्तर है। एडवोकेट बाबू और माँ के साथ रहते हुए उसने

और उसके भाई–बहनों ने कभी ऊँची आवाज में चिल्लाकर बात करना नहीं सीखा। कभी किसी से लड़ाई–झगड़ा या मार–पीट नहीं की। चौक के मकान में ऊपर–नीचे, अलग–बगल–सामने के परिवारों से झगड़ने की आवाजें उन तक आती रहती थीं। उनका परिवार सबसे अलग था क्योंकि वहाँ कभी कोई किसी पर किसी हालत में चिल्लाता नहीं था। "सब्जी बेचनेवाला ज्यादा जोर से बोलकर माल बेचता है या सोना बेचनेवाला? जो जोर से बोलता है, उसके पास सस्ता माल है।"—माँ एडवोकेट बाबू के विचारों को जब–तब बच्चों तक पहुँचाती रहती थी।

अमेरिका में भी कोई जोर से नहीं बोलता। पर ऐसे लगता है जैसे सन्नाटा चीख रहा है। सब कुछ पहले से तय होता है। किसी को कुछ बताने की कोई जरूरत नहीं होती। एक गुजराती औरत आती है और खाना पकाकर चली जाती है। उसे डॉलर इंडिया की तरह दो नम्बरी तरीके से दिए जाते हैं क्योंकि उसके पास ग्रीन कार्ड नहीं है। बहू–बेटा और बच्चा सब आपस में अंग्रेजी में बात करते हैं। लेकिन टी.वी. पर हिन्दी के सीरियल खूब देखते हैं। जितनी बार वह अमेरिका जाता है, हिन्दी फिल्मों की डीवीडी और फिल्मी गानों की सीडी का वजन ढोकर। उसके रहते बेटा–बहू–बच्चा हिन्दुस्तानी खाना खाते हैं लेकिन उसे पता है कि उसके न रहने पर वे इटालियन–मैक्सिकन–चाइनीज़ खाते होंगे। शनिवार–रविवार को पति घर के बाहर बगीचे में सफाई का काम करता है और पत्नी घर के अन्दर वाशिंग मशीन और वैक्यूम क्लीनर चलाती है। हर सप्ताह बाजार जाकर घर का सामान खरीद लाना भी कोई कम भारी काम नहीं। पर सब कुछ तय है, इसीलिए बिना किसी बहस–मुबाहिसे के अपने–आप होता रहता है।

रोहित जब–तब इंडिया के 'केओस' पर बोलता रहता है—"कैसे चलती हैं गाड़ियाँ वहाँ पर, मेरी समझ में नहीं आता। कलकत्ते के न्यू टाऊन में राजारहाट गुड़गाँव की तरह बन तो रहा है, पर मेरी टैक्सी के सामने अचानक कहीं से

गाय आ गई। ड्राइवर ने इतने जोर से ब्रेक मारा कि सारी हड्डियाँ हिल गईं। बेचारा कहने लगा कि एक बार उसके दोस्त से एक गाय मर गई थी तबसे उसने टैक्सी चलाना छोड़ दिया। होली काऊ सिंड्रोम, यू नो!"

जयगोविन्द अपने चेहरे पर एक नकली मुस्कान चिपकाकर सिर हिला देता है। उसका मन होता है कि चीख-चीखकर कहे, चुप रहो। एकदम चुप रहो। इंडिया की वह बेतरतीब भीड़ कम-से-कम जिन्दा तो है। यह तो मशीनों का देश है। यहाँ आदमी आदमी नहीं है, वह भी एक मशीन है। तुम खुश भी होते हो, तो तभी जब तुम्हारे अन्दर की प्रोग्रामिंग में उस बात पर खुश होने का आदेश आता है क्योंकि तुम सब एक ही तरह से एक ही बात पर एक संग हँसते हो। हा हा हा हा! सबको पता चल जाए कि हँसना है, इसलिए रिकार्ड की हुई हँसी की आवाज पहले से बजने लग जाती है।

जयगोविन्द कुछ नहीं कहता। उसी तरह चुप रहता है जैसे एडवोकेट बाबू के सामने चुप रह जाता था। तब रोहित 'पोल्यूशन' यानी भारत की गन्दी हवा के बारे में बोलने लगता है। जयगोविन्द सुनता रहता है और सिर हिलाता रहता है। क्या इंडिया में ऐसा कुछ भी नहीं जो इसे अच्छा लगे? सोचा जाए तो यदि न वह खुद कभी अमेरिका आया होता और न रोहित, तो वे लोग क्या सोच रहे होते? क्या कर रहे होते? क्या रोहित के अन्दर सब कुछ बदलने का जुनून पैदा हुआ होता? जिन बातों के लिए वह इंडिया को कोस रहा है, क्या उन्हें बदलने की बात वह उसी तरह करता, जिस तरह जयगोविन्द की पीढ़ी के युवा कर रहे थे? भले ही उन लोगों ने मात खाई हो और नक्सली हिंसा का रास्ता सही न रहा हो, पर कम-से-कम वे ऐसे लोगों से तो बेहतर थे, जो दूर से अपने ही लोगों को देखकर नाक-भौं सिकोड़ रहे हों।

वैसे यह भी शायद ऐसे ही होना था कि रोहित का सोच ऐसा बन जाए। वरना ऐसे लोग भी हैं जो अपने देश से दूर होकर अपनी संस्कृति और विरासत से इस तरह प्रेम करने

लगे हैं जैसे उसके बिना जी नहीं सकते। एक बार न्यूयॉर्क से दिल्ली जाते हुए वह एक ऐसी औरत से मिला था जो पिछले बीस सालों से हर साल अपने तीनों बच्चों के साथ हर गर्मी की छुट्टी के दो महीने कलकत्ते में अपनी माँ के घर बिताती थी। उसने एक गोरे अमेरिकन से शादी की थी। खुद साँवली होते हुए भी तीनों बच्चों का रंग अपने पिता पर था। वे कहीं से भारतीय बच्चे नहीं दिखते थे, पर ऐसी शुद्ध हिन्दी बोल रहे थे जैसी रोहित और सुमित भी नहीं बोल सकते। कोई बच्चा भरतनाट्यम जानता था, तो कोई तबला बजाना सीख रहा था। रोहित जब अमेरिका में कॉलेज में पढ़ रहा था, तो बताता था कि वहाँ होली-दीवाली आदि त्योहारों में वहीं बस गए भारतीय लोगों के साथ विद्यार्थी बहुत शौक और उत्साह से शामिल होते हैं।

क्या रोहित भारत से डरने लगा है ? क्या रोहित अपने पिता के भारत लौटकर ठोकरें खाने के बारे में जानता है ? क्या उसे लगता है कि जयगोविन्द ने वापस लौटकर बहुत बड़ी भूल की थी और वह उसे दोहराना नहीं चाहता ? यह तो सम्भव नहीं है कि रोहित उसके जीवन के सारे ब्योरे जानता हो। तब क्या उसके आत्मकथात्मक उपन्यास से वह सारी बातें जान लेगा ? लेकिन उसकी कथा में जो बातें उसने इधर-उधर की पढ़ी-सुनी डाल दी हैं या मन से बनाकर लिख दी हैं, क्या उन्हें भी वह सच मान लेगा ? हो सकता है कि रोहित उससे कुछ सवाल न करे लेकिन यह सब तो तभी होगा, जब वह उसकी कथा पढ़ेगा। बच्चे अपने माँ-बाप के जीवन के बारे में आखिर कितना जान पाते हैं ? जयगोविन्द को कल रात एक विचित्र सपना आया। वह तब से माँ को याद कर रहा है कि वह होती तो शायद इस सपने का कोई अर्थ बता पाती।

जयगोविन्द को इससे ज्यादा भयानक सपना कभी नहीं आया था। वह बिस्तर पर उठकर बैठा तो उसने देखा कि वह पसीने से तरबतर था जबकि अभी पूरी तरह ठंड का

मौसम बीता भी नहीं था। उसने सपने को फिर से पूरी तरह दोहराने की कोशिश की। ऐसा कैसे हो सकता है कि वह इस तरह का सपना देखे? वे लोग रेल में यात्रा कर रहे थे और अचानक रेल उलटकर पुलिया से नीचे गिर गई थी। वह शायद बेहोश हो गया था क्योंकि जब उसने आँखें खोलीं तो देखा कि उसके चारों तरफ लाशें बिखरी हुई थीं। उससे लगभग सटे हुए एडवोकेट बाबू मरे पड़े थे और माँ और बड़े भैया की लाशें आस-पास पड़ी थीं।

जयगोविन्द को इस सपने का कोई सिर-पैर समझ में नहीं आ रहा था। ये सारे लोग तो मर चुके थे। उनमें से कोई भी रेल दुर्घटना में नहीं मरा था। यह सपना न कल्पना में सच हो सकता था और न यथार्थ में सच था। तब फिर इस सपने को इस तरह देखने का क्या मतलब है? माँ अक्सर सुबह उठकर अपने किसी-न-किसी सपने का बखान करती थी। कभी कहती कि उसे सपने में साँप ही साँप दिखे, कभी कहती कि वह जमुना नदी में एक आठ साल के लड़के का हाथ पकड़े डुबकी लगा रही थी। कभी उसे अपने मरे हुए सास-ससुर दिखते जो उसे आशीर्वाद में कोई चीज या कोई फल दे जाते। जयगोविन्द को हमेशा माँ की सपनों की बातें बेतुकी लगती थीं। कई बार उसे लगता कि माँ अपनी इच्छा से ऐसा कोई सपना देख लेती होगी कि उस पर सारे दिन बात कर सके। इसमें भी माँ की कुछ ऐसी कोशिश होती कि सब कोई सोचें कि वे ऐसी खास शख्सियत हैं कि उन्हें ही ऐसे निराले सपने आते हैं।

दिन-भर जयगोविन्द के मन में वह सपना घूमता रहा। माँ होती तो इसका कुछ तो अर्थ पता चलता। माँ को बड़ा शौक था इस तरह की बातों के पीछे कोई संकेत समझने का। कई बार आस-पास या ऊपर-नीचे की औरतें भी उससे अपने सपनों के मतलब जानने चली आती थीं। जयगोविन्द ने कॉलेज की लाइब्रेरी से लेकर एक बार फ्रायड की सपनों की व्याख्या पर एक किताब पढ़ी थी। पर दिमाग में जोर डालने पर भी उसकी कोई बात याद नहीं आई। एक बात

जो उसे और ज्यादा परेशान कर रही थी, वह यह थी कि सपने में दीपा कहीं नहीं थी। आखिर वह कोई रेल यात्रा करता, तो क्या दीपा के बिना ही? और अगर दीपा उस रेल–दुर्घटना के समय में थी, तो जिन्दा या मुर्दा उसे नजर क्यों नहीं आई थी? उसे याद आ रहा है कि वह सपने में भी किसी बात से परेशान था और कुछ खोज–सा रहा था।

जयगोविन्द वापस बिस्तर पर लेटकर सीलिंग की तरफ देखता चुपचाप पड़ा रहा। अचानक उसके मन में आया कि क्या सपने में मरे हुए लोगों के बीच पड़े होने का अर्थ यह है कि उसका दिमाग माँ, एडवोकेट बाबू और बड़े भैया के साथ बिताए हुए अतीत में ही घूम रहा है? या अर्थ यह है कि वह बहुत जल्दी उन लोगों में से ही एक बन जानेवाला है? क्या यह आनेवाली मृत्यु का संकेत है? माँ से सुना हुआ है कि मरने के छह महीने पहले आदमी को यह आभास किसी–न–किसी रूप में होता है कि वह दुनिया से जानेवाला है। लेकिन माँ ने जैसा एक लक्षण बताया था, वह तो उसके साथ तब हुआ था जब लोहे के चूरे की फैक्टरी उसे बन्द करनी पड़ी थी।

उसकी जीभ पर उन दिनों अचानक एक बड़ा–सा काला दाग पड़ गया था। ऐसा होने के तकरीबन पाँच–छह महीने पहले माँ अपनी ननद तिरबेनी बाई की मौत के बारे में बता रही थीं। एडवोकेट बाबू खाते–खाते ऐसे सुन रहे थे जैसे वे हिब्रू में बोल रही हों और उन्हें एक अक्षर भी समझ में नहीं आ रहा हो। माँ बोलती रही थीं कि स्वर्गीय ननद की छोटी बहन ने बताया था कि वे लोग बचपन में राधा बीवी गली में एक ही मकान में एडवोकेट बाबू के साथ ही खेलते–कूदते बड़े हुए थे और किस तरह तिरबेनी बाई अपनी शादीवाले दिन भी सारे समय बुखार में तपते एडवोकेट बाबू के सिरहाने बैठी उनके सिर पर ठंडी पट्टी लगाती रही थीं। माँ के स्वर में उलाहना साफ था कि एडवोकेट बाबू अपनी चचेरी बहन की लम्बी बीमारी और मौत के बीच बचपन की स्मृतियों के वास्ते भी एक बार उनसे मिलने तक नहीं गए थे।

माँ ने जब देखा कि उनके अनकहे उलाहने का एडवोकेट

बाबू पर कोई असर नही हुआ है, तो वे आसन्न मौत के संकेतों के अपने पसन्दीदा मुद्दे पर चली आई थीं—''छोटी ननद बाई ने बताया कि तिरबेनी बाई के छह महीने पहले जीभ पर काला दाग पड़ गया था। सुनते ही मैंने कहा—आपको तभी समझ जाना चाहिए था कि अब बाई छह महीने से ज्यादा बचनेवाली नहीं हैं। उन लोगों को बड़ा दुःख हुआ कि उन लोगों ने मुझे पहले ही क्यों नहीं बुलाया। आश्चर्य तो यह कि दाग दिखने से पूरे-पूरे छह महीने बाद ही तिरबेनी बाई चलती रही थीं। मरनेवाले की कम-से-कम अन्तिम इच्छा तो पूरी कर पाते यदि पता चल जाता तो,''—माँ का गला ऐसे भर्रा आया था जैसे मरनेवाली ननद की उम्र अस्सी साल न होकर चालीस साल रही हो और बिना इच्छाएँ पूरी हुए ही वे मर गई हों।

जयगोविन्द ने शीशे में सुबह मंजन करते समय अपनी जीभ पर पड़ा काला दाग देखा, तो एकबारगी वह सकते में आ गया था। न उसने दीपा से कुछ कहा और न माँ से। तो क्या उसके पास सिर्फ छह महीने बचे हैं? अभी तो उसका बेटा सिर्फ चार साल का है। अभी जिन्दगी में पैर तक नहीं जमे हैं और अभी से चले जाना है? दीपा का क्या होगा और रोहित का क्या होगा? आयरन पाउडर की फैक्टरी कितने अरमानों के साथ लगाई थी। तब लगा था कि जिन्दगी में रास्ते देर-सबेर निकल ही आते हैं। इस बार उसे खतरा मोल नहीं लेना था इसलिए पहले एक छोटा 'पाइलट प्रोजेक्ट' लगाकर देख लिया था कि काम बिलकुल सही है। हावड़ा में 'वेल्डिंग' के कारखानों और 'स्टेनलेस स्टील' के बरतन बनानेवाली छोटी-मोटी फैक्टरियों के अलावा खुद हिन्द मोटर कम्पनी के लिए 'बेयरिंग' बनाने में आयरन पाउडर की भारी खपत थी। अंग्रेजी अखबार 'द स्टेट्समैन' में एक छोटा-सा विज्ञापन दिया था और ऑर्डरों की भरमार हो गई थी।

जयगोविन्द को याद है कि उन दिनों किस तरह उसके दिल में एक गुनगुनाहट-सी रहती थी। जानकीदास तेजपाल मैनशन में सबने जनता दल को वोट दिया था और हवा में

जोश ही जोश था। इन्दिरा गांधी यानी कि कांग्रेस को बड़ाबाजार में हराने के पीछे एडवोकेट बाबू की बहुत भूमिका रही थी। मोहम्मद अली पार्क की सभा में उन्हें जनता दल की तरफ से खड़े विजय सिंह नाहर के साथ मंच पर बैठे देखा जाना ही काफी था। बड़ाबाजार ने आजादी के बाद से कांग्रेस को छोड़कर कभी किसी को नहीं जिताया था। पर यह शायद एडवोकेट बाबू की साख थी कि कांग्रेस को छोड़कर निकले किसी प्रत्याशी की जीत हुई थी। जब चुनाव का देश-भर में परिणाम सामने आया, तो जानकीदास तेजपाल मैनशन के चौक में इस तरह जश्न मनाया गया था, जैसे एडवोकेट बाबू ने ही जबरन नसबन्दी करानेवाले संजय गांधी और उसकी माँ को सिंहासन से उतार दिया हो। दीवाली की तरह मकान में पटाखे छोड़े गये थे, जिसका पैसा एडवोकेट बाबू ने खुद अपनी तरफ से भेजा था।

''तो तुम कहते हो कि फैक्टरी बन्द करनी होगी!''—एडवोकेट बाबू ने पूछा था। जयगोविन्द एकदम चुप रहा था। जब बता दिया कि उन्हीं की लाई हुई जनता पार्टी की सरकार ने लोहे के पाउडर से इम्पोर्ट ड्यूटी हटा दी और विदेशी माल जयगोविन्द के बनाए माल से सस्ता मिल रहा है, तो फिर यह बात पूछने का क्या मतलब? अगर एडवोकेट बाबू को कुछ बोलना ही था, तो सहानुभूति के दो बोल बोले होते या फिर चुप ही रहते। उसने शिकायत-भरी निगाह से माँ की तरफ देखकर वापस उनकी तरफ देखा, तो उसका दिल एकदम धक से रह गया। एडवोकेट बाबू की आँखों में निरी घबड़ाहट और बदहवासी भरी हुई थी। जयगोविन्द उनकी आँखों को सुन पा रहा था—''मेरे लगाए हुए लाख रुपए डूबे सो डूबे। बैंक का तीन लाख कैसे चुकेगा?''

जयगोविन्द की अपनी यातना पहली बार एडवोकेट बाबू की आँखों में ज्यों-की-त्यों प्रतिबिम्बित हो रही थी। आज तक उसने एडवोकेट बाबू को बेपरवाह होने की हद तक शान्त और सँभले हुए देखा था। ऐसा लगता था जैसे वे अपने को एक ऐसी काँच की दीवाल में बन्द कर रहते हों,

जहाँ कोई आवाज पहुँचती नहीं। उनके अन्दर पिता का दिल धड़कता है, यह कभी जल्दी से दिखाई नहीं पड़ा। उन्होंने उसे अमेरिका पढ़ने जरूर भेजा था और लौटने पर अस्पताल में उनके गरम आँसू भी उसने छुए थे, पर वह सिर्फ उसे एक अनहोनी जैसा लगा था। यों भी बीमारी में आदमी वही आदमी नहीं रहता, जो वह होता है।

आज जीवन में पहली बार एडवोकेट बाबू उसके पिता बने और वह उनका बेटा। जैसे उसका पुनर्जन्म हुआ हो और वह ऐसे पिता को पाकर निहाल हो गया हो। ऐसा पिता जो पिता दिखने के लिए न डाँटता हो, न थप्पड़ मारता हो, यहाँ तक कि कभी जोर से भी नहीं बोलता। बस चुपचाप जानकीदास तेजपाल मैनशन के बाहर सड़क पर खड़ा रहता है। जब वह आधी रात को दोस्तों के साथ फिल्म देखकर घर लौटता है, उसे देखकर आश्वस्त हो आगे-आगे ऊपर चढ़ जाता है और कमरे में जाकर सो जाता है। अगले दिन सुबह भी वैसा ही भावहीन चेहरा बनाए रहता है जैसे कल रात कुछ हुआ ही न हो। यह तक नहीं देखता कि सामनेवाला शर्मिन्दगी और अपराध-बोध से मरा जा रहा है।

जयगोविन्द ने पहली बार हाथ बढ़ाकर एडवोकेट बाबू का हाथ पकड़ लिया था। वह काफी देर तक उन्हें सान्त्वना दिलाते हुए कुछ-कुछ बोलता रहा। आज तक शायद वह उनके सामने इतनी बातें कभी नहीं बोला था। बैंक के पैसे पर नुकसान का बीमा करवाया हुआ है। बैंक मशीनें उठा लेगी। भाड़े की जगह खाली करनी होगी। बस डूबे तो एक लाख। वह उन्हें जल्दी ही लौटा देगा। जयगोविन्द एडवोकेट बाबू को इस तरह समझाता रहा जैसे वह बाप हो और वे बेटे।

जीवन में जब जो घटता है, सो तो घटता है। आदमी को याद रहता है तो सिर्फ यही कि किसने उसका कितना साथ दिया। जयगोविन्द ने देखा था कि दीपा ने बैंक और बीमा कम्पनी के साथ सारी चिट्ठी-पत्री करने की जिम्मेदारी अपने ऊपर ले ली थी। उसकी जीभ पर पड़े काले दाग के लिए वही उसे खींचकर डॉक्टर के पास ले गई थी। उसके लिवर की

खराबी को ठीक करने के लिए उसने खाने-पीने का चौबीसों घंटों का इन्तजाम कर उसे ठीक कर लिया था। शायद वह सत्यवान था और दीपा सावित्री। यम के दरबार से उसे वापस खींच लानेवाली पत्नी। जयगोविन्द ने यह बात उसे उस दिन कही थी जब दीपा ने बरगद के पत्तों के गहने बनाकर माँ और बड़ी भाभी के साथ सावित्री व्रत की कथा सुनी थी। तब दीपा पहले तो हँसी थी, और फिर अचानक फूटकर रो पड़ी थी। या शायद जयगोविन्द ने उसके रोने के डर से उसे यह बात कही नहीं थी। सिर्फ कहने की सोची थी।

इस बीच जैसे एक युग बीत गया है। अभी जैसा याद है, क्या पता उस समय वह ठीक वैसे ही हुआ था या नहीं। जयगोविन्द अगर सावित्री की तरह दीपा को यम के पंजे से छुड़ा लाता, तो क्या जीवन ऐसा वीरान होता? पर दीपा तो एकदम बिना किसी खतरे के संकेत दिए और बिना कुछ कहे चली गई थी। दीपा ने उसे रात को उठाया था या शायद उसके उठकर बैठने से जयगोविन्द की नींद खुल गई थी। "अच्छा नहीं लग रहा है। पसीना,"—बस यही उसके अन्तिम शब्द थे। वह एम्बुलेंस बुलाकर दीपा को अस्तपाल ले गया, तब दीपा हिल नहीं रही थी। पर जयगोविन्द को मालूम था कि वह इसलिए चुप है क्योंकि वह नहीं चाहती कि जयगोविन्द को चिन्ता हो। उसे याद है कि दीपा ने एक बार आँखें खोलकर उसे देखा था। डॉक्टर कहते हैं कि वह घर में ही मर चुकी थी। "दिल के ऐसे दौरे में बिजली की गति से एक क्षण में आदमी मर जाता है। मॉसिव हार्ट अटैक हुआ था।" डॉक्टर ने कहा था। जयगोविन्द ने डॉक्टर से इस बारे में बहस नहीं की थी। "ही इज़ अ डड"—(गधा है एकदम) अगर दीपा जिन्दा होती, तो उसे कहता और वे दोनों एक साथ खूब हँसते।

जयगोविन्द का बेहद मन हुआ कि बम्बई जाने के पहले एक बार फिर उस दिल के डॉक्टर से मिलकर बताए कि दीपा ने अस्पताल जाते समय आँखें खोलकर उसे देखा था। पर इससे होगा क्या? जयगोविन्द ने दीपा की स्मृतियों में उतरने के लिए फिर से उपन्यास का अगला भाग उठा लिया।

सफरनामा : तीस से चालीस यानी अहमक से समझदार

"तीस साल की उम्र जीवन से हार मान लेने की उम्र नहीं होती। अधिकतर लोगों की जिन्दगी में या तो तीस साल की उम्र में एक मोड़ आता है या फिर चालीस साल की उम्र में। तुम्हारे जीवन में बस समझो कि वह मोड़ आ ही गया है। दरवाजा खटखटा रहा है।"—जानकीदास तेजपाल मैनशन की छत पर रहनेवाले व्यासजी ने उसे सीढ़ी पर रोककर कहा था। जयदीप सन्न रह गया। इन्हें किसने उसकी जन्मपत्री दिखाई है। माँ ने या दीपा ने ? अब तो बस अखबार में ही छपाना बाकी रह गया है कि उसकी फैक्टरी घाटा लगाकर बन्द हो गई है और वह घर में बैठा मक्खी मार रहा है इस देश की यही समस्या है। यहाँ कुछ भी प्राइवेट या पर्सनल नहीं हो सकता। हर बात की भोंपू लगाकर गली-गली में घोषणा की जाती है। शायद पूरे मकान को अब तक मालूम हो चुका होगा कि वह एक पिटा हुआ नाकारा इन्सान है।

"आपको मेरी जन्मपत्री दिखाई है किसी ने ?"—जयदीप ने सोचा कि माँ या दीपा से पूछने के बजाय व्यासजी से ही पूछ लिया जाए। पीछे वह करेगा जो उसे करना है। "अरे नहीं, बेटा। तुम इसी मकान में पैदा होकर आए थे। तुम्हारी जन्मघड़ी लिखाकर तुम्हारी जन्मपत्री मुझसे ही बनवाई थी तुम्हारे बाबूजी ने। मैं तुम्हारी पत्री कभी-कभी अपने-आप ही देख डालता हूँ। तुम क्या सोचते हो कि यह ब्राह्मण सिर्फ दक्षिणा मिलने पर ही कुछ बताता है ? तुम इसी मकान के बेटे हो। मन में जोश रखो।"—व्यासजी सीढ़ियाँ चढ़ने लगे। जयदीप का मन हुआ कि व्यासजी के पैरों में गिर पड़े। जीवन में ऐसे मौके कितने होते हैं कि किसी मामूली से आदमी का बड़प्पन आपको अपना कद बता दे। कई बार ऐसा हुआ होगा कि वह व्यासजी के बगल से इस तरह गुजर गया होगा जैसे उन्हें पहचानता ही नहीं।

जानकीदास तेजपाल मैनशन की छत पर कई ब्राह्मण परिवार टिन या

खपरैल का छप्पर डालकर रहते थे। छत का जैसे एक अपना ही अलग संसार था। माँ–भाभी वगैरह छत पर सिर्फ पापड़–मंगौड़ी बनाने के लिए चढ़तीं, पर मकान के सारे बच्चे हर मौके पर गुल्ली–डंडा से लेकर क्रिकेट खेलने छत पर इकट्ठे हुए रहते। जयदीप को याद है कि व्यासजी की पत्नी हमेशा बच्चों को बेलन दिखाकर मारने की धमकी देती थीं। अगर कभी बॉल उनके दरवाजे पर लग गई, तो फिर शामत आ जाती। उनकी कड़क दमदार आवाज से लोगों के कान के पर्दे हिल जाते। व्यासजी किसी बड़े सेठ की कपड़े की दुकान में मुनीम थे। रोज सुबह ठीक दस बजे वे घर से निकल पड़ते और रोज आठ बजे घर में घुसते। लोग कहते थे कि उन्हें बात करने का बहुत शौक है। शुरुआत करते हैं तो रुकते नहीं।

जयदीप ने माँ से कई बार यह बात सुनी थी कि व्यासजी ने पहले ही बता दिया था कि लालबहादुर शास्त्री की जीवन–रेखा खत्म हो चुकी है। शास्त्रीजी उसी महीने ताशकंद में मर गए थे। मकान में किसी का गहना उसके नौकर ने चुरा लिया था, तो व्यासजी ने बता दिया था कि वह तीन सप्ताह बाद मिल जाएगा और ठीक ऐसा ही हुआ था। लेकिन मकान के लोग व्यास जी के पास जल्दी से नहीं जाते थे। उन्होंने अपनी जन्मपत्री देखने की दक्षिणा इतनी बढ़ा रखी थी कि लोग बहुत बड़ी मुसीबत आने पर ही उनके पास जाने की सोचते थे। जानकीदास तेजपाल मैनशन के दरबान तिवारी ने यह बात फैला रखी थी कि व्यासजी के पास रविवार को बड़े–बड़े करोड़पति अपनी जन्मपत्री दिखाने आते हैं और चार तल्ले चढ़कर छत पर उनके कमरे में घंटों बैठे रहते हैं।

व्यासजी की सीढ़ियों पर की हुई भविष्यवाणी वाले सप्ताह के रविवार को छत से एक हाफ पैंट वाला तेरह–चौदह साल का सुन्दर–सा लड़का जयदीप को खोजते उसके कमरे तक आ पहुँचा था। ''आपको बाबा छत पर किसी से मिलने बुला रहे हैं।''—उसने कहा। ''कौन बाबा ?''—कहते–कहते जयदीप समझ गया कि बाबा यानी व्यासजी उसे बुला रहे हैं। जाने क्यों उसके पीछे पड़े हैं। जान ना पहचान, मैं तेरा मेहमान। आज तक इतने सालों में जिस आदमी से उसने बात तक नहीं की, वह अचानक उसे सीढ़ी पर रोककर उसे उसका भविष्य बताने लगता है। उसे मकान का बेटा घोषित करता है और फिर जाने किसलिए अपने घर भी बुलाने लगता है। लड़का उसकी तरफ अजीब निगाहों से देख रहा था। क्या पता इसे मालूम हो कि उसकी फैक्टरी डूब गई है और यह भी तरस खा रहा हो। ''ठीक है, मैं आता हूँ। तुम जाओ।''—जयदीप ने भरसक अपने रूखे शब्दों को मुलायम बनाते हुए धीरे–से कहा। ''नहीं, बाबा ने आपको

साथ लेकर आने कहा है''—कहकर वह हल्के से हँसा। ''क्यों, उन्हें पता चल गया है कि मैं कब मरनेवाला हूँ?''—जयदीप को लड़के का उतरा हुआ चेहरा देखकर लगा कि उसे इस तरह की बात नहीं कहनी चाहिए थी। ''चलो, चलो।''—कहकर उसने लड़के के कन्धे पर दोस्ती का हाथ रख दिया।

छत पर जाते हुए बचपन की जाने कितनी यादें जयदीप के मन में कौंध गईं। एक बार किसी लड़के ने किसी से लड़ाई होने पर वहाँ पड़ा ताला उठाकर उस लड़के के मुँह पर दे मारा था और उस लड़के का सामने का दाँत आधा टूट गया था। क्या जाने अभी भी वह लड़का या आदमी अपने टूटे हुए दाँत के साथ यहीं रहता हो? अगर वह लड़का सामने आ जाए, तो वह उसे पहचान लेगा। ''कैसे हो, इंजीनियर बाबू!''—तिवारी जी की पत्नी ने उसे छत पर घुसते हुए देखकर कहा। कितनी बूढ़ी हो गई तिवारिनजी! जाने कितनी बार इन्होंने उसे आटे का हलवा खिलाया होगा। तिवारिनजी को माँ हर हफ्ते दान में आटा, चीनी, घी वगैरह का 'सीधा' देती थी। माँ को यह कभी पता नहीं चला कि तिवारिन उसी दान के अनाज को उनके बेटे को खिलाती है।

''दिन सबके फिरते हैं।''—तिवारिन जी ने उसे जैसे दिलासा देते हुए कहा। ''आप लोगों का आशीर्वाद हो, तो फिर क्या चिन्ता?''—जयदीप ने बचपन की यादों के सम्मान में कहा। क्या पता छत पर उसके भूत, भविष्य, वर्तमान की हालत पर इन सबकी एक सम्मिलित बैठक हुई हो। ''जाओ, व्यास बाबा के पास तो बड़े-बड़ों की चिन्ताएँ दूर हो जाती हैं।''—तिवारिन जी की बात सुनकर जयदीप का मन हुआ कि कहे, हाँ लालबहादुर शास्त्री जो यहाँ नहीं आए, वही गलती कर गए। पर वह चुप रहा। व्यासजी के कमरे का परदा हटाते हुए जयदीप उनके घर में घुसा तो एक बार चौंक गया। एक तो उसने सोचा नहीं था कि इस तरह छत पर कोई मखमली कपड़ा चढ़ा हुआ सोफा सेट रखा हो सकता है जिस पर व्यास जी बैठे हों। ऊपर से एक ऊँची पीठ की सिंहासननुमा कुर्सी पर एक नाटा आदमी तनकर बैठा हुआ उसे ऊपर से नीचे तक घूर रहा था। तो तिवारी जी की सूचना गलत नहीं थी कि करोड़पति लोग चार तल्ला चढ़कर छत पर आते हैं और व्यासजी के सामने घंटों बैठे रहते हैं। यह भी जाहिर था कि ऐसे ही लोगों ने अपने खुद बैठने के लिए इस तरह का सोफा और कुर्सी व्यास जी के यहाँ रखवाई होगी, जिनका टिन या खपरैल की छत और हरे रंग से पुती दीवारों के साथ कोई मेल नहीं था।

''ये राजाराम बाबू हैं। इनकी बड़ी-बड़ी फैक्टरियाँ रेलवे की बोगियों से लेकर नदियों पर पुल तक बनाती हैं। तुमने अखबार में फोटो तो देखी होगी?''—

व्यासजी के शब्दों में हामी भरने का आदेश-सा छिपा था। जयदीप के मुँह से "हाँ-हाँ कई बार देखी है,"—अपने आप निकल गया। बोलते-बोलते उसे लगा कि हाल में हुए एक सौ बीस करोड़ के संचयिता चिट फंड घोटाले के मालिकों में से कहीं यह एक तो नहीं, जिनकी तस्वीरें अखबारों में रोज निकल रही थीं। पर नहीं, उनमें से किसी का नाम राजाराम तो नहीं था। हो सकता है कि थोड़ी बहुत शक्ल मिलती हो।

ऊँची कुर्सी पर बैठे शख्स का चेहरा भावहीन रहा जैसे इस तरह की बातें वह रोज ही सुनता हो। "कलकत्ते के सबसे पुराने रईस परिवारों में राजाराम बाबू का परिवार गिना जाता है। पोतड़े के रईस हैं ये।"—व्यास जी की बातें सुन जयगोविन्द हैरान था। यहाँ क्या राजाराम बाबू का वंश-वृक्ष सुनाने के लिए उसे बुलाया गया था? "राजाराम बाबू खुद ज्यादा पढ़ नहीं पाए, पर पढ़े-लिखे लोगों की ऐसी कदर करनेवाला मिलना मुश्किल है। इनके यहाँ चपरासी भी बी.ए. पास होता है!"—व्यासजी बोलते जा रहे थे। तो क्या चपरासियों के सुपरवाइजर की नौकरी के लिए उसे बुलाया गया है? क्या इसी तरह के 'मनीबैग्स' के यहाँ नौकरी के लिए वह अमेरिका पढ़ने गया था? जयदीप का मन एकदम मर गया।

"हमने एक जूट मिल खरीदी है और हम उसे बंगाल की सबसे आधुनिक मिल बनाना चाहते हैं। आप अमेरिका से कम्प्यूटर की पढ़ाई करके आए हैं और हिन्दुस्तान मोटर में काम करने का आपको तजुर्बा भी है, '—राजाराम बाबू की भाषा एकदम नपी-तुली थी। ऐसा आदमी व्यासजी के पास क्या कर रहा है? जयदीप एकदम चकित था। "गुरु जी ने,"—राजाराम बाबू ने व्यासजी की ओर आदर से देखते हुए कहा—"हमें बताया कि आपकी आयरन पाउडर फैक्टरी किस तरह नुकसान लगाकर बन्द हो गई है। बैंक का झमेला सलट गया?"—जयदीप के सिर हिलाने तक राजाराम बाबू आगे बोलने लगे थे—"यदि आपने गुरुजी की मार्फत हमें पूछा होता, तो हम आपको बता देते कि आयरन पाउडर पर इम्पोर्ट की रोक हटनेवाली है। सरकार कांग्रेस की हो या किसी जनता-वनता पार्टी या कम्युनिस्टों की, हम अन्दर की खबर के बिना किसी चीज में हाथ नहीं डालते।"

बचपन से अब तक जयदीप ने सीख लिया था कि चाहे मन में हजार प्रश्न कुलबुला रहे हों, कभी एक सवाल तक मुँह पर मत लाओ। धीरज रखकर प्रतीक्षा करो जब तक समय के साथ उन सवालों के जवाब खुद-ब-खुद न मिल जाएँ। अमेरिका में वह जब विद्यार्थियों को बेझिझक प्रोफेसर से प्रश्न-

पर-प्रश्न पूछते देखता, तो उसकी बोलती बन्द हो जाती। खुद असिस्टेंटशिप करते हुए पढ़ाते समय वह तैयार रहने लगा था कि कहीं से कोई भी कभी भी प्रश्नों की गोलियाँ दाग सकता है।

वह इस शख्स से पूछ पाता तो जरूर पूछता कि जब सारी जूट मिलें दुनिया में प्लास्टिक बैग की खपत बढ़ने के कारण बन्द हो रही हैं या किसी तरह घिसटकर चल रही हैं, तो आप किस अन्दरूनी जानकारी के बूते पर जूट मिल खरीदने चले हैं? हिन्दुस्तान मोटर छोड़ने के बाद उसने यह सोचकर कि बंगाल में जूट और चाय दो सबसे बड़े उद्योग हैं, तीन जूट मिलों में कंसल्टेंसी का काम शुरू किया था। पर वे तीनों जूट मिलें एक-एक कर बन्द हो गई थीं। सोचा जाए तो कलकत्ते के आस-पास का औद्योगिक इलाका एक श्मशान घाट है जहाँ मुर्दे ही मुर्दे बिखरे पड़े हैं। पिछले दस सालों यानी सत्तर के दशक में हजारों छोटे-बड़े कारखाने बन्द हुए हैं। ये राजाराम बाबू जाने किस चमत्कार की आशा में जूट मिल खरीदने चले हैं?

"राजाराम बाबू का सोच बहुत दूर तक जाता है।"—व्यासजी तभी बोल पड़े—"यों भी बंगाल में यदि आपके पास एकाध जूट मिल नहीं, तो आप असली सेठ नहीं कहला सकते। पाँच हजार लोगों के अन्नदाता न बने, तो फिर क्या किया। तुम्हें तो पता ही होगा जयदीप कि एक जूट मिल का फैलाव एक जमींदारी से कम नहीं। इनकी जूट मिल में गंगा किनारे बनाया अंग्रेजों का बँगला और बगीचा देखकर तबीयत खुश हो जाती है।" अचानक जयदीप को मामला समझ में आ गया। व्यासजी ने राजाराम बाबू की जन्मपत्री देखकर बता दिया होगा कि आपके पास पैसा जूट से आएगा। अभी जूट मिल बहुत कम दाम में मिली होगी। जूट का एक्सपोर्ट कम हो जाने से सबकी हालत ऐसी खस्ता है कि मजदूरों को देने के लिए पैसे नहीं। ऊपर से कम्युनिस्ट सरकार मजदूरों को छँटाई करके कम करने नहीं देगी। मिनट-मिनट में 'लाल झंडा करे पुकार, इन्कलाब जिन्दाबाद' के नारे लगाती यूनियनें काम बन्द करवा देती हैं या मैनेजर का घेराव कर बैठ जाती हैं।

जयदीप को यह जानने में काफी वक्त लगा था कि दरअसल राजाराम बाबू को जूट मिल इसलिए लेनी पड़ी थी क्योंकि उनके लोहे की रेल की बोगियों और पुल बनाने से कमाए हुए पैसे एक दलाल की मार्फत किसी जूट मिलवाले में डूब गए थे। जूट मिलवाले ने अपने को दिवालिया घोषित कर दिया था, तब दलाल ने बीच-बचाव कर उन्हें रुपयों के बदले जूट मिल दिला दी थी। राजाराम बाबू ने यह तय किया था कि वे जूट मिल को फायदे का सौदा साबित करने के

लिए अपनी इंजीनियरिंग कम्पनी का पूरा अनुभव लगा देंगे। जयदीप को यह भी जानने में कई साल लग गए थे कि राजाराम बाबू न सिर्फ नेताओं और सरकारी विभागों के अफसरों से अन्दर की खबरें लेकर ही किसी व्यापार में हाथ डालते हैं, बल्कि वे व्यासजी के मार्फत अपने हर मैनेजर तक की जन्मपत्री दिखवाकर यानी ऊपरवाले की लिखी उस बन्दे की नियति जानकर ही उसे काम पर रखते हैं।

''घाटे और धोखे का खतरा जितना कम किया जा सके, उतना कर लेना चाहिए।''—यह आप्तवाक्य खुद राजाराम बाबू के मुँह से उसने तब सुना था, जब वह पूरी तरह उनका मुरीद बन चुका था। यहाँ तक कि वह राजाराम बाबू की तरह झक सफेद पैंट और सफेद शर्ट पहनने लगा था। दीपा को काफी आश्चर्य हुआ था जब उसने एक साल दीवाली पर अपने सारे रंगीन पैंट और शर्ट अलमारी से निकालकर बाहर कर दिए थे। ''अरे यह क्या!''—दीपा ने जानना चाहा था—''तुम कोई एयर कंडीशंड ऑफिस में सुबह से शाम तो बैठते नहीं हो। गाड़ी चलाकर गंगा के दोनों किनारों पर तीस-तीस किलोमीटर तक जूट मिलों के चक्कर लगाते हो। ये सफेद शर्ट-पैंट तो दस दिन में ही पीले पड़ जाएँगे।'' जयदीप ऐसे हँसा जैसे दीपा ने कोई बेसिरपैर की बात कह डाली हो। राजाराम बाबू का हर विषय का ज्ञान जब-तब चमकाने में जयदीप को मजा आने लगा था। ''सफेद शर्ट-पैंट में हलका सा ब्लीचिंग पाउडर डालकर चार घंटे बाद धोकर उसे वापस सफेद कर सकते हैं। पर अगर नीली शर्ट का रंग धूप या पसीने से बदरंग हो जाए तो उसका रंग फिर कभी ठीक नहीं हो सकता। समझी?'' दीपा हल्के से हँसी थी जैसे कि वह हँसती थी, जब वह समझती बहुत कुछ होती थी, पर उसका इरादा कुछ कहने का नहीं होता था।

राजाराम बाबू को अपना नया अमेरिका रिटर्न्ड भक्त क्यों पसन्द आया था, यह जयदीप को पूरे-पूरे दस साल बाद पता चला था। धीरे-धीरे इन सालों में राजाराम बाबू के घर में या बाहर कोई ऐसी पार्टी नहीं हुई थी, जिसमें जयदीप राजाराम बाबू के इर्द-गिर्द दिखाई नहीं पड़ रहा हो। समय के इस दौर में राजाराम बाबू ने जितनी कम्पनियाँ खरीदीं, उनके हर सौदे में जयदीप की मौजूदगी इस तरह रही, जैसे कि वह उनका अपना बेटा हो। हर बार राजाराम बाबू व्यासजी के घर छत तक चढ़कर उनके पास घंटों बैठते। जयदीप के जाने कितने रविवार इसी तरह छत पर गुजरे। दीपा के गुस्से से तने हुए चेहरे को नजरअन्दाज कर जयदीप चोर की तरह सीढ़ियाँ चढ़कर व्यासजी के कमरे में दाखिल हो जाता। उसके बाद न उसे समय का पता रहता और न भूख-प्यास

का। उसे मालूम भी नहीं चला कि वह कब व्यासजी को राजाराम बाबू की तरह 'गुरुजी' बोलने लग गया, जब तक कि दीपा ने एक दिन चिढ़कर उससे पूछा—"व्यास जी तुम्हारे गुरुजी बन गए और तुम्हारे राजाराम बाबू? वे तुम्हारे लिए जगतगुरु बन गए या कि जुगाड़ गुरु?"

जयदीप को पता था कि दीपा राजाराम बाबू से क्यों नाराज है। राजाराम बाबू की जूट मिलों में जयदीप का सॉफ्टवेयर उनके कम्प्यूटरों में चल रहा था और इससे जयदीप को एक नियमित आमदनी हो रही थी। पर इसके अलावा जयदीप को उनकी पार्टियों में पाँच-सात बंगाली फिल्म अभिनेत्रियों, पुलिस कमिश्नर, बड़े पदों के सरकारी अफसरों और बड़े उद्योगपतियों के साथ खाते-पीते रहने और जान-पहचान के अलावा कोई फायदा नहीं हुआ था। वह अपनी मारुति 800 गाड़ी चलाकर सुबह से शाम दूर-दूर तक फैली जूट-मिलों में चक्कर लगाने पर मजबूर था। जयदीप को बस इतना फायदा हुआ था कि राजाराम बाबू की जूट मिलों में कम्प्यूटर लगाने और चलाने से उसकी साख बन गई थी और उसे दूसरी मिलों का भी काम मिल गया था। पर इतना फायदा कुछ भी मायने नहीं रखता था। इससे ज्यादा फायदा तो खुद उसने राजाराम बाबू का करवा दिया था।

राजाराम बाबू की एक फैक्टरी में हड़ताल होकर तालाबन्दी हो गई थी। जयदीप को पता चला था कि मजदूरों का नेता अशोक तिवारी बड़ाबाजार युवक सभा के उसके पुराने परिचित राजीव मिश्रा का साला है जो एक साप्ताहिक अखबार 'लोकतंत्र की आवाज' के नाम से निकालता है। अशोक मिश्रा के साथ जयदीप ने सौदा करवाकर उसे राजाराम बाबू से पच्चीस हजार रुपए ले जाकर दिए थे और फैक्टरी खुल गई थी। "तुमने कितने रखे यार?"—राजीव मिश्रा उसके पीछे पड़ गया था। जयदीप को बहुत बुरा लगा था जब मिश्रा यह मानने को तैयार ही नहीं हुआ था कि उसने खुद उतने ही रुपए नहीं बनाए हैं। "चूतिया हो क्या यार या मुझे चूतिया बना रहे हो!"—मिश्रा अन्त में पसोपेश में पड़कर बोला था। उधर व्यासजी के सामने राजाराम बाबू ने जयदीप के प्रति आभार जताते हुए कहा था—"लाखों के बिना यह काम बनता नहीं। जयदीप ने तो चमत्कार ही कर दिखाया है गुरु जी।"

इस घटना के बाद जयदीप राजाराम बाबू के लिए कम्प्यूटर के 'ट्रबलशूटर' की तरह बन गया था। कोई भी मुश्किल आती और जयदीप उसका हल निकाल लेता। कभी बैरकपुर की फैक्टरी में इलाके के मस्तानों को सीधा करने के लिए उसने वहाँ के सबसे बड़े गुंडे को जूट मिल के मशीन के एक पुर्जे की

फैक्टरी लगवाकर अपना आदमी बना लिया, तो कभी बात-बात में पाइपगन निकालनेवाले बेलघड़िया फैक्टरी के गुंडे चीना का महीना बाँधकर उसे सीधा कर दिया। सरकारी बैंकों के मैनेजर बन्द पड़ी फैक्टरियों में फँसे अपने रुपए निकालने के लिए राजाराम बाबू को फायदे के सौदे बताते और राजाराम बाबू तुरन्त शाम को चाय पीने उसे अपने घर बुला लेते। मजदूरों की छँटनी करवाने में जयदीप को महारत हासिल हो गई थी। मजदूर यूनियनों के नेताओं को किस तरह अपना आदमी बनाना है, इसका कोई जादू-मंत्र जैसे उसके पास था। बेलघड़िया फैक्टरी का नेता कोई पुराना नक्सली था। पुलिस की गोली से शायद इसलिए बच गया था क्योंकि वह किसी जमींदार घराने से था। जयदीप कभी किसी के सामने पुराने दिनों का कामरेड बनकर बात करता, तो कभी उद्योगों की श्मशान-भूमि बंगाल के नए रहनुमा उद्योगपति राजाराम बाबू का वास्ता देकर। कभी वह अमेरिका रिटर्न्ड इंजीनियर बनकर किसी को लुभाता, तो कभी एडवोकेट बाबू का संस्कारी पुत्र होकर, जो आज भी बड़ाबाजार के चौक के मकान में रह रहा है।

तब तक जयदीप को मालूम नहीं था कि जानकीदास तेजपाल मैनशन को ढहने से बचाने की मुहिम में भी राजाराम बाबू का 'जुगाड़िया' बनना उसके बहुत काम आएगा। 'जुगाड़' शब्द ही अपने-आप में उसे बहुत मजेदार लगने लगा था। किसी भी तरह कोई आदमी अगर हर तरह का काम करवा सकता है, तो यह क्या अद्‌भुत नहीं है? अचानक इंडिया का तिलिस्म उसे साइंस-फिक्शन से भी ज्यादा रहस्यमय लगने लगा था। जाने कैसे सबके तार सबसे जुड़े हुए थे जबकि कोई उन्हें जोड़नेवाला नहीं था। बाद में और गहरे पानी में डूबने पर उसे पता चला था कि आफताब हुसैन, बड़ाबाजार थाने के नए-पुराने ओ.सी., मिंटू चौधरी और तमाम हिन्दी अखबारों के पत्रकार, आस-पास के झुके हुए मकानों के लोग और उनके रिश्तेदार, डिस्ट्रिक्ट मैजिस्ट्रेट, हाईकोर्ट के वकील और जज, हर किसी पार्टी के छोटे-बड़े नेता और दिल्ली तक पहुँचे उनके लीडर— हर कोई काम का आदमी हो सकता था बशर्ते कि आप सही आदमी को सही वक्त पर सही काम में लगा सकें।

राजाराम बाबू के साथ बीते दस साल किस कदर जल्दी-जल्दी बीत गए, यह जयदीप को पता नहीं चला। उसके पास रुककर सोचने की फुरसत नहीं थी। इस शख्स के पास जाने क्या जादू था कि वह जिस चीज को हाथ लगाता, वह सोना उगलने लगती थी। पर बात सिर्फ सफल होने की नहीं थी। सफल होने के तरीके निकालने की थी। राजाराम बाबू का मुरीद वह ऐसे ही नहीं बना

था—वह भी ऐसा मुरीद जिसकी अपनी किस्मत चमकने का नाम नहीं लेती थी। बहुत बार उसने सोचा कि व्यासजी को वह भी 'गुरुजी' कहता है, पर व्यासजी उसके लिए कभी कुछ नहीं करते। फिर वह सोचता कि उसकी जन्मपत्री उनके पास है। वे जानते होंगे कि उसकी किस्मत में प्यादा बनने से ज्यादा कुछ नहीं है। इसीलिए उन्होंने उसे ऐसे आदमी का प्यादा बना दिया है, जिसके साथ बात करने और काम करने का नशा बाकी कमियों को पूरा कर देता है।

राजाराम बाबू ने अपनी 'इरविन' जूट मिल को देखते ही देखते सबसे बढ़िया क्वालिटी के जूट बनाने की मिल बना डाला था। उन्होंने जूट को पैदावार के मौसम में सस्ते में खरीदकर बड़े-बड़े गोदामों में भरने में पैसे लगाने के बजाय मशीनों को नया बनाने में पैसा लगाया। जूट के पौधे के बीच के हिस्से से सबसे उम्दा हेसियन कपड़ा और आगे-पीछे के जूट को मिलाकर कई तरह के बोरे के कपड़े बनाकर उन्होंने जूट के अवशिष्ट या बचनेवाला कूड़े का हिस्सा लगभग नहीं के बराबर कर डाला। जूट को तरह-तरह के दूसरे रेशों से मिलाकर नई तरह के उत्पाद बनाने में उन्होंने सबको पीछे छोड़ दिया। इसी बीच भारत सरकार ने दुनिया में घटती जूट की खपत के कारण जूट पैदा करनेवाले लाखों किसानों और जूट मिलों के लाखों मजदूरों को बेकारी से बचाने के लिए नया कानून बनाकर अनाज और चीनी की मिलों में जूट के बोरों की खरीदारी को अनिवार्य बना डाला। राजाराम बाबू ने जयदीप को उस दिन पहली बार सिर्फ चाय न पिलाकर अपने साथ अकेले बैठाकर अपने घर में खाना खिलाया था। चाँदी की थाली में छह कटोरियों में तरह-तरह की सब्जियाँ चखते हुए जयदीप को उन्होंने पहली बार अपनी जन्मकुंडली के राजयोग के बारे में बताया था। "राजा की जैसी जन्मपत्री है मेरी। सूर्य और बुध का मेरे कर्म के घर में योग है। बुधादित्य योग। मतलब समझे? मैं राजा बनूँगा, पर अपने कर्म से। पैदाइशी राजा तो बहुत होते हैं, पर रह नहीं पाते। क्यों ठीक कहता हूँ कि नहीं?"—जयदीप जानता था कि वे अपनी हाँ में हाँ मिलवाना चाहते हैं। उसने वही किया। पर आज उसे कुछ और पूछना था।

"आपकी जन्मपत्री में राजयोग है, तो फिर आप गुरुजी से हर बार क्यों पूछते हैं कि कोई कम्पनी या फैक्टरी खरीदनी है या नहीं? क्यों अपने मैनेजर तक की जन्मपत्री दिखवाते हैं?"—जयदीप जानता था कि राजाराम बाबू को उसकी बात अच्छी नहीं लगेगी, पर आज खुशी के मौके पर वह यह छूट नहीं लेगा, तो कभी जीवन में भी नहीं ले पाएगा। "जानना चाहते हो? अच्छा सुनो,"—राजाराम बाबू का चेहरा एक बार नाराजगी की झलक के बाद सामान्य

हो गया था—"अगर तुम्हारी जन्मपत्री में राजयोग होता, तो तुम मेरे पास इतने साल रहते? तुम कब के छिटक गए होते। मेरा हर मैनेजर बिना राजयोग वाला होता है। नहीं तो वह सबसे पहले मुझे ही लूटेगा। इसीलिए गुरुजी को हर आदमी रखने से पहले पूछता हूँ। ऐसे ही हर कम्पनी या फैक्टरी की भी एक जन्मपत्री होती है। यदि उसकी तकदीर में पनपना लिखा ही नहीं, तो मेरा राजयोग भी उसे चला नहीं पाएगा। उस जन्मपत्री को उसका 'वास्तु' कहते हैं। वास्तु तो एक मन्दिर का भी होता है। तिरुपति के मन्दिर में जितना सोना चढ़ता है, क्या किसी और मन्दिर में चढ़ता है? समझ में आई बात?"

जयदीप को उस दिन सब कुछ समझ में आ गया था। पर उसने सिर्फ गरदन हिला दी और हँस दिया। वह जानता था कि अगर वह नहीं हँसता, तो राजाराम बाबू का मूड खराब हो सकता था। राजाराम बाबू तुरन्त तनावमुक्त हो गए थे और उससे एक और पराँठा खाने का आग्रह करने लगे थे। पर उसी दिन से जयदीप के अन्दर कुछ दरकने लगा था। पिछले आठ सालों से राजाराम बाबू की बातें, उनका काम करने–करवाने और सोचने का तरीका उसे जैसे एक नशे की तरह जमीन से ऊपर रखता आया था। बेशक इसमें उनकी पार्टियों में बड़ी–बड़ी हस्तियों से मिलने–जुलने और हँसने–बोलने का इनाम शामिल था। इन्दिरा गांधी की हत्या के बाद वह इन्दिरा गांधी के दाह–संस्कार में राजाराम बाबू के साथ हवाई जहाज में बैठकर दिल्ली गया था। राजाराम बाबू के पिता की नेहरू से लेकर बड़े–बड़े कांग्रेस के लीडरों से व्यक्तिगत जान–पहचान रही थी। उनके सामने की कुर्सियों पर कई देशों के प्रधानमंत्री और राष्ट्रपति बैठे हुए थे और अगल–बगल सारे देश को चलानेवाले तमाम बड़े उद्योगपति बैठे थे। उसी दिन उसने सोच लिया था कि वह राजाराम बाबू के प्रति अपने मन में कोई शिकायत नहीं रहने देगा। यह सोचना छोड़ देगा कि उन्होंने दाल–रोटी के लिए जूट मिलों के चक्कर लगाने तक से उसे मुक्ति नहीं दिलाई है जबकि उनके लिए यह चुटकियों का खेल है।

आज अचानक उसने अपने और राजाराम बाबू के रिश्ते को बहुत साफ–साफ और पूरी बारीकी से देखा। जिस तरह दिमाग के एम.आर.आई. और कैट स्कैन में एक–एक नस के अन्दर देखा जा सकता है, उसी तरह उसने राजाराम बाबू को आज बिना किसी धुन्ध के साफ–साफ जान लिया। यह शख्स जिन्दगी में हर किसी को निचोड़कर उसका पूरा रस निकाल लेता है। चाहे व्यासजी के घर चार तल्ले चढ़कर छत पर जाना हो या जयदीप को चाय पर बुलाकर उसकी मनपसन्द 'फ्लूरीज' की पेस्ट्री खिलाना, उसका हर एक कदम सोचा समझा है।

वरना व्यासजी जिन्हें वह गुरुजी कहता है, क्या अब तक छत पर ही रह रहे होते? शायद राजाराम बाबू ने व्यासजी की जन्मपत्री में लिखी चिर दरिद्रता को भी कहीं से पढ़वा लिया है।

जयदीप ने यह भी निश्चय किया कि जिस तरह उसे राजाराम बाबू को समझने में आठ साल लगे, उसी तरह राजाराम बाबू को बदले हुए जयदीप को समझने में चार नहीं तो कम से कम दो साल तो वह लगवाएगा। इसमें कोई शक नहीं था कि राजाराम बाबू से उसे बहुत कुछ मिला था। जब उनकी मसिर्डीज कई बार उसे लेने आती या रविवार को वह उनके साथ सीढ़ियाँ चढ़ छत पर जाता, तो आस-पास जैसे एक सन्नाटा छा जाता था। लोग उसकी पुरानी नाकामी या नाकाबिलियत को भूल चुके थे। हर जगह घरवाले या बाहरवाले सब उससे अदब से पेश आते थे। आगे जाकर मेट्रो-पीड़ित बन्धु एसोसिएशन का अध्यक्ष बनाने के पीछे उसकी यही साख काम आई थी। घरवाले तो घरवाले, सारी दुनिया यही समझती थी कि उसके पास बोरे भरकर नोट रखे हुए हैं और उसका बैंक-बैलेंस जाने कितने दशमलव में जमा हो रहा है। यहाँ तक कि माँ और एडवोकेट बाबू भी उसकी तरफ से बेफ्रिक हो गए थे। सिर्फ दीपा और वह ही हकीकत जानते थे। दीपा को तो इस बात से भी बहुत तकलीफ थी कि इतने सालों में राजाराम बाबू ने सीढ़ियाँ चढ़ते समय पन्द्रह फुट का गलियारा पार कर सौजन्य में कभी एडवोकेट बाबू, माँ या दीपा से मिलने की कोई जरूरत नहीं समझी थी।

अगले दो सालों में जयदीप ने दिल्ली के उद्योग भवन के अनगिनत चक्कर लगाए। उद्योग भवन के विशाल धूल-भरे कॉरीडोर में चपरासी और जूनियर क्लर्क से लेकर अंडरसेक्रेटरी और एडीशनल सेक्रेटरी तक उसे देखकर उससे इस तरह बतियाते जैसे वह उनमें से ही एक हो। ब्रीफकेस लेकर सफारी सूट पहने हुए भारत के हर राज्य से आए दलाल उसकी अमेरिकन अंग्रेजी पर आम तौर पर मोहित हो जाते थे। उनमें से एक सुन्दरम तो आए दिन उसे कलकत्ता फोन तक कर लेता। चपरासी को दूसरे दलाल पाँच रुपए देते थे, यह जानने के लिए कि जूनियर क्लर्क या बाबू अपनी कुर्सी पर आया है या नहीं। जयदीप का दस रुपए का कड़कड़ाता नया नोट हमेशा चपरासी को देखते ही निकल आता, भले ही उसे कोई काम उससे हो या नहीं। हर उद्योग में सरकारी लाइसेंस लेने या तय 'कोटा' बढ़वाने के लिए उद्योगपति अपनी बड़ी गाड़ियों में बैठे फार्म भरवाते रहते थे। जयदीप के पास इतना काम था कि वह चाहता तो दिल्ली में ही बस जाता। एक तरफ ससुराल में सुबह-शाम-रात की खातिर और दूसरी तरफ उसका उद्योग भवन में इस तरह स्वागत होता जैसे वह कोई बम्बइया हीरो

हो। राजाराम बाबू के साथ उठ-बैठ ने उसकी नैसर्गिक सुन्दरता में ऐसा आभिजात्य पैदा कर दिया था कि दूर से देखते ही लोग उसे खास आदमी समझते। ऊपर से बातों में वह सबसे महँगी मॉल्ट शराब, फिल्म अभिनेत्रियों और बड़े नामों का ऐसे उपयोग करता जैसे यह सब उसके रोजमर्रा के जीवन का हिस्सा हो।

संयोग से राजाराम बाबू को भी उन दिनों उससे एक जरूरी काम पड़ा। इरविन जूट मिल ने फूड कॉरपोरेशन ऑफ इंडिया को जो बोरे भेजे थे, उनमें पानी की मात्रा अधिक होने के कारण उनकी कम्पनी 'ब्लैकलिस्ट' में आ गई। कम्पनी को ब्लैकलिस्ट से हटाने के लिए जयदीप ने उनसे जो रकम वसूली, उससे उसका बैंक-बैलेंस सचमुच लोगों की कल्पना जैसा बनने लगा। राजाराम बाबू ने व्यास जी के सामने ही कहा था—"जयदीप ने काम तो करवा दिया, पर बहुत चूना लगाकर।" व्यासजी ने उसकी तरफ देखा, तो उसमें जयदीप को कहीं एक शाबाशी जैसा भाव दिखा था। व्यासजी जानते हैं कि ईमानदारी से वह दुहा जाता रहेगा और कहीं नहीं पहुँचेगा। जयदीप ने हँसकर जवाब दिया था—"राजाराम बाबू, कलकत्ते के काम में जान-पहचान के कारण पैसे नहीं लगते। दिल्ली में तो बेटा अपने बाप को भी नहीं छोड़ता, मुझे क्या छोड़ेगा!"

जयदीप खुद भी जानता था कि राजाराम बाबू उससे ज्यादा दिन काम नहीं करवाएँगे। अगली बार उसने भारतीय रेलवे का सबसे बड़ा टेंडर उन्हें दिलवा दिया। भारत का रिश्तों के जादुई धागों का तिलस्मी रहस्य अपने-आप जैसे उसके लिए काम कर रहा था। दिल्ली में उसे पता चला था कि उसके ससुर पिछले दस सालों से रेलवे के चीफ इंजीनियर के साथ सुबह की सैर करते हैं। यह जानकारी उसे अचानक ठीक उस समय मिली जब उसे व्यासजी के मार्फत यह पता चला था कि राजाराम बाबू को वही टेंडर दिलवाने के लिए वे उनके घर पर रविवार को कोई बड़ी पूजा या यज्ञ कर रहे हैं। जयदीप ने बिना चीफ इंजीनियर का नाम लिये सीधे रेल मंत्री के किसी आदमी के बारे में राजाराम बाबू को बताया था जो उनका यह काम करवा सकता था। दो-चार बार राजाराम बाबू का फोन आने के बाद उसने यह काम करवाने की जो फीस बताई थी, उसे सुनकर उनके होश उड़ गए थे। तब जयदीप ने उनसे कहा था—"आपके मुनाफे का दो प्रतिशत ही तो आप दे रहे हैं, राजा बाबू। आप जानते हैं कि इससे कम में यह काम होगा नहीं।" यह बात उसने चूँकि फोन पर कही थी, राजाराम बाबू को वह अपनी हँसी से अपने भोलेपन का यकीन नहीं दिला सकता था। इसलिए जयदीप ने ऐसी चाल खेली, जो उसे खुद भी नहीं पता था कि वह खेल सकता है।

''यही शख्स जो आपको टेंडर दिलवाएगा, आपको सिर्फ चार परसेंट ब्याज पर किसी मंत्री के चार करोड़ रुपए भी दिलवाना चाहता है। पर न कभी वह आपसे मिलेगा और न ही मंत्री का नाम आपको बताएगा। लेकिन आपके नुकसान की भरपाई तो हो जाएगी।''—जयदीप ने यह कहकर फोन की लाइन काट दी। उसकी उम्मीद के मुताबिक एक सेकेंड बाद ही राजाराम बाबू का फोन बजा। ''ओह सॉरी, मुझसे भूल से लाइन कट गई।''—राजाराम बाबू ने कहा। वे यह खतरा मोल नहीं लेना चाह रहे थे कि यदि टेलिफोन कम्पनी की गलती से लाइन कटी हो, तो जयदीप यह न समझ ले कि उन्हें नाम मात्र के ब्याज पर चार करोड़ रुपयों में कोई दिलचस्पी नहीं है। ''ठीक है जयदीप, ये दोनों सौदे पक्के। मुझे बहुत खुशी है कि तुम इतने काम के आदमी बन गए हो। दिल्ली में ऐसी पहचान तो दिल्लीवालों की भी नहीं बनती।''

जयदीप फोन रखकर काफी देर तक रुक-रुककर हँसता रहा था, जैसे उसने कोई बेहतरीन चुटकुला सुन लिया हो। चीफ इंजीनियर तो ससुर जी के कारण ज्यादा रुपए लेगा नहीं। अब उसे सप्ताह में पाँच दिन गरमी हो या बरसात या ठंड, गंगा किनारे की जूट मिलों तक रोज साठ किलोमीटर गाड़ी नहीं चलानी पड़ेगी। राजाराम बाबू को जब वह कहेगा कि दूसरा सौदा पटा नहीं क्योंकि मंत्री ने अपना पैसा कहीं और लगा दिया, तो जाहिर है कि वे तिलमिला जाएँगे। उनसे अब किसी और काम की वह उम्मीद नहीं कर सकता। वे अब किसी भी कीमत पर कोई सौदे में उसे साथ नहीं रखेंगे।

रेलवे के टेंडर के पैसों से जयदीप ने एक भारी सोने की कंठी खरीदी थी और व्यासजी को पहना आया था। व्यासजी ने उस दिन उसे गले से लगा लिया था और बहुत से आशीर्वचन कहे थे। उस दिन के बाद वह कभी सीढ़ियाँ चढ़कर छत पर उनसे मिलने नहीं गया। न ही उसने कभी किसी से जानने की कोशिश की कि राजाराम बाबू छत पर आते हैं क्या? उन्हीं दिनों की बात है कि उसने सुना कि राजाराम बाबू की एक फैक्टरी जो रक्षा मंत्रालय यानि डिफेंस मिनिस्ट्री को युद्ध के टैंक के पहिए का ट्रैक सिस्टम बनाकर देती थी, बन्द हो गई। दरअसल रूस में गोर्बाचेव के हाथ-पाँव डालते ही दुनिया में शीतयुद्ध खत्म हो गया था। तब ऐसे युद्ध की तैयारी, जो शायद कभी होता ही नहीं, करने की कोई जरूरत न रहने के कारण ऐसी तमाम फैक्टरियाँ दुनिया-भर में बन्द हो रही थीं। शायद व्यास जी के आँकड़े यह अनुमान लगाने में सफल नहीं रहे थे कि दुनिया में युद्ध के हथियारों की खपत कम होनेवाली है।

जीवन से राजाराम बाबू और व्यासजी के निकल जाने के बाद जयदीप

अपने को बहुत हलका महसूस कर रहा था। उसे पता तक नहीं चला था कि वह किस कदर हर बात के लिए अनजाने ही व्यासजी की भविष्यवाणी पर निर्भर रहने लगा था। चार साल पहले जब एडवोकेट बाबू की अचानक नींद में ही मृत्यु हो गई थी, तब वह दौड़कर सबसे पहले व्यासजी को बताने गया था। व्यासजी ने सिर्फ इतना कहा—"अच्छा, तो एडवोकेट बाबू चले गए? तुम्हारी जन्मकुंडली में पितृशोक की छाया पिछले छह महीने से मँडरा रही थी।" यह सुनकर जयदीप के मन में एक तरह की शान्ति आ गई। वही हुआ जो होना था। कम-से-कम एडवोकेट बाबू छह महीने तो और जी लिये।

जानकीदास तेजपाल मैनशन के आगे की ओर झुकने पर व्यास जी ने भविष्यवाणी की थी कि मकान जितना झुक गया, उतना झुक गया। अब यह ऐसे यहीं रुक जाएगा। वाकई ऐसा ही हुआ था। इसी बात के कारण जयदीप के मन में यह विश्वास पैदा हुआ था कि वह जानकीदास तेजपाल मैनशन के नए मकानमालिक को कॉरपोरेशन के चीफ इंजीनियर से मिलकर खतरनाक घोषित करवाने से हर हाल में रोक लेगा। वैसे भी दीवारों में चौड़ी दरारें सिर्फ सामने के हिस्से में आई थीं। पीछे का हिस्सा उतना न झुकने के कारण काफी ठीक-ठाक था। व्यासजी ने यह भी भविष्यवाणी की थी कि अगले बीस साल तक जयदीप की कुंडली में घर बदलने का योग नहीं दिखता। वैसे यह बात भी बिलकुल सच साबित हुई थी। ठीक बीस साल बाद आफताब हुसैन ने टंकी तोड़कर और रात को भारी पत्थर लुढ़काकर मकान के बचे-खुचे लोगों को रातोरात वहाँ से भागने पर मजबूर कर दिया था। पर तब तक अपनी लड़ाई जारी रखने की हिम्मत जयदीप को व्यासजी की भविष्यवाणी से जाने-अनजाने मिलती रही थी।

जयदीप ने व्यासजी से छुट्टी पाकर अपना पूरा ध्यान जानकीदास तेजपाल मैनशन को बचाने और जूट मिलों में अपने कम्प्यूटर और सॉफ्टवेयर बैठाने में लगा दिया। इधर के सालों में कई जूट मिलों के मालिकों ने कच्चे माल के दामों का भुगतान न हो पाने के कारण जूट के दलालों को ही अपनी मिलें बेच दी थीं। जूट मिलों के ये नए मालिक अपने बरसों के अनुभव के साथ मिलों को ठीक करने का इरादा लेकर काम कर रहे थे। उन्हें कम्प्यूटर लगाने का फायदा समझाना पहले की तुलना में आसान हो गया था। खासकर उनकी नई पीढ़ी इसके फायदे जानना चाहती थी। इरविन जूट मिल की सफलता के कारण जयदीप के लिए रास्ता सहज हो गया था। जयदीप ने समझाने की एक खास शब्दावली और तरीका भी निकाल लिया था—"आर.आर. बाबू—अरे वही,

अपने राजाराम बाबू के यहाँ पहले रोज की प्रॉडक्शन रिपोर्ट बनाने में उन्नीस आदमी लगते थे। अब बताइये कि ई.आर.पी. यानी इन्टरप्राइज रिसोर्स प्लानिंग क्या दोपहर तीन बजे के पहले तैयार हो सकती थी? अब वही काम एक आदमी सुबह साढ़े नौ बजे तैयार कर लेता है। इरविन मिल में लोगों ने मेरा नाम रखा है—जल्लाद—उनकी नौकरियाँ खानेवाला जल्लाद। अब अगर आपके एक साल के लाभ का तीन से पाँच प्रतिशत कम्प्यूटर लगाने में जाता भी है, तो क्या आप नुकसान में रहेंगे?''

जयदीप को हर मिलवाले की दुखती रग का पता था। कम्प्यूटर लगाने के बाद हेराफेरी कैसे करेंगे? इसके लिए भी वह किसी के बिना प्रश्न पूछे ही बता देता था कि उसका सॉफ्टवेयर मालिक की मर्जी से चलता है—''इंडिया के कम्प्यूटर इंडियन बिजनेस को समझते हैं। आपकी बैलेंस शीट वे वैसी ही बनाएँगे जैसी आप चाहेंगे। बस कम्प्यूटर आपका ऐसा नया मुनीम है जो खुद हेराफेरी नहीं करता और पिछले मुनीम की तुलना में दस गुना जल्दी और ज्यादा काम करता है।'' जूट मिलों में कम्प्यूटर का काम बेशक धाँधली को पकड़ना था, पर अक्सर धाँधली मालिकों की जेब भरने के लिए होती थी। जयदीप बेखटके राजाराम बाबू का नाम लेकर कहता—''राजाराम बाबू हमेशा कहते कि जूट की खरीद का मूल्य बैंलेंस शीट में हमेशा असलियत से बहुत ज्यादा दिखाना पड़ेगा।'' वह जानता था कि जूट मिल घाटे में रहे, पर मालिक घाटे में कभी नहीं रहना चाहिए। यदि जूट मिल 'बी.आई.एफ.आर.' में जाए यानी अपने को सरकारी संस्था में बीमार घोषित कर बन्द होने के कगार पर पहुँच गई हो, तो उसमें डूबनेवाला पैसा हमेशा बैंक का होना चाहिए। यह तो गनीमत थी कि उसने अपनी आयरन पाउडर फैक्टरी में डूबे एडवोकेट बाबू के लाख रुपए किसी तरह जोड़-जाड़कर उन्हें मरने से पहले लौटा दिए थे। वह आज का जयदीप होता, तो उसे ऐसी जिल्लत नहीं सहनी पड़ी होती, बल्कि बैंक का एक लाख रुपया भी शायद उसकी जेब में होता।

जयदीप ने राजाराम बाबू को छोड़ा या राजाराम बाबू ने उसे छोड़ा, यह बात जाने कैसे चारों तरफ फैल गई थी। इस देश में अफवाहें और चटखारेदार सच जाने कितने पाँवों पर चलते हैं या कैसे पंख लगाकर उड़ते हैं। अब लोग उसके पास काम करवाने के लिए आने लगे थे क्योंकि उन्हें पता चल गया था कि वह काम का आदमी है और सिर्फ राजाराम बाबू का आदमी नहीं है। इन लोगों ने उसे राजाराम बाबू की पार्टियों में उनके बिलकुल बगल में खड़े देखा था। वे सोच रहे थे कि जूट बैग की खरीद के लिए बनी 'सेंट्रल परचेजिंग कमिटी' यानी

सीपीसी में एकदम ऊपर के आदमी तक उसकी सीधी पहुँच है। जाने कैसे राजाराम बाबू को रेलवे का टेंडर हासिल होने में जयदीप का हाथ होने की बात भी सबको पता थी। एक शख्स ने तो उसे यहाँ तक पूछ लिया कि वह प्रधानमंत्री से उसकी भेंट करवा सकता है क्या? देश में चुनाव होनेवाले थे और हर पार्टी को चुनावी खर्च के लिए बड़े उद्योगपतियों की जरूरत थी।

लाइसेंस राज खत्म होने के दो साल पहले जयदीप ने राजाराम बाबू का साथ न छोड़ा होता, तो वह वहीं अटककर रह गया होता। उन दो सालों में वह दिल्ली ज्यादा और कलकत्ता कम समय तक रहा। उसने न जाने कितने सरकारी विभागों और मंत्रालयों में और न जाने किस-किस के लिए लाइसेंस दिलवाने या उत्पादन की सीमा बढ़वाने का काम किया। उसकी हर सफलता के बाद उसका नाम और दाम बढ़ता गया। ''इस देश का उद्योग रेल के डिब्बे की तरह काम करता है, समझे?''—जयदीप को राजाराम बाबू की बातें हमेशा याद आतीं—''डिब्बे में बैठा हुआ हर आदमी पूरे जी-जान से यह कोशिश करता है कि कोई नए आदमी को उसमें घुसने न दे। पर यदि वह किसी तरह डिब्बे में घुस जाए, तो फिर उसे कुछ-न-कुछ जगह मिल जाती है। अब यह नया बाशिन्दा भी पहले से बैठे लोगों के साथ इस कोशिश में पूरे दम के साथ लग जाता है कि किसी नए आदमी को घुसने न दे।'' वाकई गाड़ी बनाने का लाइसेंस हो या सीमेंट या कागज या स्टील की फैक्टरी लगाने का, देश में दो-तीन बड़े खिलाड़ियों के हाथ में ही हर बड़े उद्योग का लाइसेंस या कोटा था। हर आदमी इसी कोशिश में लगा था कि उसकी 'मोनोपोली' बनी रहे। अब जयदीप को समझ में आ रहा था कि हिन्दुस्तान मोटर से निकलने के बाद जब उसने कम्प्यूटर आयात करने की कोशिश की थी, तो डॉलर का इन्तजाम हो जाने के बावजूद उसे लाइसेंस क्यों नहीं मिला था। चौदह लाइसेंस देकर सरकार ने वह योजना बन्द कर दी थी। उन चौदह लोगों में से किसी की यहाँ तक पहुँच रही होगी कि यह योजना बन्द करवा दी जाए। रेस में जितने कम घोड़े दौड़नेवाले हों, उतनी ही जीत की सम्भावना बढ़ जाती है।

उद्योग-भवन के गलियारों में बने दोस्त सुन्दरम ने ही उसे लाइसेंस राज खत्म होने की सूचना फोन पर दी थी। ''हमारा तुम्हारा बिजनेस तो चौपट हो गया मैन! अब तो लाइसेंस, कोटा सब खतम। हमारी तुम्हारी किसी को जरूरत नहीं पड़ेगी। इंडिया की सरकार खुद ही दिवालिया हो गयी है। विलायत में साठ-सत्तर टन सोना भेज दिया है। वो लोग बोल रहे हैं कि ये सब लाइसेंस हटाओ। तब हमलोग पैसा देंगे।''—सुन्दरम की आवाज डूबी हुई थी। ''तुम

चिन्ता मत करो सुन्दरम। ये तो बहुत अच्छा हुआ। अब इंडिया अमेरिका बन जाएगा। अभी तक खाली बिड़ला, टाटा को बिजनेस का लाइसेंस मिलता था, अब हमारे-तुम्हारे जैसे आदमी भी बिजनेस कर सकेंगे।''—जयदीप ने उसे दिलासा दिया था। ''अब हमारी बिजनेस करने की उमर बीत गई है भाई। एक काम करो, तुम्हारा वो मालिक था ना, अरे क्या नाम था उसका? अरे वही, जिसके तुम ए.डी.सी. थे, उसके पास हमको नौकरी दिला दो। दिल्ली से कलकत्ता का खर्चा भी कम है। उधर हमारे बहुत रिश्तेदार रहते हैं...''

''ए.डी.सी.''??!—जयदीप सन्न हो गया। यानी गवर्नर या राष्ट्रपति के पीछे खड़ा रहनेवाला सुदर्शन-सा किन्तु रोबोटनुमा चौकन्ना व्यक्ति। शायद वह सेना का कोई जूनियर अफसर ही होता है। तो क्या दुनिया उसे राजाराम बाबू का ए.डी.सी. समझती रही है? उसे याद आया कि व्यासजी ने पहली बार राजाराम बाबू से मिलवाते हुए कहा था कि वे पढ़े-लिखे लोगों की बहुत कदर करते हैं और उनके यहाँ चपरासी भी बी.ए. पास होता है। जाने कैसे उसके यह खयाल में ही नहीं आया कि राजाराम बाबू ने उसकी इतनी ही औकात बनाकर उसे रखा था। उसकी शक्ल-सूरत, उसके कपड़े-लत्ते, उसका अमेरिका-रिटर्न्ड इंजीनियर होना उसे एक ऐसा ए.डी.सी. बनाता था, जिसकी उपस्थिति राजाराम बाबू जैसे खानदानी उद्योगपति की इज्जत में चार नहीं तो दो-तीन चाँद तो जरूर लगाती होगी। वह कैसा अहमक है कि उसे इस बात को जानने में दस साल लग गए।

क्या आप मुझे एक मुर्दा दिलवा सकते हैं?

जयगोविन्द अपना ही लिखा हुआ पढ़कर स्तब्ध था। किस राजाराम बाबू के साथ बिताए कौन से दस साल? आदमी जब कोई कथा कहता है, तो क्या वह एक ऐसे प्रवाह में अपने को डाल देता है जिसका उसे खुद पता नहीं होता? यह सच है कि राधेश्याम बाबू उर्फ राजाराम बाबू—यानी कि कथा के राजाराम बाबू के साथ उसका परिचय छत पर रहनेवाले व्यासजी पंडित ने करवाया था। कुछेक साल उनके चक्कर लगाकर उनकी जूट मिल में उसने कम्प्यूटर लगाकर अपना साफ्टवेयर काफी दिनों तक चलाया था, पर राधेश्याम बाबू के सपने या अपने किसी सपने में भी वह उनका ए.डी.सी. नहीं बना था। हकीकत में बनना तो बहुत दूर की बात है। सच तो यह है कि वह जीवन में किसी का ए.डी.सी. नहीं बना, बल्कि उसके जीवन में पिछलग्गू हमेशा रहे। स्कूल-कॉलेज के दिनों से लेकर आज तक लोग हर किसी बात पर उससे सलाह लेने उसके आगे-पीछे घूमते रहे हैं।

लोग जानते हैं कि जयगोविन्द काम का आदमी है। वह हर तरह का काम करवा सकता है, क्योंकि उसकी पहुँच जाने कहाँ-कहाँ तक, न जाने किस तरह निकल आती है। यहाँ तक कि एक बार किसी ने उसे फोन करके पूछा था कि एक प्राइवेट मेडिकल कॉलेज के लिए वह मुर्दे की व्यवस्था कर सकता है क्या? बेशक उसने एकदम मना कर दिया था, पर लोगों के दिमाग में अपनी जुगाड़ बैठाने की ताकत पर वह खुद चकित था। राधेश्याम बाबू से तो उसने पूरे-पूरे

पचास लाख में सौदा किया था कि उनके प्लास्टिक की परत चढ़ाए हुए यानी लेमिनेटेड जूट बैग की वह इतनी सरकारी खरीद करवा देगा कि अगले साल सारे जूट-गनी बैग बेचनेवाले मक्खी मारेंगे। सरकार के पास खुद इतना स्टॉक होगा कि रखने की जगह नहीं होगी। इन्दिरा गाँधी के मरने के बाद दूसरा चुनाव था और लड़ने के लिए पैसों की भारी जरूरत थी। सरकारी खरीद पर कमीशन उधर भी तय थी और इधर जयगोविन्द के लिए भी। तब राधेश्याम बाबू उसके आगे-पीछे ऐसे घूमते थे जैसे वह उनकी दमे की दवा हो। एक बार तो गंगा किनारे की जूट मिलों में एक-एक करके उसे खोजते हुए वह तीस किलोमीटर तक मोटर दौड़वाकर आ गये थे। राधेश्याम बाबू ने उस जमाने में यानी आज के करीब बीस साल पहले करीब-करीब सौ करोड़ रुपये कमाये थे। यह अलग बात है कि चुनाव खत्म होते ही जाँच कमीशन बैठा दिया गया और रुपयों का भुगतान सरकार ने रोक दिया। तीन साल बाद एक चौथाई पैसा मिलने पर राधेश्याम बाबू ने उसे साढ़े बारह लाख रुपये दिये थे। पर उसके वे रुपये शेयर बाजार वाले हर्षद मेहता कांड में स्वाहा हो गए।

उन्हीं दिनों जयगोविन्द के बड़े जीजा का कलकत्ते के नए-नए खुले बी.एम. बिड़ला अस्पताल में हॉर्ट का बाईपास ऑपरेशन हुआ था। तब यह ऑपरेशन कोई मामूली ऑपरेशन नहीं था। अस्पताल की लॉबी में मरीजों के रिश्तेदार इस तरह भरे रहते कि लगता कोई फिल्म की शूटिंग चल रही हो। सारे लोग आदतन जोर-जोर से आपस में बातें करते रहते। भीड़ के शोरगुल में अपनी आवाज दूसरे तक पहुँचाने के लिए आवाज ऊँची करनी पड़ती। जयगोविन्द को दो-तीन दिनों में शोरगुल से चिढ़ कम होने पर ध्यान देने से समझ में आने लगा था कि प्राय: सारे लोग शेयरों की खरीद और बिक्री के बारे में ही बातें करते हैं। उसने आज तक शेयर न कभी खरीदे थे, न कभी बेचे थे। उसे यह सब लेवा-बेची निठल्लों का धन्धा-शगल लगता था, जो घर-

बैठे दूसरों की मेहनत का पैसा आराम से अपनी जेब में डालना चाहते थे। पर अभी तो पूरा हिन्दुस्तान यानी पान-बीड़ी बेचनेवाले से लेकर दफ्तर का बाबू हो या मालिक, हर आदमी अपनी कमाई को दस-पाँच दिनों में दुगुनी करने की फिराक में लगा था। जयगोविन्द के पास घनश्याम बाबू के सौदे से आए ताजे-ताजे साढ़े बारह लाख रुपये कुलबुलाने लगे थे। डूबेंगे तो डूब जाएँगे। इससे अधिक क्या होगा। औरतें तक अपने गहने गिरवी रखकर शेयर खरीद रही थीं। उसके पास तो ऊपर-ऊपर के रुपये थे। जयगोविन्द के शेयर खरीदते ही अगले दिन से शेयर बाजार उठना बन्द हो गया था। वह चिन्ता में पड़कर अपने दोस्त के भाई को, जिसके मार्फत उसने शेयर खरीदे थे, हर दो घंटे में फोन करने लगा था। दस दिन के अन्दर शेयरों के सारे कागज रद्दी के भाव बिकने लायक हो गए थे। गनीमत थी कि उसने दीपा को न उन रुपयों के आने के बारे में बताया था और न खोने के बारे में, लेकिन दीपा ने उसे मरा-मरा सा देखकर खुद ही पूछ लिया था—"कहीं तुमने भी शेयरों में रुपए तो नहीं डुबो लिये? जिसे देखो वही सुस्त पड़ा है। यहाँ तक कि हमारे धोबी ने भी अपनी वर्षों की कमाई खो दी है।" "पागल हो गई क्या तुम? मैं और शेयर? कभी नहीं।"—जयगोविन्द ने पूरा जोर लगाकर उसे भरोसा दिलाया था।

रुपए तो डूब गये पर जयगोविन्द ने इसे कोई नुकसान न मानकर एक केस स्टडी की तरह देखा। कितने गजब की बात थी कि एक आदमी या कुछेक आदमी मिलकर पूरे देश की अर्थव्यवस्था को झकझोर दें—उसके तमाम सुराखों से अपने फायदे के लिए रास्ते निकाल लें। जयगोविन्द ने ए.सी.सी. सीमेंट कम्पनी के शेयर खरीदे थे, जिनकी कीमत चार हजार प्रतिशत बढ़ाई गई थी। मजे की बात थी कि हर्षद मेहता नाम के शख्स ने बैंकों को उनके आपसी लेन-देन में बेवकूफ बनाकर उन्हीं का सारा पैसा शेयरों की कीमत बढ़ाने में लगा दिया था। बैंकों को दिवालिया बना दिया पट्ठे ने।

कोई मामूली बात तो नहीं है। दिमाग चाहिए ऐसी आँधी चलाने में, जिसमें सब तिनकों की तरह उड़ जाएँ। बैंकें अपना पैसा डुबोने के लिए तो नहीं देतीं, उन्हें यकीन दिलाना पड़ता है कि पैसा ब्याज सहित मिल जाएगा। क्या मजेदार खेल खेला शख्स ने। इसकी टोपी उसके सर—उसकी टोपी किसी और के सर। कितने लोगों को उसने यकीन दिलाया कि उसी के हाथ में उनकी टोपी है।

सच पूछा जाए, तो जयगोविन्द किसी का पिछलग्गू बनने की सोच सकता है तो हर्षद मेहता जैसे धुरन्धर शख्स का। राधेश्याम बाबू जैसे लोग तो इस देश में भरे पड़े हैं, जो किसी न किसी सरकारी बाबू या नेता की जेब गरम करके अपने माल की खरीद करवा देते हैं या कच्चा माल सरकारी 'कोटे' से हासिल करने में कामयाब होकर कोई इंडस्ट्री लगा कमाई कर लेते हैं। टाटा-बिड़ला से लेकर छोटे-मोटे उद्योगपति तक सब लाइसेंस राज में इसी फिराक में लगे रहे। पर यह हर्षद मेहता अनोखी चीज है। उसने किसी का तलवा नहीं चाटा बल्कि सबको भरोसा बेचकर अपना काम बनाया। अब सरकार करती रहे उन सुराखों को बन्द, जिनमें से हर्षद मेहता ने घुसकर करोड़ों-अरबों का वारा-न्यारा कर दिया। उसके दिमाग की दाद तो देनी ही पड़ेगी कि वह इतने बड़े देश के इतने लोगों को भरोसा बेच सका।

जयगोविन्द को याद आया कि उन्हीं दिनों वह समर शुक्ला का भी मुरीद हुआ था। अगर इस सिस्टम को जीतना है, तो इसी के तौर-तरीकों से। बड़ाबजार का एक छोटा-मोटा नेता अगर देश के तमाम अखबारों के पहले पन्ने पर पहुँचता है, तो इसमें उसकी समझ और सूझ-बूझ के अलावा उसके पास क्या साधन है? किस आदमी के करीब पहुँचने के लिए क्या करतब करना है और कब उसे छोड़कर किसी दूसरे का पल्ला पकड़ लेना है, यह उसे पता होना चाहिए। विरोध-प्रतिरोध कब काम करते हैं और कब चुप्पी साधकर बैठ जाना होता है, वह सब जानता है। नेता, अभिनेता और उद्योगपति—वह तीनों के काम का ही आदमी नहीं है, वह

इन तीनों को एक सूत्र में बाँधनेवाला भी है। जयगोविन्द को याद आया कि माँ ताश का खेल खेलती थी, तो बिना पत्ते देखे ही बाजी लगा देती थी। अक्सर माँ जीत भी जाती थी। आदमी को जिन्दगी में जीतने के लिए एक छठी इन्द्रिय की जरूरत होती है। लोग जिसे भ्रष्टाचार कहते हैं, वह दरअसल इसी 'एक्स्ट्रा' दिमाग की सिस्टम को अपनी शर्तों पर चलाने की प्रतिभा है। इस कम्प्यूटर का सॉफ्टवेयर बनाना और चलाना हर किसी के वश की बात नहीं। जयगोविन्द को इस सिस्टम को तोड़–मरोड़कर अपने काम में लगाना कम्प्यूटर की किसी नई–पुरानी भाषा को बरतने से कोई कम रोमांचकारी और दिलचस्प नहीं लगता।

देश की आजादी की पचासवीं वर्षगाँठ के पहले के दो साल जयगोविन्द को सबसे ज्यादा याद आते हैं। यह उसके जीवन का 'पीक पीरियड' था या उसे तब ऐसा ही लगा था। उसे लगने लगा था कि उसने सिस्टम को समझ लिया है। और उसकी मंजिल तक जाने का रास्ता उसे मालूम है। यही वह समय था जब वह बड़ाबाजार थाने के ओ.सी. की पॉकिट से दस रुपये का नोट निकालकर उसी के चपरासी को दे सकता था कि मेरे लिए पान–मसाला की एक पुड़िया लाओ। उद्योग भवन के गलियारों में लाइसेंस लेनेवालों या अपना तय 'कोटा' बढ़ानेवालों की भीड़ भले ही कम हो गई हो, दिल्ली में जयगोविन्द की जान–पहचान और इसलिए उसकी खुद की माँग बढ़ती जा रही थी। विदेशों से भारी पैसा देश में आ रहा था और दुनिया की तमाम बड़ी कम्पनियाँ भारत को भविष्य का सबसे बड़ा बाजार मानकर किसी और से पहले भारत में अपने पैर फैलाना चाह रही थीं। जूट मिलों में जयगोविन्द के सॉफ्टवेयर की माँग इतनी बढ़ गई थी कि उसे अपने मातहत पाँच लोगों को रखकर काम करवाना पड़ रहा था। पर्यावरण को बचाने के आन्दोलन के कारण दुनिया में जूट की माँग बढ़ रही थी और जो जूट मिलें मजदूरों का प्राविडेंट फंड तक जमा न करा पाने के कारण करोड़ों रुपए की बकाया रकम उधार करके बन्द होने के

कगार पर पड़ी थीं, उन्हें एक बार फिर से जूट के सुनहले धागे के सुनहले दिन दिख रहे थे।

उन्हीं दिनों उसके पास एक ऐसे शख्स का फोन आया था, जिसे वह हिन्द मोटर के दिनों से जानता था। वहाँ के एकाउंट्स विभाग में काम करनेवाला रमेश खेतान सेंट्रल एवेन्यू पर जानकीदास तेजपाल मैनशन से एक मकान दूर पर ही रहता था। पता चलने पर हावड़ा स्टेशन से दोनों साथ ही हिन्द मोटर जाने लगे थे। बाद में जब जयगोविन्द ने वहाँ काम छोड़ा तो कुछेक साल बाद खेतान उसके पास नौकरी के लिए आया था। तब राधेश्याम बाबू से सिफारिश कर जयगोविन्द ने उसे उनकी जूट मिल में एकाउंटेंट की नौकरी दिलवा दी थी।

इस बार रमेश खेतान ने फोन पर कहा था—"जयगोविन्द, तुम सब छोड़-छाड़ कर हमारे साथ आ जाओ। हम तीन लोग मिलकर एक जूट मिल खरीद रहे हैं। हमें खरीदने के लिए देना होगा सिर्फ एक लाख रुपया। पाँच करोड़ का बकाया हमारे सिर जरूर रहेगा। पर तुम उसकी चिन्ता मत करो। प्रॉविडेंट फंड डिपार्टमेंट के दो अफसर हमसे मिले हुए हैं। तुम सोचो मत, बस हाँ कर दो।" जयगोविन्द की हैरत का ठिकाना नहीं था। कल तक एकाउंटेंट की नौकरी करनेवाले की इतनी औकात कि पाँच करोड़ का बकाया सिर पर लेकर जूट मिल खरीद ले। सबसे बड़ा आश्चर्य तो यह है कि खेतान उसे अपने साथ क्यों रखना चाहता है? क्या इसलिए कि उसके मार्फत वह पुलिस और सरकार से बचना चाहता है? या फिर वह उससे मुफ्त में सॉफ्टवेयर लगवाकर जूट मिल को चलाने की सहूलियत चाहता है?

जयगोविन्द फोन पर हँसा था—"अरे यार, तुम मुझे सोचने के लिए थोड़ा वक्त तो दोगे? तुम तो जानते ही हो अभी कम्प्यूटर की माँग इतनी बढ़ गई है कि मेरी हालत पतली हो रही है। ऊपर से जानकीदास तेजपाल मैनशन को हर हाल में ढहाए जाने से बचाना है। उसका कोर्ट में केस

चल रहा है। 'मेट्रो-पीड़ित बंधु एसोसिएशन' की जिम्मेदारी मुझ पर डाल दी गई है। क्या करूँ और क्या न करूँ? दिन में अड़तालीस घंटे होते, तो कम पड़ते।" रमेश खेतान एक सेकेंड चुप रहा, फिर बोला—"मैंने तुमसे तुम्हारा रोज का कार्यक्रम नहीं पूछा था जयगोविन्द। फालतू के कामों में आदमी सारी जिन्दगी बिता सकता है। उससे होगा क्या? तुम सब छोड़-छाड़कर हमारे साथ आ जाओ। ऐसा मौका जिन्दगी में बार-बार नहीं मिलता।"

ऐसा नहीं कि जयगोविन्द ने सोचा नहीं था कि रमेश खेतान का प्रस्ताव मान ले। जूट मिल का मालिक होना एक ऐसा सपना था जिसे उसने कभी देखा तक नहीं था। पर पाँच करोड़ की 'लायबिलिटी' सिर पर लेकर वह जीएगा कैसे? उसे जेल की वह रात याद आ गई। कितनी भयानक दुर्गन्ध थी। सारी रात उसने पेशाब रोककर रखा था। खटमलों से भरे कम्बल पर वह लेटा तक नहीं था। बाकी मुजरिम उसे देख-देख हँस रहे थे। आज भी वह सीलन और पेशाब-टट्टी की दुर्गन्ध याद आती है, तो उबकाई आ जाती है। इतने सालों बाद अब जाकर इस देश में यह सपना पैदा हुआ है कि सब कुछ कम्प्यूटर पर किया जा सकता है। अब उसकी पढ़ाई की कीमत उसे मिल रही है और आगे भी मिलनेवाली है। ऐसे में वह किसी ऐसे रास्ते पर चलना नहीं चाहता जो उस दुर्गन्ध तक उसे फिर ले जा सकती हो। उसके जीवन का 'पीक-पीरियड' अब आया है, वह इसे किसी कीमत पर खोना नहीं चाहता।

आज पीछे मुड़कर देखा जाए, तो रमेश खेतान ने बिलकुल सही कहा था। जयगोविन्द को वैसा मौका कभी नहीं मिला। एक के बाद, दूसरी, तीसरी, चौथी जूट मिलें रमेश खेतान ने खरीद लीं। प्रोविडेंट फंड विभाग के दो अफसरों को सस्पेंड कर दिया गया। खेतान ने अलीपुर में बड़ा बँगला खरीद लिया। वह कभी जेल नहीं गया। उसका बेटा लाल रंग की 'फेरारी' गाड़ी में बैठकर रोज सुबह विक्टोरिया मेमोरियल के आस-पास चक्कर लगाता है।

जयगोविन्द को खेतान ने कभी फिर फोन नहीं किया, पर एक बार दस साल बाद किसी के यहाँ शादी में मिल गया, तो बड़ी गर्मजोशी से मिला। "तुम्हारा जानकीदास तेजपाल मैनशन तो अभी तक खड़ा है!"—उसने हँसकर कहा। जयगोविन्द जवाब में खिसियानी-सी हँसी हँसकर रह गया।

बीच के इन दस सालों में बहुत कुछ बीत चुका था। अब तो जानकीदास तेजपाल मैनशन भी आधे टूटे हुए खंडहर की तरह खड़ा था, जिसके किसी भी दिन गिरने की आशंका से प्राय: सारे लोग भाग लिए थे। जयगोविन्द नई शताब्दी शुरू होने के पहले कम्प्यूटरों पर 'वाइ टू के' यानी दो हजार वर्ष के तीन शून्य आने पर सारे आँकड़ों के गायब होने के खतरे से परेशान था। उसके लगाए कम्प्यूटर गंगा के दोनों तटों पर फैली बीसियों जूट मिलों में चल रहे थे। रोहित अमेरिका में पढ़ाई पूरी करके नौकरी में लग चुका था। उसी की सलाह पर जयगोविन्द 'वाई टू के' पर एक कोर्स करने के लिए अमेरिका फिर से हो आया था।

अमेरिका से लौटने के बाद जयगोविन्द को अचानक महसूस हुआ कि वह अब यह काम और नहीं कर सकता। आखिर कब तक वह इस तरह जूट मिलों तक सड़कें मापता रहेगा? हर काम को करने की एक उम्र होती है। पचास के आस-पास आदमी यह महसूस करने लगता है कि जीवन को पहले की गति पर जीया नहीं जा सकता। ऊपर से इस देश में कोई काम प्रोफेशनल तरीके से करना असंभव है। आपके नीचे काम करनेवाला आदमी हमेशा इस फिराक में है कि कैसे वह आपको धोखा देकर खुद अपना साफ्टवेयर आपकी खरीददार कम्पनियों में लगा दे। उधर आपके खरीददार लगातार इस चेष्टा में लगे रहते हैं कि आपके आदमी को तोड़ लें और उससे वही काम आधे दाम पर करवा लें। जैसे ही आपका आदमी उनका आदमी बन जाता है, वे आपसे झगड़ा कर कांट्रेक्ट खत्म करने का मौका खोजने लगते हैं। रोज आपको तंग करने के लिए नई-नई शिकायतें करने लगते हैं।

रोहित क्या गलत कहता है कि इंडिया में तो लोगों का वश चले तो हर तरह की सलाह फोन पर मुफ्त में ही ले लें। बात बिलकुल सही है। यहाँ लोग कोशिश करते हैं कि डॉक्टर फोन पर ही मर्ज सुनकर फोन पर ही दवा लिखवा दे। इसीलिए डॉक्टर लोग भी चालाकी करते हैं। वे बिना मतलब आपके एक्सरे या खून टेस्ट करवा देते हैं और उसकी कमीशन उनकी जेब में पहुँच जाती है। लोग वकील तक से भी फोन पर सलाह कर अपना काम करवा लेना चाहते हैं। इसीलिए वकील आपका केस उलझाए रखता है कि आपकी इनकम टैक्स या सेल्स टैक्स की समस्या कभी सुलझे नहीं और सुलझे तो बिचौलिए के रूप में अपनी जेब में मोटा पैसा डालकर। अफसर की जेब में जितना पैसा वकील डालेगा, उतना ही अपनी भी जेब में डालेगा। अजीब गोरखधंधा चलता है इस देश में।

कहा जा रहा था कि किसी भी इंजीनियर, डाक्टर से यहाँ वे लोग ज्यादा कमाएँगे जो किसी तरह की सेवा उपलब्ध कराएँगे। जैसे विदेशों में पोस्टमैन, ड्राइवर और आपका हेयरड्रेसर या नाई आपके बराबर के मकान में रहकर आपकी तरह की जिन्दगी जीता है, उसी तरह यहाँ भी हर तबके का आदमी ऊपर उठ सकेगा। पर यहाँ हुआ यह है कि सिर्फ वे लोग कमाई कर पाए जिन्होंने विदेशों को अपनी सेवा कम्प्यूटरों के जरिये बेची। उन्हीं के पास चेन्नई, बंगलोर, हैदराबाद, गुड़गाँव में विदेशों का धन आया, और नीचे तबके का आदमी भी वहीं चल दिया क्योंकि उन्हें अच्छी तनख्वाह वहीं मिल सकती थी। अब नौकर, ड्राइवर या दरबान बिहार-यू.पी से कलकत्ता नहीं आते। सीधे बंगलोर या हैदराबाद जाते हैं। रोहित कहता है कि कभी वह इंडिया लौटा, तो बंगलोर में ही बसेगा। कम-से-कम वहाँ पर यह 'कल्चर' तो आया है कि काम सही तरीके से करो और उसके मुहमाँगे दाम लो।

रोहित की बातें गलत नहीं थीं। जयगोविन्द को अपनी कंसल्टेंसी बन्द करनी पड़ी क्योंकि काम बहुत था, पर

करनेवाले लोग नहीं थे। या तो वे उसे धोखा देकर अपना हिसाब बैठाकर उसी के 'क्लायंट्स' यानी ग्राहकों को हड़प लेते थे, या बंगलोर, गुड़गाँव में नौकरी के आवेदन के जवाब का इन्तजार करते एक तरह से मन-ही-मन त्यागपत्र लिख चुके होते थे। जयगोविन्द को लगने लगा था कि काम करवाना होगा, तो ऐसे लोगों से जो इतने चतुर नहीं हैं कि अपना अलग रास्ता निकाल सकें और उसी की तरह किसी कारण से कलकत्ता नहीं छोड़ सकते। पर काम को बन्द करने का अन्तिम निर्णय उसने तब लिया जब अपने पास पाँच साल से काम कर रहे एकदम सीधे-सादे गोवर्धन दास को उसने अपने सॉफ्टवेयर की नकली कॉपी बनाते हुए पकड़ लिया। रोहित कहता था कि अमेरिका में अगर किसी का सगा भाई भी पैसा देकर खरीदी किसी फिल्म या गाने की कॉपी करना चाहे, तो वह उसे कभी नहीं देगा। वह अपने भाई को साफ कह देगा कि ऐसा करना अनुचित और गैरकानूनी है।

कंसल्टेंसी बन्द करने का निर्णय लेने में कोई दुविधा इसलिए भी नहीं हुई थी क्योंकि उसके पास मिशिगन के पुराने दोस्त प्रीतम भंसाली का बहुत बढ़िया ऑफर था। प्रीतम भारत आकर चेन्नई यानी कि पुराने मद्रास में बस गया था और उसकी कम्पनी 'सिलिकौन सॉफ्टवेयर' के पास दुनिया की तमाम बड़ी-बड़ी कम्पनियों का आई.टी. का बिजनेस था। सिर्फ आठ सालों में उसने अमेरिका, यूरोप और सिंगापुर में कम्प्यूटिंग कर देश के मुख्य दस बी.पी.ओ. या कॉल सेंटर में अपना नाम दर्ज करवा लिया था। उसने फोन पर जयगोविन्द को कहा था—"अगले दो साल में यानी 2000 के साल में मेरे पास 2000 लोग काम कर रहे होंगे। मैं यह बात अपनी बड़ाई मारने के लिए नहीं बता रहा हूँ, सिर्फ तुम्हें यह बताना चाहता हूँ कि मेरा काम कितना फैल गया है। तुम्हारे लिए मेरे दरवाजे हमेशा खुले हैं।" जयगोविन्द का मन नहीं हुआ था कि उसे बताए कि वह कलकत्ता क्यों नहीं छोड़ना चाहता। अब जब एडवोकेट बाबू मर चुके हैं, यह कहना हास्यास्पद लगेगा कि वह

एक पुराने झुके हुए मकान को बचाने के लिए शहर नहीं छोड़ सकता।

जयगोविन्द ने यूनिवर्सिटी के दिनों के अपने पुराने बिन्दास अन्दाज का सहारा लिया—"अभी मेरा मूड कलकत्ता छोड़ने का नहीं है। पर तुम्हारा काम मैं यहीं बैठा कर सकता हूँ। आज इंटरनेट के जमाने में मैं तुम्हारे बगल के चेम्बर में बैठकर काम करूँ या तुमसे पन्द्रह सौ किलोमीटर दूर, क्या फर्क पड़ता है?" भंसाली हँस पड़ा था। "तुम करोगे वही, जो तुम चाहोगे। चलो, कोई बात नहीं। आज से तुम मेरी कम्पनी के आदमी हो। तुम्हारा सर्विस कांट्रेक्ट तुम्हें दो दिन में मिल जाएगा। तनख्वाह में तुम्हें जो रकम बैठानी हो, बैठा लेना। उस पर हम बात नहीं करेंगे।" जयगोविन्द ने प्रीतम भंसाली के लिए काम करते हुए आश्चर्य से देखा कि कम्पनी का ध्यान सिर्फ अपने शेयरों के दाम बढ़ाने की तरफ था। प्रीतम जब-तब उसे फोन करता। पर बात बी.पी.ओ से सम्बन्धित यानी विदेशी ग्राहकों को सन्तुष्ट रखने की समस्याओं पर नहीं होती थी। प्रीतम उसे कहता—"तुम मेरी कम्पनी के शेयर खरीद लो। जितना पैसा तुम्हारे पास इधर-उधर पड़ा हो या भाभी के पास हो या बाजार से जितना ब्याज पर मिल जाए, सब लेकर मेरे शेयरों में लगा दो जैग। तुम क्या लाख-पचास हजार महीना कमाने के लायक हो दोस्त? तुम अमेरिका से पढ़े हुए सिस्टम इंजीनियर हो। मुझे दुख होता है कि तुम कुछ कर नहीं पाए।" जयगोविन्द का दिमाग चकरा जाता। उसे मालूम था कि प्रीतम दो-तीन पेग लेकर ही उससे बात कर रहा है। बेशक प्रीतम अरबपति बन चुका है जबकि वह पढ़ने में जयगोविन्द से हरदम पीछे रहा। इस लिहाज से जैग के लिए उसका दुख सही है, पर उसकी बात पर भरोसा कैसे किया जाए? जूट मिलों में दिन-रात गाड़ी चलाकर कमाए हुए पैसों को दाँव पर कैसे लगाया जाए?

वर्ष 2000 के साल में जब 'सिलिकोन साफ्टवेयर' के एक शेयर का दाम 2100 रुपए तक चढ़ गया, तो जयगोविन्द

के होश उड़ गए। अगर उसने प्रीतम की बात मान ली होती, तो आज वह छोटा–मोटा करोड़पति बन ही जाता। यह अवसर भी उसने गँवा दिया। दो साल में जितने रुपए प्रीतम की कम्पनी से कमाए थे, यदि वही लगा देता, तो सारे पाप धुल जाते। पर जब वही शेयर अगले साल ही पचास रुपए के हो गए, तो जयगोविन्द ने अपनी पीठ ठोंक ली। बच गया वह तो। तीन महीने बाद उसने अखबार में एक रिपोर्ट पढ़ी कि 'सिलिकौन साफ्टवेयर' ने एक ही नम्बर के शेयर किसी विदेशी कम्पनी को और मद्रास की किसी कम्पनी को बेचे हैं और बड़े–बड़े बैंकों का रुपया उस पर बकाया है। जयगोविन्द ने तुरन्त प्रीतम को फोन लगाया। जैसे ही उसने अखबार का जिक्र किया, प्रीतम ने लाइन काट दी।

कुछ महीनों तक जयगोविन्द के पास उसकी तनख्वाह का चेक आता रहा। उसके बाद पता चला कि 'सिलिकौन' ने अपने खास ग्राहकों के साथ एग्रीमेंट किसी दूसरी कम्पनी को बेच डाले हैं। जयगोविन्द ने फिर प्रीतम के मोबाइल पर फोन लगाया, पर फोन नहीं उठाया गया। उसके बाद चेक आने बन्द हो गए। कुछेक महीने बाद अचानक प्रीतम ने वापस जयगोविन्द को फोन किया और किसी बैंक के अफसर से मिलकर दस कम्पनियों के नाम से बैंक में एकाउंट खोलने के लिए पच्चीस हजार रुपए उसे देने के लिए कहा। जयगोविन्द का मन हुआ कि इनकार कर दे। पर वह दोस्ती के तकाजे से ऐसा कर नहीं सका। बाद में जब प्रीतम भंसाली गिरफ्तारी के डर से अमेरिका भाग गया, तब जयगोविन्द को अखबारों से पता चला कि उसने उन दस फर्जी कम्पनियों के बैंक एकाउंट से करोड़ों रुपए इधर से उधर किए थे कि सरकार और शेयरहोल्डरों की आँखों में धूल झोंकी जा सके।

जयगोविन्द बहुत दिनों तक घबड़ाया रहा कि पुलिस उस तक न पहुँच जाए। प्रीतम पर न जाने कितने केस चल रहे थे। एक तो पच्चीस हजार रुपए प्रीतम उसे भेजना भूल गया था। ऊपर से जयगोविन्द की जान सूखी जा रही थी कि

कहीं वह बैंक अफसर उसका नाम–पता और फोन नम्बर पुलिस को न बता दे। पर शायद वह मामला रफा–दफा हो गया था। तीन साल बाद जब प्रीतम वापस भारत लौट आया और पुलिस ने उसे एयरपोर्ट पर गिरफ्तार कर सीधे जेल भेज दिया, तो जयगोविन्द का सोया हुआ डर फिर उठा। छह महीने बीतने पर उसने जैसे ही चैन की साँस ली कि एक दिन किसी अजय विश्वास का फोन उसके मोबाइल पर आया—''हैलो मिस्टर जैग! मैं अजय विश्वास बोल रहा हूँ, मिस्टर प्रीतम भंसाली का सेक्रेटरी। आपको तो पता ही होगा कि प्रीतम सर को चेन्नई से कलकत्ता के प्रेसीडेंसी जेल में शिफ्ट किया गया है। मिस्टर भंसाली आपसे मिलना चाहते हैं। क्या आप कल शाम को पाँच बजे अलीपुर में जेल के गेट पर मुझे मिलेंगे?''

जयगोविन्द चकरघिन्नी हो रहा था। क्या वह साफ इनकार कर दे या फिर कोई बहाना मार दे? साला वहीं मद्रास में पड़ा रहता। यहाँ आया होगा बैंक के उन्हीं दस खातों के कारण। अब उसे मिलने के लिए जेल में बुला रहा है! क्या पता यह धमकी हो कि अगर वह नहीं गया, तो उसका नाम प्रीतम पुलिस को बता देगा। लेकिन यदि वह जाता है, तो एक तरह से यह निश्चित हो जाता है कि कलकत्ते की धाँधलियों में वही भंसाली का पार्टनर है। पर जाना तो पड़ेगा ही। दोस्ती का भी एक तकाजा होता है। वह प्रीतम से यह पूछना भी चाहता है कि उसने क्यों अपने बने–बनाए साम्राज्य को इस तरह मटियामेट किया। क्या तो वह सपना देख रहा था कि 'इन्फोसिस' जैसी बड़ी कम्पनी बनाकर दिखाएगा और अब इस तरह सब कुछ लुटा कर जेल की सलाखों के पीछे दुर्दान्त दुर्गन्ध में पड़ा है! क्या करोड़ों का साम्राज्य उसके जीने के लिए काफी नहीं था?

जयगोविन्द प्रीतम से मिला, पर न तो उसे जेल की दुर्गन्ध का सामना करना पड़ा और न ही वह प्रीतम से यह सवाल पूछ पाया। सेक्रेटरी अजय विश्वास ने भेंट करनेवाले दिन सुबह–सुबह फोन करके उसे बताया कि उसे अलीपुर

जेल न जाकर रेसकोर्स के सामने वाली सड़क पर एक अस्पताल में जाना है और गेट पर दरबान को सिर्फ अपना पहला नाम जैग बताना है। जयगोविन्द की जान में जान वापस आ गई। बेशक प्रीतम जैसा चतुर सुजान क्या जेल में सड़ेगा? आखिर इतने अरब रुपए का करेगा भी क्या? बीस-तीस लाख आराम के लिए खर्च हो भी जाएँ तो क्या! उसके पास एक-एक करोड़ रुपए की कई गाड़ियाँ ही होंगी।

अचानक जयगोविन्द को कुछ बातें समझ में आईं। प्रीतम ने कभी उसे मद्रास नहीं बुलाया कि अपना वैभव दिखा सके। गाड़ियों के बारे में उसने अखबार में ही पढ़ा था। क्या पता उसके पास सचमुच विदेशी कम्पनियों का इतना बड़ा आई.टी. सर्विस का काम था या नहीं? क्या पता सबकुछ सजावटी हो और एक को हजार या दस हजार भी बताया जा रहा हो। हो सकता है कि ये सारे आँकड़े बताकर बैंकों से पैसा लिया जा रहा हो और शेयरों के दाम बढ़ाए जा रहे हों। क्या पता जयगोविन्द की तरह प्रीतम भंसाली के मन में भी हर्षद मेहता के लिए प्रशंसा का भाव रहा हो और उसने मन-ही-मन उसे अपना गुरु मानकर अपनी होशियारी से पूरे 'सिस्टम' को एक बार फिर से झटका दिया हो। बेकार है प्रीतम से कोई भी सवाल पूछना, वह यही कहेगा कि उसने कुछ गलत किया ही नहीं। हर्षद मेहता ने भी तो यही कहा था। जयगोविन्द अस्पताल में घुसते-घुसते सोचने लगा था कि कहीं सचमुच प्रीतम बीमार तो नहीं हो गया? उसने उसके सेक्रेटरी से औपचारिकता के नाते भी प्रीतम की तबीयत के लिए कुछ नहीं पूछा था। अब अस्पताल की ड्योढ़ी में घुसते-घुसते अस्पतालों की डेटोल या फिनाइल या कुछ और की गंध को सूँघते हुए उसके मन में यह खयाल आया। हर्षद मेहता तो पचास की उम्र तक भी नहीं पहुँचा था। बेचारा हार्ट अटैक से मर गया। उसने काली-सफेद दाढ़ी उगाए हुए आँखों के काले घेरे में डूबती आँखोंवाले प्रीतम की कल्पना की। आज उससे चार साल बाद भेंट होगी। पिछली बार 'वाई टू के' का कोर्स करने के दौरान

न्यूयॉर्क के एक कैफे में ही दोनों मिले थे। न वह इंडिया में प्रीतम के अहमदाबाद वाले घर कभी गया, न मद्रास वाले।

कहानियों या फिल्मों पर सम्भवत: आधारित जयगोविन्द की कल्पना बिलकुल गलत निकली। उसे प्रीतम सफाचट क्लीन-शेव किया हुआ आफ्टर-शेव की सुगंध से महकता हुआ अस्पताल के बेड पर बैठा हुआ मिला। 'हाय'—कहकर उसने जयगोविन्द से पूरी ताकत से हथेली भींचकर हाथ मिलाया और अमेरिकन अंग्रेजी के लहजे में बोलते हुए अपनी सुन्दरी पत्नी से परिचय कराया। दो-तीन मिनट तक प्रीतम जैग की प्रतिभा को 'ब्रिलियंट' और 'आउटस्टैंडिंग' बताते हुए उसकी मिशेल से दोस्ती और फोर्ड मुस्टांग स्पोर्ट्स कार पर बोलता रहा। जयगोविन्द यह जानते हुए भी कि प्रीतम बेमतलब उसको मक्खन लगा रहा है, अपने अन्दर अच्छा महसूस कर रहा था। "हमारा हीरो था जैग! इंडिया की शान। इसे तुरन्त असिस्टेंट टीचर की नौकरी मिल गई थी और अमेरिकन गर्ल-फ्रेंड भी! बाकी हम सारे इसकी सूरत और तकदीर से रश्क करते थे—" प्रीतम बोलता जा रहा था। प्रीतम की दुबली-पतली पत्नी सचमुच गजब सुन्दरी थी। वह चालीस पार तो जरूर होगी, पर बीस साल से कतई ज्यादा की नहीं लग रही थी। कोई उसे लगभग गंजे हो गए प्रीतम की लड़की भी समझ सकता था। उसने सुर्ख लाल रंग की लिपस्टिक लगा रही थी और एक बड़ा-सा पर्स झुला रखा था जिस पर एक बड़ा-सा 'डी' लटक रहा था। 'डियोर—क्रिश्चियन डियोर' का पर्स होगा—जयगोविन्द के मन में खयाल आया। ऐसे लग रहा था जैसे वह किसी खास पार्टी में जाने के लिए तैयार होकर आई हो।

प्रीतम अचानक मिशिगन यूनिवर्सिटी के दिनों से वर्तमान पर आ गया। "तुम तो समझ ही रहे हो जैग कि यह देश अपने सबसे बेहतरीन 'टैलेंट' के साथ कैसा बरताव करता है? तुम्हें क्या मिला यहाँ आकर? और मुझे क्या मिला लौटकर? यह सड़े हुए अस्पताल का यह आठ-बाइ-आठ फुट का कमरा? इसका एयर-कंडीशन और टीवी सिर्फ

सजाने के लिए है। दोनों ही ढंग से काम नहीं करते। घर का खाना खाने के लिए और सिगरेट पीने के लिए रोज जेल में दस हजार रुपए खर्च होते हैं। मेरी बीबी की हालत देखो। बेचारी सूखकर काँटा हो गई है। रोज डिप्रेशन की दस गोलियाँ खाती है। मैं जेल में रोज इसके लिए एक कविता लिखकर इसे भिजवाता हूँ। उसके हजारों रुपए अलग लगते हैं। यह बेचारी मेरे लिखे उन चन्द शब्दों पर जिन्दा है।''

जयगोविन्द ने देखा कि प्रीतम की पत्नी की आँखों में पानी भर आया था। वाकई ये लोग बहादुर लोग हैं। इतनी तकलीफ में ऊपर से अपने को चुस्त-दुरुस्त दिखा रहे हैं। यह कोई मामूली बात नहीं। हो सकता है कि बहुत महत्त्वाकांक्षी होने के कारण भंसाली ने थोड़ा-बहुत गैरकानूनी काम कर डाला हो, पर वह कोई चोर-डाकू तो नहीं है। ऐसे भी इस देश में टाटा-बिड़ला-अम्बानी से लेकर खुद उस तक कौन बेदाग है? प्रीतम हमेशा से थोड़ा अलग किस्म का था। ''रूल्स आर फौलोड बाय फूल्स''—यानी कि नियमों का पालन गधे करते हैं—यह उसका यूनिवर्सिटी के दिनों में भी तकियाकलाम था। ठीक ही तो है। ऐसे-ऐसे नियम सरकार ने बना रखे हैं जिन पर चलकर तो कोई दाल-रोटी भी ढंग से खा नहीं सकता। एक करोड़ रुपए की गाड़ी तो खैर सपने में भी नहीं देख सकता। खुद वह अपने जीवन का हिसाब-किताब जोड़े तो उसने लोगों के नाम सरकारी ब्लैकलिस्टों से हटाने में या सरकारी टेंडर दिलवाने में जितना कमाया है, उसका आधा भी जूट मिलों में अपना साफ्टवेयर लगाकर चलाने में नहीं कमाया होगा।

''तुम्हें मेरा एक काम करना होगा दोस्त— '' प्रीतम के कहते ही जयगोविन्द एकाएक सकते में आ गया कि कोई नई मुसीबत पैदा होने को है। एक पल में उसके दिमाग ने उससे कहा—ओह यू फूल! तुम क्या सोच रहे थे कि प्रीतम भंसाली जैसा इन्सान अपनी बीबी के सामने तुम्हारी बड़ाई ऐसे ही कर रहा था! ऑफ कोर्स, उसने तुम्हें कोई काम से ही याद किया है। ''देखो जैग, मुझे मिशिगन यूनिवर्सिटी के

हमारे दोस्त दीपंकर सेन से पता चला कि तुमने उसका दिल्ली का डीडीए का फ्लैट बिना कागजों के ही बिकवा दिया है। उसने बताया कि उसके पिता को वह फ्लैट एलॉट किया गया था, पर उसके कागज उनके मरने के बाद उसकी माँ के पास से गायब हो गए थे। उसने बताया कि तुमने सिर्फ पाँच परसेंट के कमीशन पर यह काम करवा दिया। इतना ही नहीं, तुमने उसका कलकत्ते का टालीगंज वाला पुश्तैनी मकान भी बहुत रुपयों में बिकवा दिया। वह आज मौज में करोड़ों रुपए लेकर बैठा है, तो सिर्फ तुम्हारे कारण। अब मुझे भी तुम ही बचा सकते हो। मेरे पास कलकत्ते के आस-पास बहुत जमीनें हैं। मुझे सबके दाम खड़े करने हैं। तुम्हारा कमीशन तुम्हीं तय करोगे। जितनी ज्यादा मुश्किल खाली करवाने में होगी, तुम्हारा कमीशन उतना ही ज्यादा रखो। एनी प्रॉब्लम?''

जयगोविन्द ने नो प्रॉब्लम के अन्दाज में सिर हिलाते हुए प्रीतम की पत्नी की ओर देखा। उसके चेहरे पर बच्चों की सी मासूम मुसकान खेल रही थी।

जयगोविन्द का सारा सामान मुम्बई या बम्बई जाने के लिए पैक हो चुका है। उसने अपने जयदीप के नाम से लिखे आत्मकथात्मक उपन्यास को पूरा नहीं पढ़ा। बम्बई में तो कोई खास काम नहीं होगा। न कोई यार दोस्त होगा आस-पास और न कोई 'रीयल इस्टेट' का बिजनेस। ज्यादा-से-ज्यादा फोन पर कलकत्तेवाले दलाल से कुछ शेयरों की खरीद करवा लेगा या बेच लेगा। बाकी समय तो किताबें पढ़ने में ही बीतेगा। अब तो ऑन-लाइन खरीदकर लैपटोप में ही अनगिनत किताबें पढ़ी जा सकती हैं। जरूरत पड़ी तो किसी लाइब्रेरी की मेम्बरशिप ले लेगा। सुमित नौकरी की तरह ही जल्दी-जल्दी घर भी बदल लेता है। पर लाइब्रेरी तो हर जगह होती ही होगी।

जयगोविन्द ने कलकत्ता एयरपोर्ट पर बैठे-बैठे बम्बई

के लिए बोर्डिंग की घोषणा होने का इन्तजार करते याद करने की कोशिश की कि उसके उपन्यास का अन्त कहाँ पर हुआ था। जहाँ तक उसे याद है, उपन्यास की शुरुआत वहाँ हुई थी जब दीपा और वह जानकीदास तेजपाल मैनशन में सबके छोड़कर चले जाने के बाद अकेले बचे थे। नीचे तिवारी दरबान था जो उसी के जाने के इन्तजार में तकलीफ सह रहा था। उन लोगों ने अगल-बगल के कमरों के दरवाजे-खिड़कियाँ निकाल लिये थे और छत तोड़ने की धमकी तिवारी को दे चुके थे। सड़क से गुजरते हुए उसे पीछे से लोगों की टिटकारी और हँसने की आवाजें सुनाई पड़तीं। उसे मालूम था कि ये लोग आफताब हुसैन के बैठाए हुए लोग हैं जो उसका और तिवारी का मनोबल तोड़ने के लिए उसे सुना-सुनाकर गालियाँ और धमकियाँ देते रहते हैं।

उपन्यास का अन्त क्या था? जयगोविन्द को यह याद है कि प्रीतम भंसाली ने उसे 'रीयल इस्टेट एजेंट' बनाकर उसके जीवन की एक नई दिशा तय कर दी थी। ठीक उसी समय पूरे देश में जमीन की कीमतों में ऐसा उछाल आया था, जिसकी किसी ने कल्पना नहीं की थी। कलकत्ते में जमीनों के दाम पहलेवाली बम्बई के दामों जैसे हो गए थे। यहाँ तक कि गली-कूचों में भी लोग पचास लाख रुपए 'कट्ठा' यानी सात सौ बीस वर्ग फुट जगह के लगाने लगे थे। कल तक जो जमीन सबसे महंगे इलाके में पच्चीस लाख रुपए कट्ठे में बिक नहीं पा रही थी, उसी का दाम दो से अढ़ाई करोड़ रुपये कट्ठे का हो गया था। कोई ऐसी गली नहीं थी जिसमें पुराने मकान टूटकर नए मकान न बन रहे हों। कलकत्ता शहर के अन्दर जिन इलाकों में बड़े-बड़े कारखाने हुआ करते थे, वहाँ आकाश को छूती शानदार मल्टीस्टोरीड बिल्डिंग खड़ी हो रही थीं। विराट शॉपिंग मॉल बनाने की घोषणाएँ की जा चुकी थीं। राजारहाट में न्यू कोलकाता के लिए सपाट खड़ी जमीनों पर बड़े-बड़े काँच की दीवारोंवाले मकान खड़े होने लगे थे। ऐसा लग रहा था कि न्यू कोलकाता सिगांपुर जैसा बन जाएगा।

प्रीतम भंसाली की बेहाला की जमीन खाली करवाने में जयगोविन्द पूरे दो साल तक लगा रहा था। कई एकड़ जमीन कई कम्पनियों के नाम से थी, पर यह तब खरीदी गई थी, जब उस पर एक पूरी बस्ती बस चुकी थी। जयगोविन्द की बड़ाबाजार के थाने में और यहाँ के काउंसिलर एम.एल.ए-एम.पी. से जितनी जान-पहचान थी उससे कहीं ज्यादा बेहाला में बन गई थी। बेहाला के सबसे बड़े मस्तान दिवाकर घोष से तो उसका ऐसा दोस्ताना हो गया था कि अपने घर शाकाहारी खाना बनाकर उसे खिलाए बिना दिवाकर भेजता ही नहीं था। दीपा को खुद ही फोन लगाकर कहता कि जॉय दादा यानी जयगोविन्द हमारे घर खाकर जाएँगे। बेशक दीपा को उसने दिवाकर का परिचय बेहाला के जमींदार परिवार का बताकर दे रखा था। कई बार दिवाकर उसे अपनी जमीन पर उगाई सब्जियाँ भी दे देता। इससे भी दीपा को भरोसा दिलाने में आसानी हो जाती थी।

दिवाकर घोष की मदद से बेहाला की जमीन लगभग खाली करवाई जा चुकी थी। दिवाकर ने आफताब हुसैन की तरह ही मेज पर पिस्तौल रखकर आधे लोगों को भुगता दिया था। बाकी लोगों को उसने एक-एक करके तरह-तरह से तोड़ा। जाहिर है कि इसमें जयगोविन्द ने उसे कई तरह की आइडिया दीं। एक आदमी को दमे की शिकायत थी। उसके बगल पड़ी खाली जगह में रोज लाल मिर्च की धूनी लगाकर खाना बनवाया गया। वह दस दिन में ही भाग लिया। बस एक नब्बे साल की अकेली बुढ़िया बच गई थी जिसके पास उसका कोई दूर का भतीजा रहता था। बुढ़िया किसी तरह जाने को तैयार नहीं थी। वह वहाँ जाते ही गाली बकने लगती। जयगोविन्द को कई बार लगता कि यह बुढ़िया उसी का प्रतिरूप है। या शायद एडवोकेट बाबू जिन्दा रहते, तो इसी तरह मकान खाली नहीं करते, चाहे कुछ भी हो जाता।

उपन्यास का अन्त शायद वहीं हुआ था जब जयदीप जानकीदास तेजपाल मैनशन से रातोरात बिना सामान लिए भाग खड़ा हुआ था। उसी दिन बुढ़िया को उसके भतीजे की

मदद से नींद की गोली खिलाकर दिवाकर घोष ने कलकत्ते से पचास मील दूर अपने पुश्तैनी घर के पास एक झोपड़ी बनाकर पार्सल कर दिया था। जयदीप जब रात को टंकी तोड़कर भारी पत्थर लुढ़काने से भी डरकर नहीं भागा था, तब आफताब हुसैन हाइकोर्ट से नोटिस ले आया था जिसमें कॉरपोरेशन के चीफ इंजीनियर की सिफारिश पर जानकीदास तेजपाल मैनशन को गिराने का आदेश था। बहुत मिन्नत कर जयदीप ने दो दिन की मोहलत माँगी थी और अगले दिन दो ट्रकों में गोदरेज की लोहे की भारी अलमारियाँ और पुराना फर्नीचर लदवाकर उस दड़बे में ले आया था, जिसमें दीपा के साथ उसने अपने दाम्पत्य जीवन के अन्तिम दो साल गुजारे थे।

उधर बुढ़िया भागी, इधर जयदीप। एक ही रात में दोनों बेघर हो गए थे। यदि ऐसा सच में न हुआ हो या आगे-पीछे हुआ हो, तो भी कथा का अन्त एक ऐसे संयोग से करना कोई पुरातनपन्थी तरकीब तो नहीं? बेदखल होना और बेदखल करना एक साथ होते ही हैं। यह तो जीवन का शाश्वत सत्य है।

❑❑❑